AF154993

Ruth **Vogelsang**

Jeanne, Elèn & Paul

novum 🔷 pro

Dieses Buch ist auch als
e-book
erhältlich.

Bibliografische Information
der Deutschen Nationalbibliothek:

Die Deutsche Nationalbibliothek
verzeichnet diese Publikation in
der Deutschen Nationalbibliografie.
Detaillierte bibliografische Daten
sind im Internet über
http://www.d-nb.de abrufbar.

Gedruckt in der Europäischen Union
auf umweltfreundlichem, chlor- und
säurefrei gebleichtem Papier.

© 2025 novum publishing gmbh
Rathausgasse 73, A-7311 Neckenmarkt
office@novumverlag.com

ISBN 978-3-7116-0558-0
Lektorat: Tobias Keil
Umschlagfoto: Ruth Vogelsang
Umschlaggestaltung, Layout & Satz:
novum Verlag

www.novumverlag.com

Druckprodukt mit finanziellem
Klimabeitrag
ClimatePartner.com/16547-2311-1001

Inhaltsverzeichnis

In den Pyrenäen 7

Café Papillon – Paris 20

Begegnung in Paris 33

Toronto/Tanger 65

Lalbenque 88

Die Brombeeren sind reif 109

Wiedersehen in Südfrankreich 123

Weihnachten steht vor der Tür 140

Schluss mit Hühnchen 150

Ich bin Jassie 169

Ein roter Teppich wird ausgerollt 179

Kapitel eins

In den Pyrenäen

Jeanne musste fliehen. Sie versteckte sich seit über einer Woche in den Pyrenäen, denn Francos Geheimdienst war auf sie aufmerksam geworden, weil sie sich in Rodriguez' Bar mit anderen Mitgliedern der örtlichen Résistance traf. Einer ihrer Freunde war bereits unter Beobachtung und so geriet auch sie 1975, noch im letzten Jahr des Regimes von General Franco, in das Raster seiner Schergen. Unter diesen gab es üble Gesellen, denen es außerdem Vergnügen bereitete, einer jungen Frau, nachzustellen, die nicht nur attraktiv war, sondern in deren Augen unverschämt und auf provozierende Weise ihre Unabhängigkeit zur Schau trug. Das passte nicht in deren Weltbild. Jeanne war gerade 18 Jahre alt geworden.

Ein Informant ließ ihr die Nachricht zukommen, dass sie so schnell wie möglich von der Bildfläche verschwinden müsse, denn es gäbe Pläne, sie aus dem Verkehr zu ziehen. Was das bedeutete, war allen in ihrer Gruppe klar. Zu viele verschwanden und die wenigen, die zurückkamen, waren nicht mehr dieselben wie zuvor.

Ihre Freunde versorgten sie mit dem Nötigsten: Käse, Brot, geräuchtem Schinken, ein paar Fischkonserven und einem dunkelgrünen Canvas-Rucksack. Sie packte warme Kleidung, ein Stück englischer Seife, Zahnputzzeug, Unterwäsche, ein Schweizermesser, eine Karte von Nordspanien/Südfrankreich ein und ein feines Satinträgerkleid. Sie wusste nicht, ob sie die Flucht unversehrt oder gar lebend überstehen und jemals würde zurückkehren können, doch sie wollte sich ein letztes Andenken ihrer Weiblichkeit erhalten.

Vor ein paar Jahren war sie mit Freunden in den Pyrenäen gewandert und dabei übernachteten sie in einer Hütte, die halbverlassen schien, aber im Besitz der linientreuen Familie ihres damaligen Freundes war. Niemand würde vermuten, dass sie sich ausgerechnet dort verstecken würde. Es war eine Hütte, die seit Ende des 19. Jahrhunderts nie eine Erneuerung erfuhr. Einfacher, kärglichster Steinbau, einst ein ärmlicher Bauernhof. In einer Ecke eine Feuerstelle auf dem Boden. Ein alter, wackeliger Tisch, drei ebenso wackelige Stühle, ein angeschlagener schwarzer Emaille-Topf, etwas Geschirr aus gebranntem Ton, eine Feldbett-Pritsche. Ein Brunnen vor dem Haus, mit dem man das Wasser händisch hochpumpen musste, aber er war funktionstüchtig. Wilde Apfelbäume.

Für ihre natürlichen Bedürfnisse musste sie ins Freie. Es war nicht bequem, doch der Frühherbst verwöhnte glücklicherweise immer noch mit sommerlichen Temperaturen und machte den Aufenthalt in der Hütte, so spartanisch sie auch eingerichtet war, erträglich. Sie war sich bewusst, dass es bald ungemütlich werden würde, wenn die ersten Herbststürme aufkämen und Regen gegen die verbliebenen Glasscherben in den Fensterluken prasseln würde. Daran erlaubte sie sich nicht zu denken.

Sie musste sich irgendwie verpflegen ohne aufzufallen. Noch nach Tagen ihrer Ankunft fiel sie abends in tiefen Schlaf, obwohl sie tagsüber nicht viel machte, außer Äpfel und ihre Gedanken einzusammeln.

In einer Seitentasche ihres Rucksackes fand sie ein Büchlein, mit Gedichten, das offensichtlich in Handarbeit gebunden war. Einer ihrer Freunde hatte es ihr unbemerkt zugesteckt. Sie mochte ihn sehr, weil er ihr gegenüber immer sehr zuvorkommend und charmant war, doch jetzt erst verstand sie, dass er verliebt in sie war. Sie war ihm unendlich dankbar dafür, denn seine Worte, seine Gedichte waren es, die sie noch an Menschlichkeit glauben ließen, und sie bedauerte, dass sie ihm nicht danken konnte und nicht eher begriffen hatte, was für ein wunderbarer Mensch so lange in ihrem nächsten Umfeld an ihrer Seite war, ohne ihre Aufmerksamkeit auf sich zu ziehen.

Es war noch früh am Morgen. Ein sonderbares, dumpfes Geräusch ließ sie hochschnellen, was die Federn des Feldbetts sofort mit lautem Quietschen quittierten. Sie rappelte sich auf, blickte vorsichtig aus einer Fensterluke und konnte nicht wirklich ausmachen, was sie sah. Zwischen den alten, verwilderten Apfelbäumen befand sich etwas, das aussah, als hätte sich eine Wolke dort niedergelassen. Mit angehaltenem Atem versuchte sie ihren Blick zu schärfen. Schließlich erkannte sie, dass es sich um einen Fallschirm handeln musste, und bemerkte, wie Bewegung in die Stoffblase kam. Sie sah einen Mann sich aufrappeln, sich orientierend umsehen. Das Herz blieb ihr stehen. Es war kein Franquist, das war klar, aber wer war er?

Er stolperte, noch leicht benommen, auf die Hütte zu. Sie duckte sich schnell vom Fenster weg, geriet in leichte Panik und doch irgendwie auch nicht. Ihr Bauchgefühl sagte ihr, dass sie keine Angst zu haben brauchte. Dennoch langte sie nach ihrem Schweizermesser, das sie unter der Matratze versteckt hatte, und stellte sich hinter die Holztüre, der nur ein Riegel vorgeschoben war und die nicht abgeschlossen werden konnte. Als die Tür knarrend aufging und er eintrat, sprang sie ihn von hinten an, hielt ihn fest –, es muss wie eine Umarmung ausgesehen haben dachte sie später – und hielt ihm die Klinge ihres Messers an den Hals. Sie war sich vollkommen bewusst, in was für eine lächerliche Situation sie sich gebracht hatte, aber etwas Besseres fiel ihr nicht ein. Er griff nach ihrer Hand, in der sie das Messer hielt, drehte sich aus ihrer Umarmung und stand überrascht einer kleinen, doch sehr energisch wirkenden Frau mit funkelnden Augen gegenüber.

„Wait a minute! May I say something before you kill me for good?"

Jeanne hörte seinen unerschrockenen, jungenhaften Unterton, der jedoch bar jeder Arroganz war.

„We might even work for the same firm?"

„Identify yourself!", zischte Jeanne zwischen zusammengebissenen Zähnen.

„Is there a password?"

„Sorry?", fragte Jeanne verblüfft, entspannte sich dann aber sogleich.

„Sie haben ein schönes Schweizermesser", sagte er auf Katalanisch. „Sie hat eine hinreißende Figur und gepflegte Hände", dachte er.

„Möchten Sie Tee?", fragte sie ein wenig benommen.

„Danke. Captain Paul Bernard von der 13. Airborne. Hatten Sie neulich Feindkontakt?"

Seine förmliche Vorstellung belustigte sie und spontan schlug sie die Hacken zusammen, grinste, salutierte und erwiderte mit übertrieben ernster Stimme: „Gestatten, ich bin Jeanne d'Arc, von Gott gesandt, mein Volk zu retten!"

Alle Anspannung wich nun aus der Hütte, denn sie beide lachten und schauten sich zum ersten Mal von Mensch zu Mensch, oder eher müsste man sagen von Mann zu Frau, in die Augen.

„Entschuldigen Sie bitte den Scherz", sagte sie wieder mit ernster, doch nun mit leicht verstörter Stimme. Sie hatte ihm einige Sekunden zu lange in die Augen geschaut und dabei vergessen, warum sie eigentlich hier war, bar jeglicher zivilisatorischen Errungenschaften, in robuster Wanderkleidung und groben Wanderstiefeln und Hunger im Bauch. Seit Tagen hatte sie nicht ordentlich gegessen. Paul Bernard erinnerte sie daran, dass sie eine Frau war und das verunsicherte sie.

„Da, wo ich herkomme, hat man ständig Feindkontakt. Sie sind überall. Doch es wurde gefährlich für mich, ich musste fliehen. Paul Bernard, Sie sind vom Himmel gefallen, wie es scheint. Haben Sie etwas zum Essen dabei? Ach so, ich bin übrigens Jeanne Ferrari."

„Hocherfreut", sagte er und ergänzte so beiläufig, wie sie ihren Namen erwähnte: „Nein, Essbares habe ich nicht dabei, denn ich ging selbstverständlich davon aus, dass Sie mich mit einer frisch gebackenen Apfeltorte willkommen heißen würden!"

Erst stutzte sie. Sie hatte seit Tagen mit niemandem ein Wort gewechselt und ihre Kommunikationsfähigkeiten waren etwas eingerostet, wie sie selbst feststellte. Dann aber brachen beide wieder in Gelächter aus. Ihre Mägen knurrten.

„Ich werde uns Tee kochen", sagte Jeanne, als sie sich wieder fing. „Ich habe wilden Salbei, Minze und Lavendel ums Haus gesehen. Das wird uns guttun. Wir haben Wasser und Feuer, und zur Not schmeiß ich uns noch Apfelscheiben ins Teewasser. Das gibt dem Tee einen feinen Geschmack und etwas Festeres für die Zähne. Haben Sie schon einmal Kaninchen gejagt und möchten Sie nicht erst Ihren Fallschirm in Sicherheit bringen? Der könnte uns nützlich sein und ich glaube auch schon zu wissen, wofür."

Sie wusste, dass ihr Sinn für Pragmatismus oft Grund dafür war, dass ihre Freunde genervt mit den Augen rollten.

„Kaninchen können wir nicht jagen", sagte Paul, „doch die RAF hat eine kleine Röhre mit Verpflegung abgeworfen, die müsste ungefähr 3 km von hier heruntergegangen sein. In einem kleinen Tal, ich glaube, ich könnte sie finden. Mademoiselle, ich bin sehr unhöflich: Bitte nehmen Sie meine Schokolade. Ich sehe, Sie frieren?"

„Oh ja, tatsächlich ist mir kalt, jetzt, wo Sie es sagen, fällt es mir erst richtig auf! Ich bin so hungrig, dass alles andere nebensächlich geworden ist. Meinen kleinen Proviant habe ich bereits auf dem Weg hierher aufgebraucht und die letzten Tage habe ich mich von kleinen, wilden Äpfeln ernährt, aber gegen das Magenknurren konnten sie kaum helfen. Deshalb, ich schäme mich fast ein wenig, würde ich Ihr süßes Angebot sehr gerne annehmen. Schokolade klingt himmlisch! Nachher, zum Tee, mmmh! Kann ich Ihnen helfen, den Fallschirm zu bergen? Etwas Bewegung brächte Wärme in meine Glieder. Ich dachte, wir könnten die Matratze von der Pritsche nehmen und auf den Boden legen. Darauf könnten Sie schlafen und die Fallschirmseide würden wir als Unterlage auf den Metallrost der Pritsche legen, auf der ich dann schlafe. Wäre Ihnen das recht? Für eine Nacht würde das gehen, denke ich.

Ach, noch was: Welche Verbindungen haben Sie zur RAF? Warum wirft die RAF hier Verpflegung ab und warum wissen Sie davon?"

Jeanne bemerkte vor lauter Umtriebigkeit nicht, dass Paul sie beobachtete und jedes Mal, wenn er ansetzte etwas zu sagen, den Mund wieder zuklappte, da Jeanne ihn nicht zu Wort kommen ließ. Instinktiv versuchte sie der inneren Erregung, die sie in

Gegenwart Pauls erfasst hatte und deren Ursprung sie nicht zu denken wagte, mit Aktionismus Herr zu werden. Darüber hinaus war sie auch immer noch misstrauisch. Ihre Erregung blieb und schien ihr alle Energie aus dem Körper zu ziehen. Plötzlich fühlte sie sich derart matt, dass sie dem Fremden am liebsten einfach um den Hals gefallen und sich an seiner Schulter vor Erschöpfung ausgeheult hätte.

So hatte sie sich ihr Leben nicht vorgestellt. Sie war nicht die tapfere Résistance-Jeanne-d'Arc, die sich für politische Ziele vollständig aufgeben konnte. Sie folgte lediglich ihrem Sinn für Gerechtigkeit und Menschlichkeit und konnte die absurden und verbrecherischen Strukturen von Faschismus nicht ertragen, weil sie alles zerstörten, was Menschlichkeit für sie ausmachte. Sie wollte tanzen, sich schön machen, Lippenstift auftragen, mit ihren Freunden und Freundinnen ins Kino, ins Theater gehen, Gespräche führen, sich verlieben.

Sie sah an sich hinab, fühlte sich ungepflegt und unattraktiv in der Gegenwart dieses überaus gut aussehenden Fremden, der ihr gefiel und dessen physische Nähe sie auf eigentümliche Weise nervös machte. Er strahlte eine wohltuende, ruhige Überlegenheit aus, ohne arrogant zu wirken. Zum ersten Mal seit Tagen fühlte sie sich in Sicherheit. Nicht vor sich selbst, aber vor Francos Schergen. Dann sank sie auf den Boden, das Bewusstsein verlierend.

Als Jeanne wieder zu sich kam, roch es in der Hütte nach frisch gebrühtem Kaffee und im Kamin brannte ein Feuer, fachmännisch entzündet und fast keinen Rauch verbreitend. Draußen war es dunkel geworden. Weiße Pünktchen tanzten vor dem Fenster. Jeanne nahm nur langsam wahr, dass es schneite. Paul stand im dunkelgrünen Pullover am Feuer, über dem ein Rost aufgehängt war, und hantierte mit einer kleinen Pfanne. Bald gesellte sich der Duft von Rührei zum Kaffeeduft hinzu. Jeanne schloss wieder die Augen. Sie lag auf dem Feldbett, eingeschlagen in den seidenen Fallschirm, der sie warm hielt, wie ein effektiver Schlafsack.

„Ah, da ist sie ja wieder, die Gottgesandte", bemerkte Paul schmunzelnd. „Ich bin froh, Sie etwas rotwangig zu sehen. Sie sahen letzthin ganz grau aus." Paul kam näher und befühlte ihre Stirn. „Sehr gut. Das Fieber ist auch herunter. Wissen Sie, ich habe mir Sorgen gemacht. Sie sind viel zu attraktiv, um die Heiligen im Himmel zu erfreuen. Wir hier im Tal der Tränen bedürfen auch des Trostes und nicht nur des geistlichen." Dann sah er sie offen und freundlich an: „Im Übrigen müssen Sie in dem Seidenkleid, das Sie mitgenommen haben, betörend aussehen. Wie ich an die Verpflegung gekommen bin? Nun, Sie haben ein paar Tage geschlafen. Ich hatte mich aufgemacht und schon am ersten Abend die von der RAF abgeworfene Verpflegungsröhre gefunden. Inklusive Funkgerät. Das ist sehr schön, wissen Sie? Leider können wir aber erstmal nichts tun: Es schneit. Wir können uns hier nicht wegbewegen, ohne aufgespürt zu werden. Lassen Sie sich also Zeit. Ein paar Tage wird es schon dauern, bis Tauwetter einsetzt."

Als sie die Augen aufschlug, fehlte ihr jegliche Orientierung. Sie wusste nicht, wo sie war, und konnte im flackernden Licht des Feuers, das in der offenen Herdstelle brannte, nichts richtig erkennen. Ausdruckslos folgte sie seinen Worten, die in wohligem Klang in ihre Ohren drangen und deren Sinn sie erst mit Verzögerung verstand. Es schneit, vernahm sie. Ihr Seidenkleid, betörend an ihr. Warum wusste die Stimme von ihrem Seidenkleid und es gab etwas zu essen? Ja, essen. Sie wollte essen. Sie fühlte die Einwölbung in ihrer Magengegend und hatte entsetzlichen Durst.

Nach und nach kam sie zu sich und versuchte sich aufzurichten, es gelang ihr jedoch nicht, weil sie in etwas Weißes eingewickelt war. „Kafka", schoss es ihr durch den Kopf. Sie war kein Käfer, aber sie hatte sich verpuppt.

Sie gab sich geschlagen und ließ sich wieder in die Horizontale sinken, atmete tief durch, öffnete bewusst langsam die Augen und blickte in die von Paul, der sie freundlich auf sehr charmante Weise begrüßte und ihr noch einmal erklärte, dass sie im Fieberschlaf lag. Gleichzeitig half er ihr, sich aus der Fallschirmseide zu befreien, in die er sie eingeschlagen hatte, um sie warm zu halten.

„Danke", sagte sie, „danke, dass Sie sich um mich gekümmert haben. Wie lange war ich denn weg? ... Aber was ist das!? ... Das, was ich da anhabe? Das ist doch eindeutig Feinripp-Unterwäsche für einen Mann! Sie gemeiner Kerl! Was erlauben Sie sich!? ... Und verstehe ich das richtig? Sie sind losgezogen, den Abwurf der RAF zu suchen, während ich ohnmächtig in diesem Kokon eingesperrt lag? Ganz allein?! Ich hätte von Wölfen gefressen werden können! Ich hätte von Francos Leuten gefunden werden können und Gott-wer-weiß-wem! Ich hätte sterben können!", stieß sie mit bebender Stimme, halb verzweifelt, halb entrüstet aus und Tränen stiegen ihr in die Augen, in denen sich Wut, Angst und Scham spiegelten, aber auch ein wenig Dankbarkeit.

Paul war zwar froh, dass die kleine Rebellin wieder zu Kräften gekommen war, aber kurz wünschte er sich die Ruhe ihres Atemrhythmus während des Genesungsschlafs zurück und das mädchenhafte Antlitz, das der tiefe Schlaf in ihre Züge gemalt hatte.

Er antwortete nicht auf ihre Fragen, verstand, dass es für eine Frau, wie sie es war, das Seidenkleid ließ es erahnen, nicht einfach war, sich mit Situationen konfrontiert zu sehen, die in ihrem Lebensentwurf so sicher nicht vorgesehen waren. Sich alleine in unwirtlicher Gegend durchzuschlagen, immer die Angst im Nacken, verraten zu werden, den falschen Menschen Vertrauen zu schenken, Männern zu begegnen, die ihr Gewalt antun könnten ... er verstand, dass sie panisch reagierte. Er reichte ihr Tee, setzte sich neben sie auf die Pritsche und legte sehr behutsam eine Hand an ihren Rücken und die andere an die ihm zugewandte Schulter.

„Trinken Sie. Der Tee wird Ihnen guttun und dann essen Sie. Mögen Sie Zwieback? Ich habe über dem Feuer Wasser erwärmt, damit Sie sich frisch machen können. Keine Sorge, ich gehe aus der Hütte, während Sie Ihre Toilette machen."

Jeanne nahm den Tee und auch den Zwieback dankend an. Mit jedem Schluck und jedem Bissen schlich sich wieder Farbe auf ihre Wangen und auch die Zuversicht, mit der sie im Allgemeinen alles anging, kehrte langsam zurück. Sie fasste nach und nach wieder Vertrauen zu diesem Mann an ihrer Seite, den sie kaum kannte, dessen Anwesenheit sie aber in eine überaus angenehme Schwingung versetzte. Nicht zuletzt, weil ihr in den Sinn kam, dass er ihr sagte, dass sie betörend aussehen musste in ihrem Seidenkleid. Dass sie seine Unterwäsche trug, die lange Hose sogar mit Eingriff, stand in krassem Gegensatz dazu und unter anderen Umständen wäre sie vor Scham in den Boden versunken, aber hier hatte das kaum Bedeutung.

Doch von Bedeutung war, wie sie die Nacht verbringen würden. Die dünne Matratze auf den schmutzigen Boden zu legen war keine Option, zumal sie wegen des Schneefalls einige Zeit in der Hütte würden verbringen müssen, um keine Spuren zu hinterlassen. Eine Weile saßen sie so still nebeneinander, während sie ihren Tee trank, an einem Zwieback knabberte und immer wieder aufseufzte. Plötzlich erhob sie sich behände. „Was ist das, was in der Pfanne dort brutzelt?", fragte sie und bewegte sich Richtung Herdstelle. Dabei rutschte die zu große Männerunterhose nach unten und gab den Blick auf einen Teil nackter Hüfte frei. Sie bemerkte dies nicht und auch nicht, dass Pauls Blicke ihr folgten und nicht von ihr lassen konnten.

Während der ganzen Zeit, als der Schnee die Hütte umgab, waren sich Paul und Jeanne nicht nähergekommen als am ersten Tag. Sie hatte sich aber bald erholt und setzte sich nun öfters in ihrem Bett auf. Paul hatte auf Moos geschlafen, das er unter den Bäumen des nahen Waldes gesammelt hatte. Er betrachtete sie heimlich mit Wohlgefallen, doch vermieden es beide, sich zu berühren.

Nach etwa zwei Wochen klarten die Schneewolken auf und es setzte Tauwetter ein. Bald war der Schnee zusammengeschmolzen. Paul sah hinaus. Es war Zeit. „Jeanne, ich muss Sie jetzt für eine Weile allein lassen. Wenn die Brücke gesprengt ist, werde ich etwas Ausrüstung von hier holen und dann schnell verschwinden."

„Es kommt gar nicht in Frage, dass Sie allein gehen", sagte Jeanne bestimmt. „Ich kann zwar nicht sprengen, aber ich kann die Gegend im Auge behalten und auch etwas tragen." Ihre Augen blitzten. Sie sah ihm direkt ins Gesicht. Paul sah sie eine Weile an. Dann entschied er sich. „Gut. Wir gehen in der Dämmerung. Die Brücke liegt etwa fünf Meilen von hier. Das können wir an einem Morgen schaffen."

Die Brücke war kaum bewacht. Sie war aus Stein errichtet und besaß zwei Pfeiler, unter denen ein kleiner Bach floss. Mitunter sah man ein Militärfahrzeug auf der Brücke patrouillieren. Dann wurde wieder alles ruhig. Dies würde sich ändern, sobald das Dynamit seine Wirkung gezeigt hätte. Paul war deshalb mit einem Fluchtplan beschäftigt, den er sorgfältig mit Jeanne durchsprach. Als die Dämmerung einsetzte, bewachte Jeanne am Waldrand den Detonator, während Paul den Sprengstoff an den beiden Pfeilern anbrachte und dann das Kabel ausrollte. „Gut", sagte Paul, als er die isolierten Enden der beiden Drähte in den Detonator steckte und festschraubte. „Sobald hier alles hochgeht, trennen wir uns. Jeanne, es war mir eine Ehre", sagte er, gab ihr die Hand und sah ihr dabei in die Augen. „Unter anderen Umständen hätte ich gerne gesehen, wie Ihnen das Seidenkleid gestanden hätte. Viel Glück."

Jeanne erwiderte seinen männlichen Griff und versuchte mutig auszusehen. „Paul", hörte sie sich sagen: „Wenn alles vorbei ist, am 14. Juli, Montmartre, das ‚Papillon'. Kommen Sie?"

„Ja, ich werde da sein … so Gott will." Dann ließ er ihre Hand los, vergaß seine Zurückhaltung und nahm sie fest in seine Arme, hielt sie drei Atemzüge lang, bevor er sie wieder frei gab und sich dem Detonator zuwandte, um die Sprengung auszulösen. Mit einem letzten, flüchtigen Blick in ihre Augen entfernte er sich mit schnellen Schritten.

Sie schaute ihm nach, bis sie ihn nicht mehr sehen konnte, dann begann sie zu zittern und erschauderte von der kalten Wucht, die mit dem Bewusstsein über sie kam, wieder auf sich allein gestellt zu sein, und von dem Nachhall der gewaltigen Detonation, die die Brücke in einer Wolke aus Schutt und Asche versinken ließ und jede Rückkehr unmöglich machte. Jeanne nahm den Rucksack auf, der gepackt neben ihr stand. Für einen kurzen Moment dachte sie, sie könne das Gewicht nicht tragen, und wollte dem Drang nachgeben, kraftlos in die Knie zu sinken, doch entschlossen riss sie sich zusammen, blendete alle Gedanken und kräftezehrenden Zweifel aus und setzte tapfer einen Schritt vor den anderen, immer in Richtung Norden. Bald würde sie die Grenze zu Andorra erreichen, dann erst würde sie vorerst in Sicherheit sein. Stunde um Stunde ging sie, bedacht einen Fuß vor den anderen setzend, entlang steiniger, schmaler Pfade. Es ging jetzt immer bergan und ihr Rucksack lag ihr zunehmend schwerer auf dem Rücken und die Füße taten ihr weh. Je mühsamer der Anstieg wurde, desto weniger gelang es ihr, zu verdrängen, dass ihr auch das Herz schwer war.

Die Tage mit Paul in der Hütte, die Nähe, die sie zueinander fühlten, obwohl sie nur das Allernötigste miteinander sprachen. Obwohl sie beide vermieden, sich zu berühren – und wenn es doch einmal geschah, dann taten sie beide so, als hätten sie es nicht bemerkt. Obwohl sie sich heimlich aus den Augenwinkeln beobachteten, ihre Blicke sich aber schnell zerstreuten, wenn sie sich doch einmal trafen. Obwohl ihre Stimmen leise, warm und zärtlich wurden, wenn sie doch ins Reden kamen. In bemüht nüchternem Ton erklärten sie sich gegenseitig immer wieder, dass es gefährlich für sie sein könnte, wenn sie mehr als ihre Namen voneinander wüssten und wenn sie Nähe zulassen würden. Nun schmerzte es sie, dass sie beide alles der Vernunft opferten und beide alleine ihr Glück versuchen mussten, diesen schlimmen Zeiten zu entkommen. Sie durfte sich nicht in ihren Sehnsüchten verlieren. Sie musste weiter, immer weiter. Die Nacht würde bald hereinbrechen. Ein Platz zum Schlafen musste gefunden werden.

Gerade noch rechtzeitig vor Einbruch völliger Dunkelheit fand Jeanne eine dieser Stein auf Stein gebauten kleinen, von Ziegen- oder Schafhütern gebauten Hütten, die Tier und Mensch vor Sonne, Regen und Kälte schützten. Ein niedriger Eingang sorgte für ausreichend Schutz. Sie hatte Glück. Der kleine Unterschlupf war mit Reisig, Stroh und sogar Büscheln aus Schafwolle ausgelegt. Erschöpft ließ sie sich auf dem Boden nieder und bettete ihren Kopf auf den Rucksack, an den sie die Militärdecke gebunden hatte, die Paul ihr überlassen hatte und ihr nun Schutz gegen die Kälte bot. Sie war so erschöpft vom Anstieg, dass sie sofort einschlief. Dass sich Stimmen näherten, hörte sie nicht mehr. Ein gleißendes Licht auf ihr Gesicht gerichtet, riss sie jäh aus dem Schlaf, der getränkt von düsteren Träumen war, als ob in ihnen schon eine Ahnung wohnte. Grobe Männerhände stießen sie an, rissen sie hoch in einen aufrechten Sitz. Finster dreinblickende Gesichter, die sich durch die Öffnung drängten, starrten sie an und in einem bewegten sich bedrohliche Züge um den Mund, bis er anhob, sie anzuschreien.

Was sie hier zu suchen habe. Ihren Namen wolle er wissen. Er kenne sie. Er habe sie gesehen mit den Widerständlern. Er habe sie auf seiner Fahndungsliste. Er wisse es ganz sicher. Sie solle endlich ihren Namen sagen, er würde es sowieso herausbekommen!

Sie konnte nichts erkennen, er fuchtelte mit einer Taschenlampe vor ihrem Gesicht herum und sie sah nur schwarz. Panik überfiel sie. Sie erkannte die Stimme. Einer aus ihrem Dorf. Einer, der besonders für seine Linientreue und Brutalität bekannt war. Sie war verloren. Francos Leute. Sie hatten sie aufgespürt.

Diese Nacht brannte sich in ihre Seele, doch sie sollte nie auch nur ein Wort darüber verlieren. Für das, was ihr angetan wurde, das Unsägliche, gab es keine Worte. Sie verlor ihre Sprache darüber. Sie verstummte und nie mehr kam ein Wort Katalanisch über ihre Lippen. Es war sogar so, als wäre die Sprache komplett ausgelöscht worden. Sie verstand sie nicht mehr.

Sie wurde verschleppt und als sie wieder zu sich kam, geschunden, mit Blut an ihren Schenkeln, fand sie sich in einem kleinen, dreckigen Gefängnis wieder, bekleidet nur mit ihrem zerrissenen Seidenkleid und einer alten Armeejacke darüber. Einer der Männer muss sich erbarmt und sie vor dem Erschießungskommando gerettet haben, denn es war üblich, dass keine Umstände gemacht und sogenannte Verräter umgehend erschossen wurden. Gnädigerweise hatten sie ihr sogar den Rucksack gelassen.

Sechs Monate verblieb sie in dem Loch, in das die Banditen sie gesperrt hatten, ihr das Mindeste zu Essen gaben und sie nicht weiter beachteten. Das kleine Büchlein, das sie mit sich trug, mit den Gedichten, die in englischer Sprache verfasst waren, half ihr bei Verstand zu bleiben. An jene klammerte sie sich, Satz für Satz, Wort für Wort, Buchstabe für Buchstabe.

Dann, eines Tages, öffnete sich die Tür und jemand in Zivilkleidung sagte ihr, sie sei frei. Man reichte ihr ein geschnürtes Paket mit Kleidung und festen Schuhen, eine Geldnote und ließ sie gehen.

Da stand sie. Von einer Minute auf die andere, unter freiem, blauem Sommerhimmel und wusste nicht, wie ihr geschah. Ihre Augen mussten sich an die Helligkeit gewöhnen und da ihre Stimme noch zu schwach zum Reden war – es kam kein Ton heraus – traute sie sich nicht, einen Passanten anzusprechen. An einem Zeitungskiosk sah sie sich die ausgehängten Illustrierten und Tageszeitungen an und erfuhr so vom Tod des Diktators. Sein Nachfolger, der spätere König Juan Carlos, erließ eine Generalamnestie für alle politischen Gefangenen. Für Jeanne war klar, dass sie das Land, dessen Sprache sie nicht mehr sprach, sofort verlassen wollte und außerdem wartete niemand auf sie. Ihre Eltern hatte sie schon in jungen Jahren auf tragische Weise bei einem Unfall verloren und ihre Großmutter, bei der sie aufwuchs, verstarb im Alter von 82 Jahren, ein Jahr bevor sie der Résistance Gruppe beigetreten war. Auf direktem Weg ging sie zum Bahnhof und kaufte sich ein Ticket nach Frankreich, Toulouse. Ihr Ziel war Paris, Montmartre. Café Papillon.

Kapitel zwei

Café Papillon – Paris

Seit sechs Monaten war Jeanne nun in Paris. Sie fand sofort Anstellung im Café Papillon im 18. Arrondissement. Ihr Französisch war anfangs etwas holprig, aber das gab sich schnell. Kaum einer der Gäste bemerkte, dass sie keine Französin war. Sie wollte Paul wiedersehen, so wie sie es vereinbart hatten und so verband sie das Praktische mit dem Nützlichen. Sie musste leben, Miete bezahlen, essen und was lag näher, als an dem Ort zu arbeiten, an dem sie sich mit Paul verabredet hatte.

Zu Beginn ihrer Kellnerinnentätigkeit rechnete sie jeden Tag mit ihm, doch er kam nicht. Oder sie verpassten sich. Nach und nach vergaß sie, dass sie ursprünglich wegen Paul dort arbeitete, und dachte darüber nach, was sie aus ihrem Leben machen wollte. Viele Männer machten ihr Avancen, aus denen sie sich jedoch nichts machte und über einen Flirt gingen ihre Männerbekanntschaften nie hinaus. Sie wunderte sich selbst, dass sie überhaupt in der Lage war zu flirten. Es war wohl die französische Sprache, die ihr die inneren Schrecken nahm und ihr Leichtigkeit im Umgang mit den Gästen verlieh. Sie war glücklich. An Katalonien dachte sie nicht, und wenn doch einmal Gedanken an das Vergangene sich ihrer bemächtigen wollten, verscheuchte sie sie und stürzte sich noch mehr in Arbeit. Sie hatte lange genug Zeit gehabt, das Erlebte zu verarbeiten, sagte sie sich.

Jeanne lebte bescheiden, sparte ihren Lohn und die Trinkgelder, die sie reichlich erhielt, denn sie bewarb sich an der Sorbonne, um Politikwissenschaften zu studieren. Sie wusste eigentlich gar nicht so recht, warum ausgerechnet Politikwissenschaften. Sicher hatte es damit zu tun, dass es ihr obszön erschien, dass ein paar wenig Mächtige Völker gegeneinander aufwiegeln konnten und ganze Gesellschaften zerstörten, nur um ihre Machtinteressen durchzusetzen. Sie wollte begreifen, wie das funktioniert, und dem etwas entgegenzusetzen haben.

Es war der 14. Juli. Nationalfeiertag in Frankreich. Ein flirrend heißer Sommertag. Menschen in aufgepeitschter Feierlaune zogen durch die Straßen. Alle schienen irgendwie außer Rand und Band. Die bleierne Schwere der Nachkriegsjahre schien sich endlich aufzulösen.

Im Café war die Hölle los. Jeanne wirbelte von einem Tisch zum nächsten, fast als würde sie tanzen, ganz nach ihrer eigenen Choreographie. Lachte über die Scherze der Gäste und gab selbst immer wieder spaßige Kommentare ab. Sie war in Hochstimmung, denn sie hatte die Zusage für ihre Aufnahme an der Sorbonne erhalten. Sie wusste, dass sich nun alle Türen in ein sorgenfreies Leben für sie öffnen würden. Sie würde keine Zeit und Kraft verschwenden an irgendjemand oder irgendetwas, was sie auf ihrem Weg aufhalten könnte. Sie sah sich schon als Studentin mit Büchern und Mappen unter dem Arm beschwingt durch Pariser Parks schreiten, sich auf Bänken niederlassen, um Texte zu studieren und sich dabei wunderbar vorzukommen. Sie bemerkte gar nicht, dass sie verträumt zwischen den Tischen der Außenbestuhlung stehen geblieben war, Passanten nachblickte, ohne sie zu sehen, ein Tablett mit abgeräumtem Geschirr auf der linken Hand balancierend, bis sie von den Rufen eines Gastes aufgeschreckt wurde: „Mademoiselle, s'il vous plaît?"

Der englisch klingende Dialekt amüsierte sie. Es gab nichts Lustigeres, als wenn Engländer französisch sprechen, dachte sie beiläufig und wandte sich dem Tisch des rufenden Herrn zu.

„Was wünschen Sie Monsieur?", fragte sie, während sie gleichzeitig die noch verbliebenen Tassen und Gläser vorangegangener Gäste auf ihr Tablett stapelte, ohne dem Gast direkt ins Gesicht zu sehen, was sonst nicht ihre Art war. Normalerweise behandelte sie jeden Gast so zuvorkommend, als ob es keinen wichtigeren Menschen gäbe als den, den sie eben im Moment bediente. Das wirkte sich natürlich ungemein positiv auf die Trinkgelder aus, die sie erhielt, aber sie tat das nicht aus diesem Grund. Es war einfach ihre Methode, zentriert zu bleiben, nicht in ein Gedankenkarussell zu geraten und ganz bei sich zu sein. Sie fand, dass ein jeder Mensch einmal am Tag von irgendjemandem wirklich gesehen werden sollte und wenn es auch nur für einen kurzen Augenblick andauerte. Sie war sich sicher, dass sie jeden Tag einem gewissen Prozentsatz von Menschen die einzigen Momente des Tages wahrer Aufmerksamkeit schenkte und dieser Gedanke befriedigte ihre, wie sie es nannte, „interne Statistik".

Doch heute, am Nationalfeiertag, in der Hitze und im Trubel der Feierlichkeiten und der hohen Frequenz wechselnder Gäste, blieb sie sich nicht treu, ihre Gedanken schweiften immer wieder ab in noch sehr verschwommen gezeichnete Zukunftsvisionen.

„Mademoiselle, entschuldigen Sie bitte, darf ich Sie aus Ihren Gedanken reißen und Sie bitten, mir einen Cortado zu servieren?"

Jeanne schrak auf. Als sie das Wort Cortado hörte, erstarrte ihr ganzer Körper. Sie hielt sich an ihrem Tablett fest und brachte die klirrenden Gläser im Bruchteil einer Sekunde in einen Zustand gefrorener Stille.

„Warum bestellt ein englischsprachiger Gast ein spanisches Kaffeegetränk mitten in Paris?", schoss es ihr durch den Kopf und ihre Augen richteten sich blitzartig auf die seinen.

Paul erhob sich ganz langsam aus dem Bistro-Stuhl mit sehr kontrollierten Bewegungen, sah, dass Jeanne kurz davor war, die Kontrolle über ihren Körper zu verlieren. Schon einmal sank sie vor ihm zu Boden, als sie sich in einem Zustand emotionaler Überforderung befand. Vorsichtig nahm er ihr das Tablett ab.

„Bitte lassen Sie das, es geht schon wieder! Geben Sie mir das Tablett zurück! In einer halben Stunde ist meine Schicht zu Ende, dann können wir reden. Cortado bieten wir hier übrigens nicht an. Was sonst darf ich Ihnen servieren?"

Sie verstand selbst nicht, warum sie so kühl und distanziert war. Eine normale Reaktion wäre gewesen, dass sie sich darüber gefreut hätte, dass er, wie vereinbart, gekommen war. Dass sie sich gefreut hätte, ihn wiederzusehen, dass sie ihm vielleicht sogar um den Hals gefallen wäre, aber er wirkte fremd auf sie. Als wäre er ein anderer als der, mit dem sie über zwei Wochen in der kargen Hütte in den Pyrenäen verbracht hatte, so wie auch sie eine andere geworden war. Sie wusste nicht, was er erlebt hatte. Im Grunde wusste sie überhaupt nichts über ihn. Ehrlich gesagt wusste sie nicht einmal, warum er als Engländer – oder war er Amerikaner? – überhaupt an katalanischen Résistance-Angelegenheiten beteiligt war. Sie erinnerte sich, dass sie auch nie eine Antwort auf ihre Frage erhielt, was er mit der RAF zu schaffen hatte, und sie wunderte sich, warum sie selbst nie nach seinen Hintergründen fragte.

Doch damals war sie einfach froh, die angstvollen Nächte nach den ersten Tagen der Flucht nicht alleine verbringen zu müssen und sich in Sicherheit zu fühlen. Jede tiefergehende Frage hätte vielleicht zu weiteren Verunsicherungen und Verwirrungen geführt, die sie in dem latenten Schockzustand, in dem sie sich befand, nicht verkraftet hätte. Zu der Zeit wusste sie noch nicht, was ein Mensch in der Lage war, zu ertragen und schon gar nicht sie selbst. Dass er nicht mehr an ihrer Seite war, als sie tatsächlich seines Schutzes bedurfte, lag wie ein Schatten auf ihrer Seele, den sie bislang nicht wagte zu sehen. Doch nun zeigte er sich und sie schauderte.

„Jeanne, kein Problem, es muss kein Cortado sein, bringen Sie mir bitte einfach einen Espresso und Wasser. Ich warte auf Sie, auf Ihr Schichtende, okay?"

Natürlich entging ihm ihr distanziertes, fast abweisendes Verhalten nicht. Er legte eine freundliche, warmherzige Miene auf, seine Augen jedoch blieben unbeteiligt und musterten sie eindringlich. Er war doch einigermaßen überrascht, dass seine Anwesenheit einen derartigen Stimmungswandel negativer Natur bei ihr verursachte. Eine Weile nämlich saß er schon da und bestaunte sie, wie sie sich zwischen den Tischen und den sich in Bewegung befindlichen Gästen behände und leichtfüßig hindurchschlängelte, elegant ihr Tablett balancierte und eine bezaubernde Aura von Fröhlichkeit verströmte. Vielleicht würde es doch nicht ganz so einfach sein, sie für seine Sache zu gewinnen, wie er sich das vorgestellt hatte. Ob sein jungenhafter Charme sie für ihn einnehmen konnte, war ihm jetzt keine Selbstverständlichkeit mehr.

Paul fühlte eine leise Enttäuschung in sich hochkriechen. Zwar war er nicht der Liebe wegen zurückgekehrt, aber er hatte sie nie vergessen, seine „Jeanne d'Arc, gesandt von Gott ihr Volk zu retten", ihre Tapferkeit, ihren Mut, ihre verborgene Verzweiflung, aus der ihr sonderbarerweise die übermenschliche Kraft erwuchs, ihre Jugend, ihre Freunde, ihre Familie, ihre Heimat, ihr Zurücklassen des ganzen, bis dahin behüteten Seins. Sie war sicherlich die bemerkenswerteste junge Frau, der er je begegnet war.

Seine Bestellung wurde ihm von einem Kollegen Jeannes serviert, der ihm dabei auch mitteilte, dass Jeanne in ein paar Minuten bei ihm sein würde. „Sie verstehen, Schichtwechsel. Dürfte ich bei Ihnen auch gleich abkassieren? Jeanne deutete mir an, dass sie mit Ihnen in ein anderes Lokal gehen würde."

Eine kleine Weile blieb Jeanne im Eingang des Papillons stehen und sah mit gemischten Gefühlen hinüber zum Tisch, an dem er saß. Ohne ihre Kellnerschürze, ohne den schwarzen Rock und die weiße Bluse, die sie getauscht hatte in eine weiße Zigarettenhose und ein hellblaues, leichtes Strick-Twinset, und mit ihren silbernen Tropeziénnes strahlte sie eine sommerliche Frische aus, doch sie wirkte auch verletzlich. Sie wusste einfach nicht recht, wie sie ihm begegnen sollte. Noch immer gefiel er ihr, aber sie waren nie ein Liebespaar gewesen. Nur in den letzten Minuten ihres damaligen Abschieds ließen sie ihre tiefe Zuneigung füreinander kurz aufblitzen, doch gaben dem nicht nach. Vertane Chancen, wenn man glaubt, andere Prioritäten setzen zu müssen, und wenn man der Liebe nicht die Chance einräumt, die ihr gebührt.

Sie gab sich einen Ruck und ging auf ihn zu. Blieb vor ihm stehen, reichte ihm die Hand und sagte: „Komm, lass uns gehen."

„Wohin?", fragte er. „Sie sieht bezaubernd aus", dachte er wieder einmal.

„Ich weiß es noch nicht. Lass uns einfach ein wenig gehen. Weg von dem Trubel hier. Vielleicht hinunter an die Seine. Ich muss mich erst einfinden, hier, jetzt. Dein Hiersein, so überraschend. Ich weiß nicht, was ich dir sagen soll. Und das, was ich dir sagen müsste, kann ich nicht aussprechen. Verstehst du?"

„Ja ... ich verstehe ... ja, also lass uns gehen ... nimm dir Zeit."

Es war weit bis zur Seine. Sie gingen wortlos. Mit Worten waren die gedanklichen Energien, die zwischen ihnen hin- und herströmten, nicht zu fassen. Immer wieder blickte sie ihn und er sie an. Manchmal trafen sich ihre Blicke, denen sie nicht lange standhielten. Die feierliche Stimmung, die über Paris lag, übertrug sich dennoch auf sie. Der Wind trug Tonfetzen von Blaskapellen, die patriotische Märsche spielten, zu ihnen herüber. Passanten gingen untergehakt und lachend an ihnen vorbei. Manche machten sich einen Spaß damit, ihnen mit halb vollen Champagner-Flaschen zuzuprosten und mit großen Schlucken direkt aus der Flasche zu trinken. Manche sangen die Marseillaise und manchen war anzusehen, dass sie bereits zu viele große Schlucke genommen hatten, aber alle schienen glücklich. Nach und nach fand auch sie ihr Lächeln wieder und schließlich auch ihre Stimme, allerdings nur, um sie gleich wieder zu verlieren.

„Warum kommst du jetzt erst, nach über einem Jahr, seitdem das Franco-Regime abgedankt hat? Warum? Wo warst du? Ich glaubte, ich würde dich nie wiedersehen und ehrlich gesagt, ich habe mich damit arrangiert, weil es mit mir eh nie mehr sein kann, wie es damals gewesen wäre, hätten wir nur den Mut aufgebracht, uns wenigstens zu küssen."

Sie erhielt keine Antwort auf ihre anklagenden Fragen, die ihr unbeabsichtigt über die Lippen wie ein Sturzbach rauschten, bevor sie den Mund wieder schließen konnte.

Er blieb stehen, sagte jedoch immer noch nichts, den Blick auf den Asphalt gerichtet. Nahm schließlich ihre Hand und sagte leise: „Ich habe jetzt einen anderen Namen, Jeanne."

Sie blieb ebenfalls stehen, während er aber mit gesenktem Kopf einige Schritte weiterging.

„Was? ... Was sagst du? ... Du hast jetzt einen anderen Namen? Was soll das? Bist du unter die Agenten gegangen?", lachte sie auf.

Das war sein Stichwort. „Ja ... ja, so ist es. Ich heiße jetzt Christian Boppard. Du verstehst, dass ich nichts weiter dazu sagen kann. Ich bin hergekommen, dich anzuwerben. Du bist jung, du bist mutig und intelligent, du bist stark, du sprichst 3

Sprachen fließend sowie einen katalanischen Dialekt und du bist schön. Meine Organisation ist bereit, dir dein Studium an der Sorbonne zu finanzieren, parallel zu deiner Ausbildung als – nennen wir es – Diplomatin."

Während er sprach, veränderten sich sein Ausdruck und sein Auftreten. Er wirkte um ein Vielfaches selbstsicherer, aber auch kühler und reservierter. Da war er also wieder, der Mann, der seine Gefühle so sehr einer Disziplin, einer Mission unterordnen konnte und sich abrupt hinter Unnahbarkeit verschanzte. In Jeannes Denken spielten sich verschiedene Szenarien gleichzeitig ab. Momente der Erinnerung, Einordnen ihrer eigenen Emotionen, Enttäuschung darüber, dass er nicht aus persönlichen Gründen gekommen war oder mit ihnen hinter dem Berg hielt, und großes Erstaunen über seine Vorstellung sowie sein Anliegen und die Unverblümtheit, mit der er es darlegte. Sie hob die Brauen, sah ihn mit großen ungläubigen Augen an, schüttelte den Kopf, machte mit beiden Händen eine Geste des absoluten Unverständnisses, brachte aber kein Wort hervor.

„Bitte", sagte er, „bitte, ich verstehe, dass ich dich völlig überrumpelt habe. Denke in Ruhe darüber nach. Du brauchst jetzt nichts zu sagen. Ich bin im Übrigen vollständig über deine Geschichte auf dem Laufenden. Leider bis in alle Einzelheiten. Die Männer, die … ähm … du weißt schon … sie haben ihre verdiente Strafe erhalten. Dafür habe ich gesorgt. Es tut mir so leid Jeanne, dass ich dich damals nicht beschützen konnte."

„Es tut dir leid?", schrie sie ihn an. „Du hast dafür gesorgt, dass sie bestraft wurden? Ich sage dir jetzt mal was: Es wäre mir lieber gewesen, du hättest mich damals nicht allein in den Bergen zurückgelassen und hättest dich zu mir bekannt, anstatt dich hinter nebulösen Machenschaften zu verstecken und dich aus dem Staub zu machen! Du denkst, es befriedigt mich oder heilt mich in irgendeiner Weise, wenn ich wüsste, dass die Kerle bestraft wurden? Du hast ja keine Ahnung! Ich bin diejenige, die mit den Narben auf der Seele leben lernen musste. Das ist mir bis heute übrigens sehr gut gelungen! Und jetzt kommst du und reißt alles wieder auf, indem du mir erzählst, dass du alles weißt, bis ins Detail? In mir die missbrauchte Frau siehst und hoffst, daraus sogar Kapital schlagen zu können? Christian, oder wie immer du heißt, was fällt dir eigentlich ein?" Sie war derart erbost, dass sie am ganzen Körper zitterte. „Und sag mir jetzt aber doch eben auch noch, was du mit der RAF zu schaffen hattest?", schob sie mit brüchiger Stimme hinterher.

So überrascht und schockiert er über ihren verbalen Ausbruch und über ihre Vorwürfe war, musste er doch laut auflachen. Bat sie um Entschuldigung, lachte weiter und endlich, als er sich wieder gefangen hatte, legte er beide Hände auf ihre Schultern und begann zu sprechen: „Meine Liebe, verzeih. Verzeih, dass ich eben so lachen musste. Ich lachte nicht über deinen Schmerz, der sich mir soeben in seiner Gänze offenbart hat. Obwohl ich anmerken muss, dass es Zufall war, dass wir uns dort in den Bergen begegnet sind. Du wärst ohne diese Zufallsbegegnung die ganze Zeit schutzlos alleine gewesen. Ich konnte nicht bei dir bleiben. Ich hätte dich unnötig in Gefahr gebracht. Doch lass mich dir erklären, mein Lachen galt dem Fakt, dass du gemutmaßt hattest, ich hätte mit der deutschen Roten Armee Fraktion zu tun. Das ist absurd. RAF bedeutet einfach nur Royal Air Force."

In diesem Moment blieb die Welt endlich für ein paar Sekunden stehen, wenngleich Jeanne da nicht gerade das attraktivste Bild von sich abgab. Ihr Mund stand nämlich offen.

Noch nach Wochen fragten sich die Stammgäste, wo ihre Lieblingskellnerin Jeanne abgeblieben war. Vom Patron des Café Papillon war nichts zu erfahren, im Gegenteil, alle Erkundigungen tat er unwirsch ab und hieß die neugierigen Frager, sich um ihre eigenen Angelegenheiten zu kümmern. Tatsächlich war es so, dass er zutiefst verletzt über das urplötzliche Verschwinden Jeannes war. Er hatte keinen Vertrag mit ihr. Sie kam vor vielen Monaten, fragte nach Arbeit und fing noch am selben Tag bei ihm an. Sie arbeitete sich schnell ein und entwickelte sich zu seiner verlässlichsten Mitarbeiterin. Die Gäste mochten und schätzten sie wegen ihrer unverbindlichen und diskreten Art. Sie war flink, charmant und bediente jeden Tisch mit einer leichten Fröhlichkeit, die jedoch nie über oberflächliches Geplänkel hinausging. Sie merkte sich die Eigenheiten der Stammgäste und kam deren Sonderwünsche ungefragt nach. Ihre Beobachtungen behielt sie für sich und sie schwatzte nicht. Das nahm er wohl wahr und auch die Gäste wussten das. So kamen oft Paare in wechselnder Besetzung, doch nie war ihr anzumerken, was sie dachte, ob sie überhaupt etwas dachte, und nie machte sie eine zweideutige Anmerkung, die die Gäste in Verlegenheit hätte bringen können. Am Tag nach den Nationalfeierlichkeiten erschien sie zu seinem Erstaunen früh am Morgen. Er wunderte sich noch, denn sie machte immer die Nachmittags- und Abendschichten. Sie legte ihre Kellnerschürzen auf den Tresen, ging um den Tresen herum, auf ihn zu und schlang ihre Arme um ihn, was ihn noch mehr verblüffte, denn sie war, was Berührungen anging, stets mehr als zurückhaltend und sagte, ihn nicht loslassend:

„Danke. Danke für alles Patron. Sie wissen es nicht, aber Sie haben mir in gewisser Weise ein neues Leben geschenkt. Ich werde Ihnen das niemals vergessen, doch jetzt muss ich Sie verlassen. Leben Sie wohl! Eines Tages werde ich vielleicht zurückkommen und Ihnen alles erklären können." Dass sie ihre Arbeit von einem Tag auf den anderen ohne weitere Erklärung aufgab, hinterließ Verwirrung und einen bitteren Nachgeschmack bei ihm. Ihre Anwesenheit war ihm so zur Selbstverständlichkeit geworden, dass er erst jetzt bemerkte, wie sehr sie ihm ans Herz gewachsen war. Nicht einmal nach ihrem noch ausstehenden Lohn hatte sie gefragt. Noch bevor er begriff und bevor er etwas sagen konnte, verschwand sie aus seinem Lokal und, was ihm einen Schock versetzte, aus seinem Leben – und den Dienstplänen.

Für Jeanne hingegen nahm das Wiedersehen mit Paul, der sich nun Christian nannte, eine Wendung, die sie sich in ihren kühnsten Träumen so nicht ausmalen konnte. Bevor sie Richtung Seine weitergingen, legte er seinen Arm geschmeidig um ihre Schultern, wobei er bemerkte, dass sie fast unmerklich zusammenzuckte und sich anspannte. Sogleich ließ er darum der freundschaftlichen Geste Worte folgen: „Jeanne, weißt du, dass du bezaubernd aussiehst? Das wollte ich dir die ganze Zeit schon sagen. Du bist noch schöner, als ich dich in Erinnerung hatte."

„Kunststück", lachte sie, „du kennst mich ja nur fieberverschwitzt in Männerunterhosen!"

„Ja, da hast du allerdings Recht und dein Haar sah ziemlich vernachlässigt aus", vervollständigte er amüsiert. „Ich möchte dich gerne in ein gutes Restaurant ausführen", fuhr er fort, „ich kenne da eines in der Nähe. Hast du vielleicht etwas Eleganteres zum Anziehen? Ein hübsches Kleid vielleicht?"

Erst jetzt fiel ihr auf, wie geschmackvoll er gekleidet war. Nicht overdressed, doch ein gut geschnittener, heller sommerlicher Leinenanzug mit Weste, der seine tadellose, sportliche Figur diskret betonte. Dabei spürte sie leisen Ärger in ihr aufkeimen. Was bildete er sich ein, ihr Vorschläge zu machen, wie sie sich kleiden solle, und überdies war es ihr peinlich, gestehen zu müssen, dass sie keine salonfähigere Kleidung besaß. Ihre Garderobe war mehr als übersichtlich und eher aufs Praktische ausgelegt. Christian entging nicht, dass sich ihre Augen verdunkelten und sich eine kleine Zornesfalte zwischen ihnen bildete, ließ sich aber nicht davon beeindrucken, erinnerte er sich doch mit Vergnügen an ihre kleinen, widerspenstigen Reaktionen damals in der Hütte in den Bergen.

„Also ist die Antwort ‚Nein‘, wenn ich dein Schweigen richtig deute? Macht nichts, wir kommen auf dem Weg dahin an ein paar exquisiten Boutiquen und Schuhgeschäften vorbei."

Widerspruch schien sinnlos und wäre ihr letztlich auch dumm und kleinlich vorgekommen. Außerdem war ihre Eitelkeit geweckt. Zu lange hatte sie die Sehnsucht, ihre feminine Seite zuzulassen, ihre Schönheit zu betonen, der sie unbewusst die Schuld an dem gab, was ihr geschehen war, tief vergraben. Klar, bei realistischer Betrachtung wäre das genauso passiert, wäre sie ein unscheinbares Mauerblümchen gewesen. Möglicherweise wäre das Vergnügen an ihrer Erniedrigung für die verdammten Verbrecher geschmälert gewesen, doch wirklich erniedrigt haben die sich mit dieser Tat am meisten selbst. Sie haben ihre Masken fallen lassen und ihre hässlichen Fratzen gezeigt. Gut, dass sie ihre gerechte Strafe erhielten. Ihr Blick blieb kurz an Christians Profil hängen, dankbar dafür. Doch sie sagte es ihm nicht. Während ihr Bilder und Gedanken dieser Art durch den Kopf gingen, aus denen sie abrupt durch das laute Gebimmel beim Betreten einer Boutique herausgerissen wurde, spürte sie gleichzeitig, dass ihr Trauma überwunden schien. Die lange Zeit, das fremde Land, die Sprache, die nicht ihre Muttersprache war, hatten vieles vergessen und Wunden heilen lassen. Erleichtert stellte sie fest, dass sie sich ihren Erinnerungen stellen konnte, ohne die Fassung zu verlieren und im fast gleichen Atemzug entschied sie, das großzügige Angebot anzunehmen, heiter und ohne Vorbehalte, sich eine schöne Garderobe auszusuchen. Sie behielt das smaragdgrüne Satinkleid, das knapp unter den Knien endete, gleich an. Es betonte ihre Taille und umspielte die schöne Rundung ihres Hintern auf reizendste Weise, während die Flügelärmelchen eine kokette Harmlosigkeit vorgaukelten und ihre schönen Schultern und Arme hervorhob und außerdem eine Anachronie zur zeitgenössischen Mode darstellte, denn Love & Peace und Flower Power setzten Zeichen auch in der Haute Couture. Zum Kleid wählte sie Pumps in goldenem Leder, in der Art, wie Tangotänzerinnen sie gern trugen und in denen sie gut gehen konnte.

„Ausgezeichnete Wahl", sagte Christian nur, doch es war hörbar, wie ein gewisser Stolz ob der schönen Begleiterin sich seiner bemächtigte. Im Restaurant wies man ihnen einen kleinen Tisch in einer Fensternische zu, der von anderen Gästen schlecht einzusehen war und bei dem ihre Gespräche nicht belauscht werden konnten. Es kam ihr so vor, als ob Christian ein bekannter Gast war, zumindest ließ das vertrauliche Verhalten des Kellners das vermuten. Der Tisch war außerdem bereits für ihn reserviert.

War sie so berechenbar? Nun, sie hatte es mit einem Mann zu tun, von dem sie nichts wusste, der jedoch alles über sie zu wissen schien oder sich generell psychologischer Muster zu bedienen wusste, über die sie sich noch nie Gedanken gemacht hatte. Gleich nachdem sie bestellt hatten, beziehungsweise nachdem er bestellt hatte, und dessen Auswahl absolut ihren Geschmack traf, begann er wortreich und überzeugend die Möglichkeiten darzulegen, die sich ihr auftun würden, wenn sie seiner Anwerbung zustimmte. Ausschlaggebend vor allem sei die völlige finanzielle Unabhängigkeit, die ihr erlauben würde, ihr Studium aufzunehmen, das sie mit einer Dissertation abschließen sollte. Dies war im Rahmen ihrer künftigen Ausbildung als „Diplomatin" gewünscht und die Zeit, die sie dafür benötige, würde ihr vertraglich zugesichert werden. Im Gegenzug verpflichte sie sich, ihre „Dienste" der Organisation zur Verfügung zu stellen. Selbstverständlich unterläge sie einer absoluten Schweigepflicht, was, wie er sagte, wohl keiner weiteren Erläuterung bedürfe. Außerdem erhielte sie diverse Ausbildungen und Trainings, die während der Semesterferien stattfänden und zu denen man sie an einen unbekannten Ort verbringen würde. Neben diversen anderen Fertigkeiten würden ihre physische als auch psychische Stärke und Ausdauer trainiert, was, das wolle er ihr nicht vorenthalten, kein Zuckerschlecken sei, aber er habe diesbezüglich und in Anbetracht ihrer Widerstandskräfte, die sie mit ihrer Geschichte erlangt habe, nicht die geringsten Bedenken. Auch die Risiken, mit denen sie konfrontiert werden könne, erläuterte er ohne Umschweife und Beschönigung. Anklage wegen Hochverrats und die damit verbundenen Haftstrafen oder Schlimmeres, je nachdem, welche Länder involviert sein würden. Aber wie gesagt, nur in dem Fall, es würde etwas gravierend schiefgehen, wovon nicht auszugehen sei. Die Organisation sei weltweit gut vernetzt und in der Regel gab es Austauschabkommen mit anschließender Wiedereingliederung in ein normales bürgerliches Leben unter neuer Identität. Sie bat sich Bedenkzeit über Nacht aus. Jedes seiner Argumente abwägend und ihre eigene Position beleuchtend, wie zum Beispiel, dass sie nicht den geringsten Wunsch verspürte, an Familienplanung zu denken, Familiengründung für sich gar völlig ausschloss, da sie nicht die Absicht hatte, Wurzeln wo auch immer zu schlagen, und überhaupt niemandem Rechenschaft schuldig war, machte sie selbst in ihren eigenen Augen prädestiniert für eine „Diplomatenkarriere". Dass dies nicht eine offizielle politische Rolle sein würde, empfand sie in dem Moment als zweitrangig. Erstrangig war, dass ihr ermöglicht würde, das Studium ohne existenzielle Erschwernisse absolvieren zu können und damit den Grundstein für alles, für ein künftiges Leben ohne Entbehrungen zu legen. Was sie obendrein an Wissen und Können erwerben, wofür sie trainiert werden würde, versprach das nötige Quäntchen Spannung in ihrem Leben, denn bislang ging sie jeglichen amourösen Abenteuern aus dem Weg. Sie war bereit. Am nächsten Tag verabschiedete Jeanne sich, so überraschend wie sie gekommen war, vom Patron des Papillon, den sie nie wiedersehen sollte.

Zu einer Liebesgeschichte mit Christian kam es nicht mehr, obwohl sie eine starke Anziehungskraft aufeinander ausübten. Er war ihr zu nah gekommen, er wusste zu viel von ihr, als dass sie sich ihm hätte unbelastet hingeben können. Im Übrigen musste er auch wieder weg. Ein neuer Auftrag. Viele Jahre später erst würden sie sich bei einer gemeinsamen Freundin auf wundersame Weise wiedersehen.

Kapitel drei

Begegnung in Paris

Eigentlich heißt sie Eleonore, doch der Name gefällt ihr nicht, alle Welt kennt sie als Elèn. Geschrieben E-L-E-Accent-grave-N. Gesprochen Ilän. So klingt der Name englisch und französisch gleichzeitig. Elèn befindet sich auf dem Weg nach Tanger auf der Flucht vor sich selbst.

Doch angefangen hatte alles in Paris. Sie war aus beruflichen Gründen in die Stadt gekommen, blieb dann wegen eines Konzerts, und weil sie ein paar Tage mit sich sein wollte, in der Stadt, in der sie sich immer so wohl fühlte. Sie hatte nichts Besonderes sonst vor, war nicht auf Abenteuer oder auf unerwartete Bekanntschaften aus. Sie schlenderte durch die Straßen, sah sich die Auslagen an, genoss die Anonymität und das ungewohnte Gefühl, kein Ziel und nichts zu erledigen zu haben, als sich der Himmel nach und nach verdunkelte und leichter Nieselregen einsetzte. Ein warmer Mairegen. Der Asphalt dampfte und die Gerüche der Straße stiegen ihr in die Nase. Die dünnen Ledersohlen ihrer Ballerinas drohten allerdings aufzuweichen, weshalb sie das nächstliegende Café betrat. Diese Idee hatten viele, aber sie konnte sich gerade noch ein kleines Tischchen am Fenster in der hintersten Ecke des Cafés ergattern. Sie war froh, dass sich vorerst niemand dazusetzte, bestellte sich einen Kaffee, dazu einen Cognac und fand sich etwas verrucht deshalb. Nie sonst würde sie alleine an einem Nachmittag einen Cognac trinken. Ein süffisant genüsslicher Zug umspielte ihre Lippen, die sie mit Hilfe eines kleinen Handspiegels kontrollierte und daraufhin roten Lippenstift nachzog. Sie gefiel sich in diesem Moment in der Rolle der Femme fatale. Ihre Kleidung jedoch war pures Understatement. Sie trug eine weite, schwarze Hose mit Bügelfalte, der Schnitt angelehnt an eine Männerhose der sechziger

Jahre, die sie mit einem geflochtenen Ledergürtel in der Taille zusammengezogen hatte. Darüber trug sie eine weiße, kastig geschnittene Bluse mit kurzen Ärmeln, ebenfalls angelehnt an Sommer-Männerhemden der Sechziger. Die Hose hatte sie hochgekrempelt, sodass ihre Fesseln zur Geltung kamen und einen schönen proportionalen Abschluss mit den Ballerinas fanden.

Von ihrem Tisch aus schaute sie hinaus auf die Straße, sah den Menschen zu, die ihren Zielen entgegenhasteten, und hätte am liebsten Einblick in ihre Leben gehabt und gewusst, welches die Geschichten waren, die ihre Leben bestimmten. Ob sie verliebt waren oder ob sie einem Zuhause zueilten, in dem sie sehnsüchtig erwartet wurden, oder ob sie einer Arbeit nachgingen, in der sie gut oder zu schlecht bezahlt wurden. Ob sie glücklich oder glücklicher, als sie selbst es war, waren oder vielleicht mit schlimmen Schicksalen haderten. Deshalb ging sie wohl so gerne ins Kino. Sie liebte französische Filme, die ihren Figuren erlaubten, endlos und manchmal unsinnig vor sich hin zu schwatzen, und in denen nichts passierte, so wie das im wahren Leben auch ist. Kino erlaubte ihr, das Leben anderer Menschen zu beobachten, ohne selbst involviert zu sein. Es erlaubte ihr Leiden, Glück, Sehnsucht, Schmerz, Liebe, einfach alles zu beobachten, ohne selbst Energie dafür aufbringen zu müssen. Manchmal dachte sie, dass sie gar nicht die Kraft dafür besäße, alle Emotionen auszuhalten, die ein Menschenleben aushalten muss, so oder so. Als sie ihren Blick wieder dem Inneren des Lokals zuwandte, war sie überrascht, dass sich ein Herr genähert hatte, der bereits die Rücklehne des freien Stuhls umfasste und sie sogleich ansprach.

„Darf ich mich zu Ihnen setzen? Stört es Sie?"

„Keineswegs. Bitte setzen Sie sich", nickte sie ihm zu und sie wusste nicht, warum, aber am liebsten hätte sie gesagt: „Aber ja, setzen Sie sich, ich habe mein Leben lang auf Sie gewartet."

Elèn hatte diesen Satz einmal in einem Film gehört. Sie wusste nicht mehr, welcher Film es war, aber dieser Satz hatte sie so sehr berührt und damals wünschte sie sich, jemand würde diesen Satz einmal zu ihr sagen. Nun aber hatte sie selbst das dringliche, aber irrsinnige Bedürfnis, diesen Satz laut einem wildfremden Mann gegenüber auszusprechen. Völlig verrückt und völlig verwirrend. Später konnte sie sich nicht mehr daran erinnern, wie sie letztlich ins Gespräch gekommen waren. Vermutlich haben sie sich über das Wetter unterhalten und insbesondere über die Sinnlichkeit warmer Mairegen. Jedenfalls, es dauerte nicht lange, bis sie vollkommen in ein anregendes Gespräch verwickelt feststellten, dass sie ähnliche Dinge mochten oder nicht mochten, und dass sie sich köstlich amüsierten über die Ansichten des jeweils anderen. Ihr entging nicht, dass sein Blick manchmal in Höhe ihres Ausschnittes hängen blieb. Sie trug die Bluse lässig geöffnet und es war durchaus möglich, dass ihr roter BH daraus hervorblitzte, aber sie getraute sich nicht, sich selbst einen prüfenden Überblick zu verschaffen. Sie wollte vermeiden, dass er sich ertappt fühlen könnte, und schließlich sprach nichts dagegen, ein wenig ihres schönen Dekolletés zu zeigen. Er schien überhaupt ihre Figur mit Blicken zu ertasten, doch es war nicht der betatschende Blick, den manche Männer sich ihr gegenüber erlaubten und der ihr bis auf die Knochen unangenehm war. Seine Blicke waren wertschätzend und anerkennend, ohne aufdringlich zu sein. Als sie sich voneinander verabschiedeten, nahm sie eine kleine Unsicherheit bei ihm und bei sich selbst wahr. Sie hoffte, er würde sie nach einem Wiedersehen fragen, was er aber nicht tat. Er wird seine Gründe haben oder er wollte ihr nicht zu nahe treten, war Elèns Vermutung. Den ganzen Nachmittag über bis zum frühen Abend hatte er sie mit ausgesuchtem Charme und Respekt behandelt und sie blieben beim „Sie", da sie beide diese Form der Ansprache elegant fanden. Sie taten ihre Bewunderung für die Beauvoir und Sartre kund, die ihr Leben lang die Anrede in der dritten Person beibehielten, auch in den zärtlichsten Liebesbriefen, die sie sich schrieben. Die Gespräche ihrer zufälligen Begegnung waren amüsant, ehrlich, reflektiert und sie flirteten auf natürlichste Weise, während ihr beiderseitiges Interesse aneinander die Spannung hielt. Ein spontaner Impuls brachte sie dazu, ihm die Karte ihres Hotels zu geben.

„Fragen Sie dort nach mir", bat sie ihn. Das Café verließen sie zusammen, wandten sich jedoch voneinander ab, in gegenseitige Richtungen davonzugehen. Noch immer regnete es leicht. Im Gehen drehte sie sich noch einmal nach ihm um und winkte ihm, seinen Blick suchend, lächelnd zu. Sie ging schnell, so schnell, wie der Takt ihres Gedankenkarussells es vorgab. Was war passiert? Sie war einem Mann begegnet, der sie allein mit Blicken so berührte, dass sie es mochte. Er bewunderte ihr Frausein, ihre Weiblichkeit, das spürte sie und sie fühlte sich erkannt, verstanden, berührt. Ihr kam diese Krankheit in den Sinn, bei der sich vorwiegend junge Menschen selbst verletzten. Sie fragte sich, ob das Krankheitsbild sich daraus ergab, dass diese Menschen sich nicht erkannt und nicht berührt fühlten und dieses Nichtvorhandensein so schmerzlich ist, dass sie sich selbst wehtun müssen, um sich zu spüren. Sie erfuhr im Moment genau das Gegenteil, fühlte sich gesehen und berührt. Sie hätte es ihm gerne gesagt. War ihre Zimmernummer auf dem Kärtchen zu finden? Sie hatte ihm ihren Nachnamen nicht genannt. Man würde sie aber kennen, wenn er sie an der Rezeption beschriebe. Sie wohnte immer, wenn sie in Paris war im selben Hotel am Boulevard Rochechouart, weil sie den Jugendstil-Frühstückssaal mochte, der aussah, als hätte man seit einem Jahrhundert kaum Änderungen vorgenommen. Auf dem Weg zurück ins Hotel waren ihre Schritte beschwingt von Glücksgefühl, trotz der zunehmenden Nässe, die ihren Ballerinas nicht gut bekam und ihre Haare benetzte, die ihr in Strähnen im Gesicht klebten. Sie war in Paris, weit weg von allem und freute sich über die vibrierende Erregung, die seit der Begegnung ihren Puls erhöhte und nicht weichen wollte. An ein Morgen oder an ein Wiedersehen zu denken, wagte sie sich nicht.

„Paul! Ich freue mich, dass Sie mich gefunden haben. Sind Sie unten an der Rezeption? Möchten Sie warten? Ja? Ich habe geschlafen, ich brauche 20 Minuten, dann bin ich bei Ihnen." Aufgeregt und schnell nahm sie eine kalte Dusche, um ganz wach zu werden und um ganz bei sich zu sein. Sie mochte das Gefühl nicht besonders, wenn ihre Gedanken begannen zerfledderte Strukturen anzunehmen. Sie mochte es nicht, wenn Emotionen ihr den Verstand vernebelten, aber das war es, was gerade mit ihr passierte. Selbst die Auswahl der Garderobe schien zu einer intellektuellen Meisterleistung auszuarten. Die Reisegarderobe ließ keine große Auswahl zu; sie fiel auf das enganliegende, schwarze Prada-Kleid. Knielang mit dezent glitzernden Pumps. Für einen Abend in Paris schien ihr das absolut angemessen. Sie würden nicht viel Zeit haben, die sie miteinander verbrachten. All die Aspekte, all die Fragen, die in den Beginn konventioneller Beziehungen normalerweise einflossen, konnten sie außen vor lassen. Beiden war das bewusst. Ihren Verunsicherungen, die es dennoch gab, wollten sie nicht Raum geben. Er erwähnte beiläufig im Café den Grund seines Aufenthaltes in Paris, es war irgendwas mit wissenschaftlichen Schriften, die er in der Bibliothèque Nationale zu sichten hatte, aber es war auch leicht an seiner eloquenten Wortwahl zu erraten, dass er akademischen Hintergrund hatte. Sie genoss das Niveau, doch in diesen Tagen war das alles nicht von Belang. Sie wollte nur Frau sein und er nur ein Mann. Davon ging sie aus. Pur. Ganz im Hier und Jetzt. Keine einengenden Verpflichtungen und Versprechungen und Loyalitätsbezeugnisse. Sie würden sich selbst erfahren und sich dem hingeben, was ihnen widerfuhr. Nicht mehr und nicht weniger. Sie hoffte, er würde sie zum Dinner ausführen. Bevor sie ihr Zimmer verließ, atmete sie noch einmal tief durch, versuchte ihre Atmung, ihre nervöse Verfassung unter Kontrolle zu bringen, was ihr erst nicht gut gelang. Auf dem Weg zum Lift versagten ihr fast die Beine, zumal die hohen Schuhe, die sie nur noch selten trug und mit denen sie früher mühelos aufrecht und elegant lange Strecken ging, ihr ungewohnt waren und ihr ein fast vergessenes Körpergefühl zurückbrachten. Eine erregte Anspannung, die sich durch alle Muskeln ihres Körpers zog. Ein Hochgefühl, das sich auch für wenige Sekunden einstellte, wenn sie nach ihren Jogging-Runden noch einen Sprint hinlegte und selbst über die Geschwindigkeit ihrer Beine staunte, die sie fast fliegen ließen und ihr manchmal bewundernde Blicke von

Spaziergängern einbrachten. Und da waren ja auch noch die Gedanken an die körperliche Anziehungskraft, die dieser Mann auf sie ausübte. Sie musste lächeln, denn ihr kam in den Sinn, dass dieses Gefühl ihr ebenso unvertraut geworden war wie Schuhe mit den hohen Pfennigabsätzen, die im Moment nichts weniger bedeuteten als ihre Bereitschaft, sich hinzugeben.

Er erwartete sie in der Lobby und erhob sich sogleich aus dem tiefen Ledersessel, als er sie erblickte. Sie hauchte ein „Bonjour Monsieur". Nicht aus Koketterie, ihr versagte schlicht ein wenig die Stimme. Er sah in ihre Augen, lächelte und bot ihr seinen Arm, als spürte er, dass sie für einen kurzen Moment Halt benötigte. Sein Duft umgab sie und ihr Duft vereinigte sich aufs Beste mit dem seinen. Auf dem Rücksitz im Taxi lehnte sie sich mit aller Selbstverständlichkeit an ihn und wurde ganz ruhig. Während der Fahrt ins Restaurant, in das er sie ausführen wollte, sprachen sie nicht. Der Taxifahrer musste sie für ein vertrautes, älteres Paar gehalten haben, das ohne Worte in aller Einigkeit seinen Plänen für den Abend nachging. Vielleicht einer Einladung folgend oder einem Theaterbesuch nachkommend. Elèn nahm sich vor, es bei dieser offenen Unwissenheit zu belassen und Paul nichts über sich selbst zu erzählen. Nichts über ihren Beruf, ihre familiären Bindungen, noch nicht einmal etwas über ihren Beziehungsstatus. Sie wollte einfach so gesehen werden, wie sie war, und nicht derartig, wie ihre Herkunft und ihre Geschichte von ihr erzählten. Sie wollte so gesehen werden, wie sie sich selbst am liebsten gesehen hätte. Ein ganz klein wenig mondän, ein wenig kühl, etwas unnahbar, doch fähig zur Leidenschaft, klug und naiv, nicht immer liebenswert, oft ein feiner Humor in den Blicken und flammende Gesprächspartnerin, wenn es um Themen ging, die leicht genug waren, als dass sie anderntags vergessen werden konnten, und anspruchsvoll genug, sich den Kopf darüber zu zerbrechen. Er bemerkte, dass sie keine Strümpfe trug und sie barfüßig in ihren Schuhen steckte, sagte aber nichts dazu. Auch am Nachmittag war ihm schon aufgefallen, dass sie schöne Füße hatte, die sie gern aus den Schuhen gleiten ließ, und mit den Zehen wackelte. Elèn genoss jeden Moment. Mit überwältigender Glückseligkeit nahm sie wahr, dass sie mit einer unfassbar starken körperlichen Anziehungskraft beschenkt waren. Sie spürte es auch bei ihm. Alle verstörende Erregtheit war weg, es gab nur noch Vorfreude, die sie mit einem feinen Dinner und angeregten Gesprächen voller Esprit hinauszuzögern wussten. Sogar einen anschließenden Besuch in einer Bar versagten sie sich nicht, weil der Genuss, sich zu umspielen, zu köstlich war und sie dachten immer noch mit keiner Sekunde daran, dass es einen Moment des Adieus geben würde. Beim Verlassen der Bar fragte sie ihn, ob er die Farbe Rot auf weißer Haut gerne sähe. Er beantwortete ihre Frage, in dem er ihre Hand nahm, sie zu seinem Mund führte und jede Fingerspitze einzeln küsste, wobei er ihr mit verschwörerischer Miene tief in die Augen blickte. Dann trat er auf die Straße und hielt ein Taxi an. „Bringen Sie uns ins beste Hotel der Stadt", wies er den Fahrer an. Der Glanz der Suite konnte kaum mit der Aura gegenseitigen Begehrens mithalten, die sie beide umgab. Sie betraten still die Suite, er legte seine Jacke beiseite. Sie machte einen Schritt auf ihn zu, griff nach seinem Arm und fragte: „Darf ich?" Sie löste erst den einen, dann den anderen Manschettenknopf und legte sie behutsam auf ein Sideboard mit gläserner Platte. Gleichzeitig streifte sie ihre Schuhe ab und drehte ihm den Rücken zu und bat ihn, den Reißverschluss ihres Kleides zu öffnen, der sich hinunterzog bis zum Ansatz ihrer Gesäßfalte. Er kam ihrer Aufforderung lächelnd nach, küsste sie am Hals, ließ eine Hand auf ihrer Hüfte liegen und zog mit der anderen langsam den Reißverschluss auf. Jeden Zentimeter Haut, den der Reißverschluss freigab, begrüßte er mit einem Kuss. Dann schob er zärtlich das Kleid über ihre Schultern, half mit kleinen Rucken nach, bis es schließlich mit einem raschelnden Ton auf dem Boden auftraf. „Mmmmh", raunte er bei dem Anblick ihrer fast nackten Rückseite. Sie trug nur noch ihre roten Dessous aus Spitze. Einen BH und ein Höschen. Sie trug meist rote Unterwäsche. Nicht einmal aus erotischen Gründen, sondern ganz banal, weil ihr die Farbe Rot auf ihrer Haut so gut gefiel. Jetzt war sie froh drum und spürte, dass sie nass zwischen ihren Beinen geworden war und sich eine feuchte Stelle in ihrem Höschen bildete. Er drängte sich eng an sie, hielt sie mit beiden Händen an den Hüften, die Daumen in der kleinen Beuge neben den oberen Hüftknochen, als wüsste er, dass sie an dieser Stelle besonders empfindsam war, und schob ihren Hintern gegen seine steife Männlichkeit. Seine Gürtelschnalle drückte sich kalt in ihren Rücken. Sie schmolz in seinen Berührungen, in seinen Händen. Erzitterte bei seinen Küssen, mit denen er ihren Rücken abtastete. Vor Lust stöhnend bog sie ihren Rücken nach hinten, drehte sich ihm zu, umfing ihn mit den Armen und zum ersten Mal fanden sich ihre Lippen, berührten sich ihre Zungen und mit dieser intimen Berührung fielen alle Schranken. Sie küssten sich wild und fordernd und ihr ging durch den Kopf, dass sie in unzähligen Romanen gelesen hatte, dass zwei sich küssen, als wären sie Ertrinkende und sie fand das immer etwas befremdlich, doch nun verstand sie es und wollte mehr davon. Sie konnte buchstäblich fühlen, wie ihr Verstand, ihr Geist und jede ihrer Zellen das irdische Gedächtnis austauschten gegen eines, das ganz andere universelle Kräfte zur Quelle hatte. Sinnlichkeit breitete sich in ihr aus und sie war nichts als manifestierte Begierde. Ihrer beider Küsse wurden noch fordernder, als könnten sie mit der Zunge ihr innerstes Wesen berühren. Sie begehrte den Körper dieses Mannes, seine Stimme und die Sprache, die sie gemeinsam sprachen. Er begehrte sie. Ihre makellose Haut, ihre weiblichen Formen, ihre üppigen Brüste, die er alsbald mit zärtlicher Hand aus dem BH heraushob und wobei er kaum erwarten konnte, ihre Knospen zu schlecken und ihr Aufrichten mit Wonne zu betrachten. Ihre geistige Übereinkunft setzte sich spielend auf körperlicher Ebene fort. Keine Hemmungen, keine Bedenken, keine Verschämtheiten.

„Que vous êtes belle", sagte er. „Je vous attendais", sagte sie.

Sie wollte alles geschehen lassen. Er flüsterte ihr Worte ins Ohr, die ihr die Sinne raubten. Er rief ihr in Erinnerung, dass alle Frauen aus dem Schoß einer Göttin entspringen und das Sinnliche aus dieser Göttlichkeit entwächst. Alles wollte sie ihm sein, alles, wovon er je geträumt hat, denn seine Erotik war die ihre. Zusammen würden sie in unbekannte Sphären göttlichster Sinnenlust reisen. Sie wollte den Verstand verlieren und sich den Wogen überlassen, die ihren Körper und ihre höchst erregte Mitte durchliefen. Sie war willfährig, grenzenlos und fieberte dem Zeitpunkt entgegen, den er wählte in sie zu dringen. Er machte sie unendlich glücklich in dieser Nacht und sie geriet jedes Mal in Verzückung, wenn er sich in sie vergoss, was er mehrmals in dieser Nacht tat. Er nahm sie zärtlich, er nahm sie hart und sie verging in schierer Lust. Einmal durchlief sie ein Beben, das sie weinen ließ. Als sie erschöpft nebeneinanderlagen, die Glieder noch lässig in- und übereinander von sich gestreckt, scherzten sie darüber, ob sie sich in das Gästebuch eintragen sollten. Im Gästebuch war zu lesen: „Elèn & Paul waren da. Ein Mann und eine Frau."

Am anderen Morgen, als sie vor das Hotel traten, schien ihnen die Sonne warm und grell ins Gesicht. Weil ihnen der Schlaf fehlte, waren ihre Augen auf die Helligkeit nicht vorbereitet und sie blinzelten sich mit zusammengekniffenen, tränenden Augen an. Sie lachten, doch beide fühlten, wie schon Ernüchterung sich in ihre Gemüter schlich. Ihre Begegnung war für sie beide derart überwältigend, dass Worte nicht vermochten, nur annähernd zu beschreiben, welche emotionalen Sensationen sie miteinander erlebten. Sie hatten sich die Freiheit genommen, die Realität für ein paar Stunden auszuschalten, ohne die Konsequenzen zu bedenken. Sie glaubten, dass es keine Konsequenzen gäbe, denn sie gaben sich von Beginn an zu verstehen, dass es bei dieser einmaligen Nacht bleiben würde und sie danach keinen Kontakt mehr haben würden. Sie versicherten sich, um ihre Gemüter zu beruhigen, dass es in einem Leben erlaubt sein müsse, einmal alle Grenzen zu überschreiten. Sich gegenseitig ihre Vernunft und ihren rationalen Willen beweisend, benahmen sie sich jetzt, als hätten die vorangegangen Stunden kaum Spuren hinterlassen. Er schlug ihr vor, sie bis zu ihrem Hotel zu begleiten, wo sie ihr Gepäck abholen musste, um ihren Zug noch vor Mittag zu erreichen, der sie in ihr Leben zurückbringen würde, in dem es ihn nicht gab und nicht geben durfte. Er war froh darüber, dass sie keine Worte des Bedauerns über ihre Abreise äußerte.

Während die Hotelangestellte an der Rezeption die Abrechnung vorbereitete und sie warten musste, griff sie in die Bonbonniere, die auf dem Tresen aufgestellt war, fischte ein Bonbon heraus, wickelte es aus, steckte es in den Mund und beobachtete scheinbar geistesabwesend durch das gläserne Portal Paul, der vor dem Hotel auf- und abging und auf sie wartete. Sie spielte mit dem Bonbonpapierchen herum und wie von fremder Hand geleitet, griff sie nach einem Stift und notierte ihre Nummer auf die Innenseite des Papierchens, unterschrieb mit Elèn und zerknüllte es. Als Paul sie auf der Straße mit ihrem Reisekoffer in Empfang nahm, ließ sie das zerknüllte Bonbonpapier unbemerkt in seine Manteltasche gleiten. Vielleicht ritt sie der Teufel, wie man im Volksmund sagt, aber irgendwie war ihr danach, das Schicksal auf subtile und fast unmögliche Weise herauszufordern. Sie versprach sich nicht wirklich etwas davon. Dabei stellte sie sich vor, wie er eines Tages seine Hände in die Manteltaschen stecken würde, vielleicht auf der Suche nach einem Taschentuch, und dabei auf das zerknüllte Bonbonpapier stoßen und es achtlos beim Passieren eines Mülleimers wegschmeißen würde. Dann erst wäre ihre Affäre unwiderruflich beendet, der letzte verbindende Faden ihrer Begegnung gelöscht. Ein Stich ging durch ihr Herz.

Sie hatten noch etwas Zeit, bevor sie zum Bahnhof musste, und so kamen sie überein, sich noch ein wenig in einem der nahe liegenden Parks auf eine Bank zu setzen, die Trennung hinauszögernd. Doch beiden ging die Leichtigkeit ab, die ihr Treffen zu Beginn so beseelt hatte. Die Wirklichkeit griff schon mit langen Fingern nach ihnen und ließ vor allem Elèn kurzatmig und nervös werden und so brachen sie bald auf. Still Hand in Hand noch ein paar Straßenzüge gehend, bevor sie ein Taxi anhielten. Als sie am Gare de l'Est ankamen, stand Elèns Zug bereits auf den Gleisen. Kurz, fast förmlich umarmten sie sich wortlos ein letztes Mal. Ein letzter Blick in die Augen. Zärtlich und tapfer. Er blieb am Gleis stehen, bis der Zug den Bahnhof verließ. Sie stand am Fenster des Abteils, das sich nicht öffnen ließ, winkte und hauchte gegen das Glas: „Ruf mich doch einfach an, Paul."

Sie hatte lange keine solch triste Bahnfahrt mehr erlebt. Sie fragte sich, warum sie beim Abschied kein Wort herausbrachte. Sie war wie gelähmt. Was hätte sie ihm denn sagen können, was irgendwie von Dauer, von Wert gewesen wäre? Sie würden beide wieder in ihre Leben zurückkehren. Alles wäre wie zuvor, nur mit dem kleinen, aber bedeutenden Unterschied, dass sie eine andere geworden war. Zumindest schien es ihr so. Alles fühlte sich fremd und anders an. Sie saß so oder so im falschen Zug. Kaum hatte der Zug Paris verlassen, vermisste sie Pauls schöne Sprache, den Klang seiner Stimme. Vermisste es, in seinen Gedankenbildern zu leben, die er so außergewöhnlich schön formulierte und ihr das Gefühl gaben, mit ihm schweben zu dürfen. Ein ganzes Leben hatte sie auf ihn gewartet. Komisch, dieser Satz ging ihr schon wieder durch den Kopf. Daheim nahm Elèn ihre gewohnten Abläufe wieder auf, immer ein wenig abwesend und gelangweilt von den banalen Gesprächen ihrer Kollegen und der dauerplappernden Rezeptionistin, mit der sie hin und wieder eine Zigarette rauchte, wobei sich noch mehr als sonst wunderte, wie man auf derartige Weise überhaupt Unterhaltungen führen konnte. Alles verlor die Farbe, sogar sie selbst. Manchmal gab es Momente, wo die Freude über die Erinnerungen größer war als die latente Trauer, die sich wie ein Band um ihr Herz gelegt hatte. Dann ermunterte sie sich selbst, aufrecht und beschwingt zu gehen, denn sie war schließlich eine reiche, mit Sinnlichkeit beschenkte, stolze Frau. Dennoch, ihr war nichts geblieben von ihm. Seine Berührungen, die sie noch immer auf ihrer Haut und in ihrer Mitte fühlte, so auch die verwirrend schönen Worte, die er für sie hatte und für die sie so empfänglich war, würden nach und nach in ihrer Erinnerung verblassen. Diese Gewissheit war ihr unerträglich.

Einige Wochen verstrichen. Oft ging sie schwimmen im großen See und zog Bahnen in melancholischer Stimmung dem Vergessen entgegen. Ein heißer, schwermütiger Sommer ging langsam dem Ende zu, als sie einen Anruf mit unbekannter Nummer erhielt.

Paul erging es kaum anders. Lange blickte er noch den Schluss-
lichtern des Zuges nach, bevor er sich zu Fuß Richtung Bibliothèque Nationale aufmachte. Diese Frau hatte ihn überrascht,
etwas in ihm berührt, das ihm sagte, dass sie die Richtige sei.
Doch die Richtige für was? Immer schon hatte ihn die weibliche
Schönheit in all ihren Formen angezogen und inspiriert und war
ihm Elixier und Kraftquelle. Schöne Frauen befeuerten seine
Fantasie und entfachten seine poetische Wortlust, mit der er den
Damen huldigte. In gewisser Weise war er altmodisch, doch in
den jeweiligen Augenblicken meinte er es ernst und fühlte die
ganze erregende Sinnlichkeit, die mit den Worten einherging.
Der geschlechtliche Akt war ihm, wie er sich eingestand, absolut
lebenswichtig. Zudem war er ein außergewöhnlich guter Lieb-
haber, dessen war er sich sicher, er brauchte keine Bestätigung
dafür. Doch er war nicht in der Lage, sich zu binden. Seine lang-
jährige Stellung erlaubte ihm keine Familienplanung und dies
kam ihm, seinem freiheitlichen Denken und seiner persönlichen
Konditionierung eigentlich sehr gelegen. So ließ er sich nie auf
längere Bindungen ein, auch wenn er sich das eine oder andere
Mal verliebt glaubte. Im Laufe der Jahre verinnerlichte er eine
Art oberflächliche und kurzdauernde Routine seinen Partne-
rinnen gegenüber, die einer Verfestigung der Beziehung im Weg
stand. Er betonte seine Unabhängigkeit, seinen Unwillen, sich
konventionellen Gepflogenheiten zu unterwerfen, und wies darauf hin, dass er beruflich ohnehin viel im Ausland unterwegs
sei, wobei er tunlichst unterließ, irgendetwas seines beruflichen
Tuns zu erwähnen. Viele der Damen beschworen ihn, sie nicht zu
verlassen. Manch andere spürten, dass mit ihm keine Zukunft
zu gestalten war, und gingen von selbst. Von ihnen allen blieb
in seiner Erinnerung nur ein Bild, eine Bewegung, ein Geruch.
Nicht mehr. Kein Bedauern, keine Sehnsucht.

Und so geschah es nun, seine berufliche Laufbahn war beendet, dass er ausschließlich seinen persönlichen Interessen
folgte. Weiterhin waren das Frauen, aber auch die Literatur
und die Musik. In seiner Jugend hatte er ein Literaturstudium
begonnen und in einem Chor gesungen, bevor er sich auf eine

militärische Laufbahn besann und schließlich einer Organisation verpflichtete, deren Namen er niemals preisgab. Er war Ende fünfzig, immer noch ein gutaussehender Mann mit der Figur eines Sportlers. Gute Gene machten das möglich und vielleicht auch die Disziplin, die er sich lebenslang auferlegt hatte, in allem Maß zu halten und allmorgendlich seinen Kraftübungen nachzukommen. Zudem war er viel zu Fuß unterwegs. Er liebte lange Spaziergänge, egal ob durch Städte oder Wälder oder irgendwo am Strand entlang. Er war noch nicht lange außer Dienst, doch ihm wurde nach und nach bewusst, dass es kaum jemand gab, mit dem er sich auf Augenhöhe austauschen konnte. Und schlimmer noch, er begegnete kaum noch Frauen, die ihm gefielen und die ungebunden und frei genug waren, sinnliche Stunden mit ihm zu erleben. Junge Frauen gab es in Scharen, aber die interessierten ihn nicht. Er fand ihre glatten Gesichter und Geschichten langweilig und hatte auch keine Lust seine Zeit in irgendwelchen Clubs mit lauter Musik, die nicht mehr die seine war, zu verbringen. Nach wie vor aber sah er sich nicht sein Leben in Zweisamkeit fristen. Dann lieber Einsamkeit. Das sagte er sich immer wieder und ging raschen Schrittes durch die Straßen, überquerte Boulevards und Brücken, ohne zu wissen wohin er eigentlich ging. Die Abzweigung zur Bibliothèque hatte er verpasst. Weil er nicht auf die Straße und entgegenkommende Fußgänger achtete, rempelte er versehentlich einen jungen Mann an, der ihn als „Idiot" beschimpfte und ihn so aus seinen Gedanken riss. Paris schien urplötzlich seiner Faszination enthoben, seitdem er Elèn im Zug Richtung Osten wusste. Ein paar Tage noch blieb er in Paris, verbrachte Stunde um Stunde in der Bibliothèque, versuchte sich auf seine Schriften zu konzentrieren, blieb aber innerlich unbeteiligt. So beglückend er die Anfangszeit seines freien Daseins ohne Aufträge der Organisation empfand, so fad erschien ihm nun das Sichten alter Handschriften, das er ausschließlich zu seinem eigenen Vergnügen betrieb, ohne irgendwelche Ziele damit zu verfolgen. Er ärgerte sich, dass die Begegnung mit dieser rätselhaften Frau, die sich ihm mit solch unbekannter Leidenschaft hingab und einfach so wieder aus seinem Leben verschwand, sich zu einer veritablen Sinnkrise auszuweiten schien. Das passte nicht zu ihm und er verstand auch nicht, warum sie einen so bleibenden Eindruck bei ihm hinterlassen hatte. Gut, sie war schön. Eine reife Schönheit. Eine, die wusste, dass ihre Weiblichkeit auf dem Höhepunkt, doch die Vergänglichkeit bereits in ihrer Geschichte vorgeschrieben war, und die deshalb nichts zu verlieren hatte. Das allein aber war es nicht. Es war ihre Art, ihm zuzuhören, ihre Art ganz in den Augenblick mit ihm zu verschmelzen. Ihre Sensitivität, seine Gedanken und sogar sein Begehren zu erspüren und ihm die richtigen Antworten darauf zu geben, ohne Scheu und ohne Vorbehalte. Ihr natürliches, entzückendes Verhalten, völlig ohne Koketterie, mit dem sie auf seine Avancen einging. Keine unnötigen Spielereien, mit dem sie ihn auf Armlänge Abstand gehalten hätte, wie sonst das oft bei Frauen vorkam, die glaubten, sich damit interessant zu machen. Es war ihre vollkommene Präsenz, mit der sie mit ihm war und jeden seiner Sinne in Beschlag nahm und obendrein seine Männlichkeit erregte. Es war, als kannten sie sich schon seit jeher und dennoch war da ein unbezwingbarer Zauber des Neuen. Ihre Sinnlichkeit war so ausgeprägt, wie er es nie zuvor bei einer Frau gespürt hatte. Sie schien zu wissen, was er sich erträumte, und bot ihm ihren Körper dar wie ein Instrument, das ihm erlaubte auf virtuoseste Weise darauf zu spielen, was immer ihm in den Sinn kam. Ihr schöner Klangkörper war geschaffen dafür, Raum und Zeit in göttlichste Melodien und Töne zu verwandeln. Mit einem tiefen Seufzer, der die Blicke anderer Leser auf ihn zog, erhob er sich, packte seine Ledertasche mit den wenigen Blättern zusammen, auf denen er seine Notizen gemacht hatte, und verließ den Lesesaal. Am Abend wollte Paul ein klassisches Konzert besuchen, das in der Musikwelt als absolutes Highlight angepriesen wurde. Normalerweise freute er sich auf solche Events, insbesondere auf die Pausen, wenn die Damen mit ihren langen Abendroben auf dem Weg zu den Bars ein seidenraschelndes Geräusch auf dem Boden hinter sich her zogen und im glücklichsten Fall den Blick auf ein tief ausgeschnittenes Rückendekolleté freigaben. Schon oft hatte er bei solchen Gelegenheiten erfolgreiche Bekannt-schaften gemacht, falls man es überhaupt Erfolg nennen kann, den Abend mit einer Frau im Bett zum Abschluss gebracht zu haben. Der Gedanke daran kam ihm heute mehr als schal vor, um nicht zu sagen, es widerte ihn an. Ihm war nicht nach Mu-sik. Da er die Karten schon hatte, begab er sich dennoch zum Place de L'Opera. Es gab immer Menschen, die sich in lange Schlangen anstellten in der Hoffnung, noch Karten für eine Aufführung zu erhalten, die bereits ausverkauft war. So war es auch hier. Es kostete ihn kaum Mühe seine Karten an den Mann, in diesem Fall an ein junges Pärchen, zu bringen, das sich über die Maßen über den guten Preis freute, zu dem er ihnen die Karten überließ. Er selbst ging ins Kino, weil er sich erinnerte, dass sie ihm erzählt hatte, dass sie französische Fil-me liebte, und er wollte etwas tun, was ihr gefiel. Das Kino, das er in der Umgebung fand, zeigte an diesem Abend keinen französischen Film, doch es wurde im Rahmen einer Retro-spektiv-Reihe zu Stanley Kubrick der Film „Eyes Wide Shut" gezeigt. Er kannte weder Stanley Kubrick, noch sagte ihm der Titel des Filmes etwas, aber er kaufte sich trotzdem ein Ticket und verließ das Kino verwirrter, als er es aufgesucht hatte. Hätte er den Film zusammen mit ihr gesehen, dann hätte ihnen das gewiss viele Perspektiven für Gespräche und mehr gegeben, dachte er auf dem Heimweg, und ließ sich einige Szenen, die ihm in erotischer Hinsicht bemerkenswert erschienen, noch einmal durch den Kopf gehen. Die restlichen Tage in der Stadt verbrachte er einigermaßen ziellos mit Museumsbesuchen, endlosen Spaziergängen und die Abende mit langen Aufent-halten in guten Restaurants. Er war froh, als endlich der Tag der Abreise anstand. Er hoffte, mit dem Verlassen der Stadt auch seine verstörte Gefühlswelt vor Ort zu lassen. Über den Sommer hatte er noch Reisen nach Mailand und Venedig ge-plant und dann würde er sicherlich die Begegnung mit Elèn zu seinen zahlreichen Erinnerungen ablegen können.

„Hallo? Elèn sind Sie's? Paul hier. Paul Bernard. Sie erinnern sich? Entschuldigen Sie bitte. Gewiss störe ich Sie? Bitte sagen Sie mir, wenn ich ungelegen bin. Das Bonbonpapier, wissen Sie? ... Elèn?"

„Paul!... Paul!?! ... Hallo, ja, ich bin es ... ja, Elèn hier, oh nein! Ich kann es nicht glauben! ... Sie? ... Sie haben das Bonbonpapier gefunden? Wie nur ist das möglich!?"

„Wie geht es Ihnen? Können Sie sprechen, Elèn?"

Sie vergaß zu atmen, ihre Stimme war zwei Oktaven höher als sonst und weil sie spürte, dass ihr schwindelig wurde, nahm sie all ihre Geistesgegenwart zusammen und sagte geradeheraus: „Paul, bitte warten Sie kurz. Bitte ... ja? Ich kann sprechen, aber, bitte, warten Sie kurz, ich muss mich fassen, ich muss Luft holen, einatmen, ausatmen ... Sie wissen schon ..."

Es war Zufall, dass sie gerade allein war. Ein so großer Zufall wie der, dass zwei Menschen sich in einer großen Stadt in einer Bar an einem verregneten Nachmittag begegnen, sich verlieben – ineinander und in den Moment. Als sie sich gefasst hatte und auch wieder über seine liebenswürdige Art, nervös zu sein, lachte, sagte sie ihm, dass sie auf seinen Anruf gewartet habe, schon immer. Dass es ihr gut gehe, ganz besonders im Moment. Sie habe sich so leer gefühlt. Es knackte und knisterte in der Leitung. Sie war sich nicht sicher, ob es ein technisches Problem gab oder ob ihr springendes Herz diese Geräusche verursachte.

„Ich vermisse Sie Paul", flüsterte sie.

Er sprach hastig. Unzusammenhängend. Sagte ihr, dass er sie wiedersehen müsse. Sehr bald wiedersehen müsse. Dass er nächsten Monat in Paris sein würde. Ob sie kommen könne. Ob es ihr möglich sei. Er wisse, dass das so nicht vorgesehen war. Oder doch? Das Bonbonpapier. Ein Zeichen. Er habe sie nicht vergessen können. Er sei so erleichtert, ihre Stimme zu hören. Er könne nicht lange sprechen, diktierte ihr seine Nummer und beendete das Telefonat überraschend abrupt, fast atemlos. Eine Weile stand sie noch, starrte auf den Hörer in ihrer Hand und ließ sich ganz langsam in ihren Bürostuhl nieder. Eine schnelle Bewegung war ihr nicht möglich, denn die Welt hielt wieder einmal kurz inne. Zwar hatte sie nun seine Nummer, sie wagte aber nicht, ihn anzurufen. Sie wollte ihm keine Unannehmlichkeiten bereiten, schließlich wusste sie nicht, wo ihr Anruf ihn erreichen würde. Bis zum nächsten Monat dauerte es noch drei Wochen. Irgendwie gelang es ihr, sich unter einem Vorwand, ein Meeting, ein Symposium oder eine Messe, aus ihren Verpflichtungen frei zu machen, und sie fand sich im TGV nach Paris wieder. Ankunft Gare de L'Est, 11h53.

Elèn hatte ihn über ihr Kommen nicht informiert. Sie wusste nicht, wo er wohnen würde, doch sie erinnerte sich, dass er bei seinem letzten Aufenthalt einer Recherche in der Bibliothèque Nationale nachging. Dort würde sie ihn suchen und, wenn die Welt noch einmal für sie beide anhielte, dann würde sie ihn dort finden, und wenn nicht, dann würde sie jeden Nachmittag die Bar aufsuchen, in der sie sich zum ersten Mal begegnet waren. Sie glaubte an Bestimmung, an Schicksal oder Karma und war der Meinung, dass sie selbst nicht in den Lauf der Dinge eingreifen dürfe, wenn sie sich zum Guten entwickeln sollten. Schließlich hatte sich sogar das kleine zerknitterte Bonbonpapier für sie eingesetzt. Nicht einmal ein Hotelzimmer hatte sie gebucht. Sie malte sich aus, dass er ein Apartment, eine kleine Arbeitswohnung in Paris bewohnte, da er regelmäßig in der Stadt zu tun hatte. Oder hatte er es beiläufig erwähnt? Sie wusste es nicht mehr. Sie war sich nicht mehr im Klaren darüber, ob ihr die Fantasie einen Streich spielte oder ob er tatsächlich davon sprach. Sie hatte die ganze Zeit über nicht aufgehört, imaginäre Gespräche mit ihm zu führen. Sie konnte nicht mehr unterscheiden, was sie in Wirklichkeit und was sie in ihrer Vorstellung miteinander gesprochen hatten. Dieses Mal, ihr blieben ja nur drei Tage, wollte sie keine Minute getrennt von ihm sein. Nur noch ein einziges Mal. Drei Tage, die nur ihr und ihm gehören sollten. Ausschließlich sie beide. Ihr Begehren, ihre Begierde, ihre Erregung, die poetischen, sinnlichen Worte, die sie tauschten. Wie besessen war sie von diesem Gedanken und gleichzeitig haderte sie mit sich und warf sich schamloses Verhalten niederer Instinkte vor und schämte sich außerdem, weil sie sich kitschigster Romantik anheimfallen sah. Egal. Es gab kein Zurück. Das Bonbonpapier war nicht in einem Mülleimer gelandet. Ihr kleines Gepäck gab Elèn direkt nach der Ankunft in ein Schließfach und machte sich zu Fuß auf zur Bibliothèque Nationale. Sie suchte stets die Bewegung, wenn ihr der Verstand den logischen Dienst versagte. Und das tat er. Sie war aufgewühlt von Emotionen, die sie in äußerste Verwirrung stürzten, da sie außerhalb ihrer gemäßigten Gefühls- und Erfahrungswelt lagen. Sie hatte kein Verhaltensmuster dafür und konnte sie nicht zuordnen. Ein Durcheinander aus Lust, rein physischer Natur, erotischen Anwandlungen und ein übermächtiges Sehnen, sich in seinen Augen zu verlieren, deren Blicke sie liebkosten und streichelten und wahres Interesse an ihr zeigten, brachten sie in erregte Verfassung. Dann die Vorfreude auf ihre Gespräche, die mit überraschenden Wendungen so viel Spaß machten und ihren Verstand kitzelten.

All das verursachte ein feines Muskelspiel in ihrer Mitte, das ihr eine bislang ganz ungekannte feuchte Geschmeidigkeit zwischen den Schenkeln zur Folge hatte und ihr einen spielerischen Schwung der Hüften verlieh, der ihren Gang federnd und leichtfüßig aussehen ließ. Sie war selbst überrascht über die körperliche Veränderung. Um sich zu vergewissern, dass sie sie selbst war und ob diese Veränderung nach außen hin sichtbar war, suchte sie unablässig und aufgeregt ihr eigenes Spiegelbild in den Schaufenstern. In der Bibliothèque angekommen, wandte sich Elèn an eine Bedienstete am Empfang und fragte, ob Monsieur le Professeur Paul Bernard bekannt sei. Die Empfangsdame verneinte: „Non, malheureusement, non, Madame. Je suis désolée, Madame."

Sie wollte sich gerade entfernen, als aus dem dunkel holzvertäfelten Raum hinter dem Empfangstresen eine ältere Dame zum Vorschein kam und Zeichen mit der Hand machte, dass sie noch warten solle.

„Madame, habe ich Sie eben richtig verstanden, Sie fragten nach Monsieur le Professeur Bernard? Jaja, ich kenne ihn. Ich habe eben mit ihm gesprochen. Er ist mit einem Kollegen in die Brasserie gleich um die Ecke gegangen. Vielleicht finden Sie ihn dort."

Sie bedankte sich: „Oh, merci beaucoup, Madame!" Sie versuchte, sich nicht anmerken zu lassen, dass sie innerlich Luftsprünge machte, gerade noch einen spitzen Schrei unterdrückte und stieß, als sie sich zu gehen anschickte, mit einer Frau zusammen. Sie hatte nicht bemerkt, dass jemand neben sie getreten war und sie anstarrte. Eine Entschuldigung murmelnd, wollte sie schon weitergehen, als die Frau sie sachte am Arm festhielt.

„Elèn, erkennst du mich nicht mehr? Ich bin es, Jeanne. Jeanne Ferrari. Die Jeanne, die du vor über 20 Jahren ein paar Wochen bei dir aufgenommen hast, damals in Südfrankreich, in deinem kleinen Landhaus im Périgord. Weißt du nicht mehr?"

„Oh, mein Gott! Jeanne! Jeanne, Du bist es?! Ich kann es nicht fassen! Wie unglaublich, dass ich dir hier wieder begegne! Nach all den Jahren! Ich dachte, ich würde dich nie wiedersehen! Jeanne, lass dich umarmen und wie gut du aussiehst!"

Die beiden Frauen fielen sich überschwänglich in die Arme, beteuerten sich, schier ungläubig ob dieses irrsinnigen Zufalls, gegenseitig die große Freude, die sie über das Wiedersehen empfanden, doch beide gaben sich gleichzeitig auch zu verstehen, dass sie unter Zeitdruck standen und dringend Termine einhalten mussten. Bei Elèn stimmte das zwar nicht ganz, aber sie gab Jeanne ihre Karte und bat sie um ein Treffen. Bald, und sie würde sich freuen, wenn sie, Jeanne, doch etwas länger Zeit einplanen könne, und schlug ihr vor, dass sie sich doch wieder im Landhaus treffen könnten, für ein verlängertes Wochenende oder gern auch länger. So verblieben sie und verabschiedeten sich noch einmal umarmend, sich zuwinkend und beide machten Zeichen der Zuneigung, indem sie ihre Hände aufs Herz legten, bevor sie außer Sichtweite gingen. Elèn blieb noch kurz vor dem Ausgang der Bibliothèque stehen, ganz perplex, blickte zum Himmel, schüttelte den Kopf und dachte: „Lieber Gott, also wirklich, was geschieht hier? Sollte ich IHN nicht finden, dann gab es wenigstens einen anderen Grund, warum ich herkommen musste!" Dann verstaute sie Jeannes Kärtchen in der Handtasche und richtete ihre Gedanken wieder auf den eigentlichen Grund ihres Aufenthaltes in Paris. Sie fand die Brasserie schnell, ging langsam vorbei und entdeckte Paul an einem Fensterplatz im Gespräch mit einem anderen Herrn. Bevor sie das Lokal betrat, zog sie ihren Lippenstift nach, schob die Schwingtür auf, blieb stehen und blickte im Schutz des ledernen Windfangs um sich. Ihr Atem fand nur noch ganz oben in ihrem Brustkorb statt, ihr Puls war aus dem Rhythmus. Es gab einen kleinen Tisch unweit des seinen. Auf diesen ging sie zu und setzte sich so, dass er sie sehen konnte. Die Füße taten ihr weh. Sie streifte ihre Schuhe ab und stieß sie unter den Tisch. Wieder war sie barfuß. Erst als sie saß, Espresso und Wasser serviert waren, wurde sie gewahr, wie angespannt sie seit der Abreise war. Nun, da sie ihn gefunden hatte, er schon auf ihre nackten Füße aufmerksam geworden war, überfiel sie eine kurze laszive Mattigkeit, in der sie ihn taxierte, als besähe sie eine ganz besondere Filmszene durch einen Schleier und in der sie ihrer Lust auf ihn den Raum überließ. Sie beobachtete mit einem inneren Lächeln, wie er seinem Gegenüber das Ende des Gesprächs signalisierte.

Paul war mit einem bekannten Literaturagenten zum Lunch verabredet und bereits angeregt in ein fachsimpelndes Gespräch vertieft, als er das Weißweinglas anhob, das er sich zu dem vom Kellner wärmstens empfohlenen Fischgericht bestellt hatte und dabei seinen Blick kurz nach draußen schweifen ließ. Da sah er am Fenster gerade noch die Silhouette einer blonden Frau in einem roten Kleid vorbeigehen. Eine sofortige, unbestimmte Unruhe nahm von ihm Besitz. Seit Tagen war er wieder in der Stadt, verbot sich jedoch jeglichen Gedanken an Elèn. Er hatte auch nichts mehr von ihr gehört. Sie noch einmal zu kontaktieren, wäre ihm kindisch vorgekommen. Doch war es ihm nun unmöglich, sich auf das Gespräch mit seinem Begleiter zu konzentrieren. Auch das Fischgericht, das vorzüglich war, wollte ihm nicht mehr so genüsslich wie zuvor über den Gaumen gleiten. Seine Geschmacksknospen waren wie ausgeschaltet. Mit gewaltiger Wucht traf ihn die Erkenntnis, dass er nur wegen ihr in die Stadt gekommen und alles andere Beiwerk war, ihn von seinem Verlangen nach dieser Frau abzulenken.

Die Schwingtür des Lokals bewegte sich und brachte einen von Parfum durchwebten Windhauch mit sich. Er wagte nicht, aufzublicken und heftete seinen Blick krampfhaft an den seines Gegenübers. Er fürchtete sich vor der Enttäuschung, die ihn befallen würde, sollte seine Erinnerung an ihren Duft ihn betrügen. Doch dann sah er ihre nackten, gepflegten Füße aus dem Augenwinkel. Sein Blick kroch an ihren schlanken Waden entlang, ihren Knien, dem Übergang zu ihren göttlichen Schenkeln, blieb dann hängen am Saum ihres ein wenig hochgerutschten Kleides. Ein Bein aufgestellt, das andere ausgestreckt. Fast lag sie mehr, als dass sie saß, in ihrem Bistro-Lehnstuhl, mit der Hand eine Strähne aus dem Gesicht streifend, ihn direkt und unverwandt ansehend, als ob sie ihn aus einer anderen Wirklichkeit betrachtete und doch wissen ließ, dass sie wartete. Auf ihn. Paul beeilte sich, das Gespräch mit dem Literaturexperten schnell zu Ende zu bringen. Dieser war sichtlich irritiert über die plötzliche Abwesenheit und Unkonzentriertheit seines Gesprächspartners, verabschiedete sich alsbald und verließ mit indignierter Miene das Lokal.

Endlich stand er vor ihr. „Elèn", sagte er nur. „Paul", sagte sie. Sie spürten beide, dass weitere Worte dem unfassbar köstlichen Moment nicht gerecht werden würden. Sie erhob sich langsam, schlüpfte in ihre Schuhe, ohne ihre Blicke den seinen zu entziehen, reichte ihm ihre Hand, schmiegte ihren Körper ganz an ihn, spürte durch ihr eng anliegendes, rotes Sommerkleid, wie seine Erregung mit ihrer einherging, und ließ sich von ihm aus dem Lokal führen. Alles in ihr war vibrierende, erotische Energie geworden. Worte würden sie tauschen, nachdem sie sich geliebt hatten. Sieben Metro-Stationen lag das Apartment entfernt. Sie mussten stehen, da die Metro stark frequentiert war. Fast schamlos stellte sie sich vor ihn und ließ sich willfährig, absichtlich unabsichtlich durch die Fliehkraft des schneller werdenden Zuges mit ihrem Hintern gegen seine Männlichkeit drängen.

Durch ihr dünnes Sommerkleid spürte sie, dass seine Begierde ihm längst in die Lenden geströmt war, und sofort reagierte ihr Körper mit einem eigentümlichen Ziehen zwischen ihren Beinen. Sie wurde feucht und sie hatte keine Kontrolle darüber. Ihre Wangen röteten sich. Manchmal drehte sie sich ihm zu, brachte ihren Mund nah an sein Ohr, flüsterte etwas wie: „Ich drohe das Gleichgewicht zu verlieren, wissen Sie?" ... „Halten Sie mich?" ... oder: „Geht es so für Sie?"... „Dauert die Fahrt noch lang?". Dabei sog sie seinen Duft durch die Nase, und wenn der Zug nach einem Halt erneut anfuhr, waren es ihre Brüste, die sich an ihn drückten, was er mit sichtlichem Entzücken zur Kenntnis nahm und wobei er sich nicht scheute, ihr gequetschtes Dekolleté unverhohlen genüsslich in Augenschein zu nehmen. Natürlich kam er ihrer Aufforderung, sie zu halten, unverzüglich nach. Einen Arm in der Schlinge der Reling, den anderen Arm um ihre Taille gelegt, hielt er sie eng an sich. Ein wenig enger, als es sich in öffentlichen Transportmitteln geziemte, doch er liebte diese kleinen Nervenkitzel, die öffentliche Zurschaustellung von Intimitäten mitunter hervorrufen. Jeden physikalischen Einfluss, ein Ruckeln des Zuges, eine Biegung, eine Verlangsamung oder Erhöhung der Geschwindigkeit nutzte er aus, um ihn einer zärtlichen, vermeintlich zufälligen Berührung der Sinnlichkeit zuzuführen. In einer Kurve, seinen Arm weit oberhalb der Taille um sie zu legen, wie um den Halt zu verstärken, doch nur, um von hinten mit den Fingern sanft nach dem Ansatz ihrer Brüste zu tasten. Aus Gründen des Gleichgewichtes, reflexartig ein Bein zwischen die ihren stellen und ganz schnell, ganz kurz nur einen festen Griff um eine ihrer Gesäßbacken, um sie flüchtig zu erfühlen. Nur eine Viertelsekunde lang, so dass es gesehen werden konnte, aber niemand glaubte, es gesehen zu haben. Ein Versehen nur. Als der Zug sie endlich mit vielen anderen Fahrgästen ausspie, beeilten sie sich, die Metro-Station schnell zu verlassen, gingen raschen Schrittes, Hand in Hand in Richtung seines Apartments, das er sich im Übrigen mit einem Archäologen teilte, der momentan im Orient bei Ausgrabungen verweilte. Es dunkelte schon und ein kühler Abendwind strich um ihre Beine. Bereits in der ersten, wenig belebten Nebenstraße ließen sie alle Hemmungen fallen und küssten sich wild und voller Gier. Er griff in ihre Haare, drängte sie gegen eine Hauswand, sie stöhnte und beugte sich nach hinten. Er zupfte mit seinen Zähnen sanft am Übergang von ihrer Schulter zum Hals in Abwechslung mit kleinen Küssen, während er mit der anderen Hand ihr Kleid am Oberschenkel emporschob. Hallende Schritte von Weitem ließen sie innehalten. Sie wussten ihrer Erregung kaum Herr zu werden, wollten es auch nicht, doch lösten sie sich schließlich aus der Umklammerung und gingen mit großem Lächeln sehr gediegen, Anständigkeit heuchelnd, weiter, um endlich am Ziel anzukommen. Nur noch eine Wendeltreppe galt es zu überwinden. Die Magie, die ihnen bei ihrer ersten Begegnung die Sinne verschleierte, war nicht mehr da, aber es war eine andere. Sie waren irdisch und ganz bei sich und getrauten sich, sich allein ihrer Triebe Lust zu unterwerfen und genossen einen Rausch unverstellter Wahrhaftigkeit mit jeder Faser ihrer Geschlechter. Sein Glied, immer wieder hoch aufgerichtet in Spannung in ihrem feuchten engen, heißen Schaft. Und immer wieder, wenn sie sich ansahen, durchströmte sie eine Welle des Glücks, beieinander sein zu können. Weil er so gut mit Worten konnte, bat sie ihn, ihr zu sagen, was er sah und was er sich wünschte und seine Worte verfehlten ihre Wirkung nie. Anderntags, als sie aufwachte, er schlief noch, fand sie sich in zärtlich süßer Stimmung. Keine Selbstzweifel, keine Befürchtungen, sie könnten nichts mehr mit sich anzufangen wissen, sobald die Begierde gestillt war. Sie wickelte das Leintuch um sich, das sich bei den nächtlichen Turbulenzen aus der Bettumrandung gelöst hatte, und ging in die Küche. Zum ersten Mal sah sie sich in der winzigen Dachwohnung im 6. Stock um, die vollgestopft mit Büchern, Bildbänden und aller Art von Schriften war. Sie fand einen kleinen italienischen Espressokocher, machte Kaffee und setzte sich an den Tisch, der von auf dem Boden liegenden Büchern und Blättern umsäumt war, die sie in ihrer raumeinnehmenden Leidenschaft achtlos in der Nacht heruntergestreift hatten. Elèn

saß, ein Bein hochgezogen, das weiße Leinentuch lose um sich
drapiert, am Tisch und genoss die Stille, in die die belebenden
Geräusche der erwachenden Stadt eindrangen, und blätterte
gedankenversunken in einem Bildband, der Ausgrabungsstellen
um die Jahrhundertwende zeigte. Sie hoffte, der Mitbewohner-
Archäologe würde fernbleiben, dort, wo man in der Vergangenheit graben konnte und sie hoffte, Paul würde ebenfalls den
Wunsch haben, noch weitere Tage mit ihr zu verbringen. Sie
würde ihn bitten, mit ihr zum Grab von Marcel Proust zu gehen,
den sie so sehr verehrte, weil er auf seiner Suche nach der Zeit
diese so unvergleichlich in wunderbare Worte kleidete. Durchs
Fenster schien die Morgensonne der Stadt, deren Strahlen sie,
die Lesende, in goldenes Licht hüllte, als huldigte sie der Venus
von Paris höchstpersönlich. Ihr fiel ein, dass sie vergessen hatten, ihr Gepäck am Bahnhof abzuholen. Sie würde erstmal kein
Höschen unter ihrem Kleid tragen können. So fand Paul sie, die
wie ein Gemälde, gülden inmitten des Durcheinanders saß. Der
Kaffeeduft hatte ihn geweckt. Von ihr unbemerkt näherte er
sich, nahm ihr Haar zur Seite und küsste zärtlich ihren Nacken
und ihren Hals. Sie war Gemälde. Sie fühlte sich der Zeit vollkommen entrückt und wandte sich ihm zu, mit einem zärtlichen
Lächeln erhob sie sich, ein Bein auf dem Stuhl belassend, umschloss seine Hüfte mit den Armen, ließ eine Hand über eine
seiner Gesäßhälften gleiten und die andere über sein Geschlecht,
das sie umschloss mit ihrer Hand und wachsen fühlte, gleich-
sam ihrer Begierde, die von ihrer Mitte ausging. Er gab ihr das
Gefühl, das wunderbarste, schönste weibliche Wesen auf Erden
zu sein und dies ließ sie Dinge mit einer Selbstverständlichkeit
tun, die sie nie tat und die sie nie mochte. Sie küssten sich, wie
nur wahre göttlich Liebende sich zu küssen vermögen. Sie nahm
seinen Geruch in sich auf, küsst seine Brustwarzen, schleckte
das Salz vom Schweiß der letzten Nacht von seinen Lenden,
schmeckte den Geschmack ihrer beider Lust, die sie letzte Nacht
ineinander verströmt hatten und der noch an seinem Glied haf-
tete. Für alles ließ sie sich Zeit, bis sie dem Ziehen und Pulsieren
in ihrer Mitte nachgab und ihn ihrer wunden, doch noch immer

begierigen Quelle der Lust zuführte. Er drang sehr langsam und sehr tief in sie und sie spürte, wie sie eng geworden war und fest und feucht und wie ein Höhepunkt sich anbahnte, der durch ihren ganzen Körper emporstieg und mit ihm zusammen süßeste Leitern der Wollust erklomm. Noch war es nicht so weit. Sie nahm ihr Bein vom Stuhl und dirigierte ihn sanft, doch bestimmt, sich auf den Stuhl zu setzen, denn ihr Standbein begann zu zittern. Sie stieg über ihn und kam in dem Moment, als sie tief spürte, wie all seine Lust sich in ihr ergoss.

Ineinander versunken verharrten sie noch eine kleine Weile auf dem Stuhl, bis er sie hochnahm und umsichtig auf das Sofa legte, vorsichtig ihre Arme von seinem Hals löste und sie dürftig mit dem roten Kleid bedeckte. Sie schmolz dahin, gab vor zu schlummern, beobachtete ihn aber, wie er sich behände in der kleinen Küche hin und her bewegte, nur mit einer Schürze bekleidet, seine strammen Gesäßbacken im Muskelspiel. Seine festen Oberschenkel, seine Haut, seine Haltung, seine souveränen Handgriffe und überhaupt, dass er ihr Spiegeleier brät! Wie sehr sie diesen Mann begehrte, mit dem sie kaum Worte tauschen musste. Alles in ihr, jede Zelle war in Aufruhr, ihre tiefsten Lüste entfacht und sie wollte sich nicht mehr zügeln. Sie drehte sich auf den Bauch, das Kleid gab ihren Hintern frei und das vom Sofa hinabrutschende Knie ihre perlmuttschimmernde Muschel. Paul blieb ihre offensichtliche Verführungstat nicht verborgen. Er drehte die Gasflamme stark zurück. Es würde gerade noch reichen, bis die Eier fertig wären, noch einmal tiefe göttliche Freude zu bereiten.

Der Espresso war kalt geworden, die Eier verkohlt. Ihr Magen knurrte, denn sie hatte seit gestern Morgen versäumt, etwas zu essen. Sie dachte an den Film „Im Reich der Sinne" von Nagisa Õshima und an die Verwahrlosung der beiden Protagonisten darin. Im Nachspann war zu lesen, dass der Film auf einer wahren Begebenheit beruhte und das Paar die erotische Amour fou letztlich den Verstand und das Leben kostete. Paul war bereits unter die Dusche gegangen, hatte sich angekleidet und ging Croissants holen, weil er, wie er scherzhaft in theatralisch überhöhten Tönen ausrief, entsetzliches Erbarmen mit seiner ausgezehrten Geliebten habe und es seiner zartbesaiteten Seele nicht zuzumuten sei, sich weiterhin das grauenhafte Grummeln ihres Magens anzuhören, weshalb er sich in der Pflicht sähe, für deren Leibeswohl zu sorgen. Nicht, dass dies bereits seit ihrer Ankunft sein Anliegen gewesen wäre, dem er, soweit er das beurteilen könne, äußerst zufriedenstellend nachgekommen sei, doch es gälte eben auch, sich ganz profan etwas in den Magen einzuverleiben, allein der Sättigung der Lust und …

„Halten Sie ein! Stopp!", rief Elèn lachend dazwischen, „Hören Sie auf! Ich kann nicht mehr! Gehen Sie! Gehen Sie einfach! Ich habe großen Appetit und ich kann für nichts garantieren, wohin sich dieser kanalisieren wird, wenn Sie nicht sofort losgehen und mir ein Croissant beschaffen!"

Noch immer siezten sie sich und noch immer war diese kleine Distanz, deren Schranken sie körperlich längst unzählige Male überschritten hatten, so etwas wie ein unsichtbarer Puffer, der ihnen ganz und gar die eigene Aura erhielt, ohne mit der des jeweils anderen sich zu vermengen oder die Kontur zu verlieren. Kurzum, sie achteten darauf, sich nicht zu nah zu kommen.

Frisch nach Seife duftend verabschiedete er sich mit einem Kuss auf ihre Stirn. Noch nie hatte ein Mann sie auf die Stirn geküsst. Seltsam. Selbst in Gesten überraschte er sie. Sie blickte ihm nach, schickte ihm eine Kusshand hinterher und schickte sich an, selbst unter die Dusche zu gehen, wobei es ihr fast leid tat, die Spuren der letzten Nacht, eingetrocknete Milchigkeit, abzuwaschen. Sie war übersät davon. Sie entdeckte blaue Flecken am Rücken, auf den Schulterblättern, die vom Tisch herrühren mussten, als er sie auf ihm nahm, noch halb bekleidet. Meine Güte, dachte sie, ein Knutschfleck am Hals, in meinem Alter! Doch Fakt war, dass sie kein Empfinden mehr für ihr Alter hatte. Es war irrelevant. Sie war Frau, Göttin, Mädchen, Femme fatale, alles gleichzeitig und sie war begehrenswert. Sie war lustvolles, sinnliches Sein. Und nur das waren die Eigenschaften, die es brauchte für einen Transfer in andere Sphären, in andere Ebenen des Energieaustausches zwischen zwei Menschen. Alles andere wirft einen zurück in die Realität, mit ihren sich ewig wiederholenden Tätigkeiten, den Verpflichtungen, dem falschen Lächeln den einfach Gestrickten gegenüber, die nichts besser können, als einem mit ihren langweiligen und witzlosen Plattitüden den Geist zu vernebeln. Doch eben aus diesen Alltäglichkeiten besteht das Leben, sie sind es, die die Funktionalität, vielleicht sogar die körperliche und mentale Gesundheit bedingen. Es ist ja gar nicht möglich ständig in so einer Hochstimmung, in Ausnahmesituation sein Leben zu verbringen, und das wollte sie auch gar nicht. Aber einmal von der Frucht gekostet, würde sie auch nicht mehr davon lassen wollen. „Autsch!" Jetzt hatte sie sich verbrannt. Sie hatte sich in Gedanken verheddert und nicht aufgepasst und nicht bemerkt, dass sie das heiße Wasser anstatt des kalten aufgedreht hatte.

Als Paul die Wendeltreppe hinunterstieg, die ins Treppenhaus des Gebäudes führte, zitterten seine Oberschenkel, was er schmunzelnd zur Kenntnis nahm. Er ließ sich Zeit auf dem Weg zum Bäcker. Verpasste sogar die erste Bäckerei, an der er vorbeikam, da er mit seinen Gedanken noch nicht auf der Straße angekommen war. Er verlor sich in Überlegungen über Elèn. Es war ihm unerklärlich, weshalb sie eine derartige Wirkung auf ihn hatte. Es machte den Anschein, als hätte sie nicht wahnsinnig viel Erfahrung in erotischer Hinsicht, manchmal war es fast Schüchternheit, die durchblitzte und dann doch wieder nicht. Sie war etwa in seinem Alter, also nicht mehr jung, doch sie hatte sich eine Jugendlichkeit bewahrt, die ihn erstaunte. Ihre Bewegungen waren oft die einer 20-Jährigen. Nie sah er sie einmal normal auf einem Stuhl sitzen. Entweder hatte sie ihre Schuhe abgestreift und wackelte mit den Zehen oder sie hatte ein Bein hochgezogen. Im Bett, wenn sie miteinander sprachen, saß sie ihm im Schneidersitz gegenüber, und wenn sie nach einem Wort suchte, rollte sie mit den Augen durch den Raum, als wäre er für einen Moment verschwunden oder gar nicht anwesend. Sie verfügte über eine natürliche, verführerische Ausstrahlung und eine unbeschreibliche Begabung, das Wort kam ihm in den

Sinn. Begabung zur vollkommenen Hingabe ohne Bedingungen. Das war ihm neu. Sie war ihm ein Geheimnis und allein der Gedanke an sie erregte ihn. Schon wieder.

Elèn fühlte sich herrlich nach der Dusche. Die nassen Haare nach hinten gekämmt, sich selbst in ein Handtuch gewickelt, öffnete sie ein Fenster und ließ ihren Blick verträumt über die Straße schweifen. Warme Morgenluft kam ihr entgegen und die Morgensonne durchflutete den Raum. Feiner Staub tänzelte in den sonnenerhellten Strahlen. Sie wollte sich ankleiden, doch ihr Kleid war etwas in Mitleidenschaft gezogen. Flecken fanden sich darauf. Sie konnte es unmöglich noch einmal anziehen. Entweder sie wartete, bis Paul zurück war, um ihn dann zu bitten, ihr Gepäck aus dem Schließfach zu holen, oder sie müsste sich etwas anderes einfallen lassen. Bis Paul zurückkam, hatte sie sich in einen weiblichen, hinreißenden Charlie Chaplin verwandelt. Sie trug eine seiner schwarzen Hosen, die sie mit einem Gürtel in der Taille verschnürt hatte, und eines seiner weißen Hemden, dessen Ärmel sie großzügig hochgekrempelt hatte. Im Grunde sah sie aus wie bei ihrer ersten Begegnung, nur lässiger und noch klassischer und duftete nach herber Männerseife. Das Leben war schön. Sie war schön. Sehr schön.

Das Geräusch raschelnder Tüten kündigte seine Rückkehr an. Sie lief ihm barfuß entgegen, nahm ihm eine Tüte ab und fischte sich ungeduldig ein Croissant heraus, in das sie sofort genussvoll hineinbiss und geräuschvoll verschlang.

„Du Unersättliche! Man könnte meinen, du seist wegen der Croissants nach Paris gekommen und nicht wegen mir!", lachte er.

„Seit wann duzen wir uns, Monsieur?", lachte sie zurück. Paul war ganz vernarrt in ihren Anblick, obwohl er Frauen sonst eher in eng anliegenden Kleidern vorzog, die ihm erlaubten, mit Blicken deren Linien in die Luft zu zeichnen. Mit Elèn war es anders. Sie war keine Zeichnung. Sie war großformatige Szene eines epischen Films, dessen Titel er nicht kannte. Er nahm sie in seine Arme, spürte ihre warme Haut durch sein Hemd, roch an ihrem Hals, sah sie mit amüsierter Miene an und an ihr hinab und bemerkte schließlich in süffisantem Ton: „Ein herbes Parfum trägst du heute und du hast einen ebenso herben, ausgefallenen Geschmack."

„Ja, dafür bin ich berüchtigt!", lachte sie. „Wollen wir frühstücken?"

Er schlug noch einmal Eier in die Pfanne und brühte Kaffee auf. Sie nahmen das Frühstück fast stillschweigend ein. Kaffeedurstig und hungrig. Danach wollte sich Elèn ein wenig hinlegen, ein wenig die Augen schließen. Die Anreise, die Aufregung und die leidenschaftlich durchlebte Nacht hatten sie müde gemacht. Sie legte sich auf den Überwurf des Bettes und schlief sofort ein. Paul machte sich noch ein wenig in der Küche zu schaffen und sortierte die Bücher des Archäologen, die noch immer verstreut auf dem Boden herumlagen. Dann ging er ins Schlafzimmer, legte eine leichte Decke auf die schlafende Schöne, griff sich den Stuhl, der in einer Ecke des Zimmers stand, und betrachtete Elèn, wie sie dalag, wie hingemalt mit leichter Feder. Einzelne Sonnenstrahlen, die den Weg durch die im Wind sich bewegenden Vorhänge fanden, verteilten goldene Punkte über sie. Er tat nichts anderes, als sie zu betrachten, und prägte sich das Bild ein, zutiefst bedauernd, dass die Malerei nicht sein Metier war. Er würde sich eine Kamera anschaffen. Er wollte diese Frau fotografieren.

Man sah es ihr nicht an, aber sie muss sehr erschöpft gewesen sein, denn sie schlief mehrere Stunden lang. Irgendwann legte sich Paul an ihre Seite und nickte ebenfalls ein, aber als sie die Augen aufschlug, war er schon wieder wach und begrüßte sie, sachte ihre Lider küssend. Einander zugewandt, ihre Köpfe in den Ellbogen liegend und den anderen Arm um die Taille des jeweils anderen gelegt, sahen sie sich in stillem, zärtlichen Einvernehmen eine ganze Weile an, bis er sie schließlich fragte: „Was ist dein Geheimnis, Elèn, sag!"

„Mon amour, Sie wollen Geheimnisse aufdecken? Sie wissen schon, dass Geheimnisse keine mehr sind, wenn man sie ausspricht, ja? Doch, warten Sie, ich will Ihnen Ihre Frage beantworten", sagte sie, räkelte sich hoch, setzte sich ihm im Heldensitz gegenüber und sprach, mit sanft warmer, aber für ihre Verhältnisse sehr ernsten Stimme: „Mein Geheimnis ist, dass ich keines für Sie habe. Für Sie gibt es kein Gestern von mir, abgesehen von den Erinnerungen, die wir gemeinsam bereits schufen. Die Erinnerung an unsere erste Begegnung, unsere erste körperliche Vereinigung, unser gestriges Wiedersehen, die Nacht ... und es gibt kein Morgen für Sie mit mir. Wenn wir zusammen sind, gibt es nur das Heute, das Jetzt. Für Sie bin ich nur das, was Sie sehen oder in mir sehen wollen. Das ist alles. Doch verstehen Sie mich nicht falsch, denn ich habe mein Leben lang auf Sie gewartet."

Hartnäckig blieb sie beim „Sie". Etwas in ihm ärgerte sich darüber. Normalerweise war er es, der seine freiheitliche Gesinnung immer wieder zur Sprache brachte, um den Frauen, mit denen er verkehrte, klarzumachen, dass sie ihn nicht in Betracht für eine feste Verbindung ziehen sollten. Elèn tat das mit einem einzigen, kleinen Wort und er wusste nicht, was er davon halten sollte. Natürlich hatte sich nichts an seiner bisherigen Einstellung Beziehungen betreffend geändert. Eine Verbindung in herkömmlichem Sinne kam auch für ihn keineswegs in Frage. Schon gar nicht mit dieser Frau! Ihm käme es wie eine Versündigung an ihrer Schönheit, ihrer betörenden Ausstrahlung, ihrem Zauber und nicht zuletzt seinem eigenen Begehren vor. Denn nach und nach, in ein paar wenigen Jahren, würde die Zeit das Bild, das er sich von ihr machte, abschleifen und von ihnen würde nur eine banale Selbstverständlichkeit übrig bleiben. Nein! Das würde er ihr und sich selbst unter keinen Umständen antun wollen. Ihre Worte waren weise und je länger er darüber nachdachte, umso dankbarer war er ihr und sein Ärger verflog. „Ist gut, meine Schöne", sagte er, „ich werde Sie nicht mehr löchern. Verzeihen Sie mir, dass ich Sie mit dem ‚Du' auf die niedrige Stufe der übrigen Sterblichen, meiner selbst inbegriffen, heruntergezogen habe. Ich bete Sie an und ich habe Lust, Sie zu küssen."

Den Nachmittag verbrachten sie in der Stadt. Sie fuhren mit der Metro zur Station Père Lachaise, spazierten untergehakt über den riesigen Friedhof und besuchten das Grab von Marcel Proust, wo sie eine rote Rose ablegte. Sie genossen es, eng aneinandergeschmiegt, Seite an Seite zu gehen, und lachten darüber, dass sie zusammen ihre romantische Ader entdeckten. Noch immer trug sie seine Hose und sein Hemd. Niemand störte sich daran oder drehte sich nach ihr um. Sie fühlte sich wohl in der bequemen weiten Männerkleidung, die einen interessanten Kontrast zu ihrer femininen Figur abgab und an ihr aussah, als wäre es ein beabsichtigter, modischer Einfall. Sie tranken Kaffee unweit der Seine und später einen Aperitif. Sehenswürdigkeiten ließen sie aus. Sie sprachen darüber, dass es schön sei, sich ein paar Stunden Normalität vorzugaukeln. Einfach so, als Paar die Straßen entlangzuflanieren, als lebten sie schon immer hier, weswegen die Touristenattraktionen für sie nicht interessant waren. Als es dunkelte, gingen sie in ein Restaurant. „Ich habe Fleischeslust", alberte sie. „Ich weiß", gab er zurück.

Ihre Gespräche während des Essens kreisten um ihre Begierde, die sie füreinander empfanden. Sie erzählten sich gegenseitig, wie es war, als sie sich kennenlernten und wie sonderbar sie die Zeit erlebten, als sie sich damals am Bahnhof trennten und beide glaubten, sich nie wiederzusehen, und gestanden sich ein, dass sie Sehnsucht nacheinander hatten beziehungsweise nach dem, was sie miteinander erlebt hatten. Nach wie vor stellten sie sich keine Fragen, die Aufschluss oder einen Hinweis über ihre persönlichen Verhältnisse gegeben hätten, und wenn doch einmal eine Frage im Raum stand, wurde sie verscheucht, indem sie sagten, dass es nichts gab, was für ihre just entstandene Parallelwelt aus ihren anderen Wirklichkeiten von Belang wäre.

Als sie ihr Essen beendet und mit einem Espresso abgeschlossen hatten, verließen sie alsbald das Lokal und schlenderten langsam, Arm in Arm, zur Metro-Station. Die Müdigkeit, die sie seit dem Nachmittag, trotz des Mittagsschläfchens, nie mehr ganz verlassen hatte, breitete sich, nachdem ihre Bäuche gleichermaßen zufriedengestellt waren, wieder aus. Sie stellten belustigt fest, dass sie dem Alter eben doch Tribut zollten, auch wenn sie diesbezüglich sonst eher geizig waren.

Im Apartment angekommen, entledigten sie sich sofort ihrer Kleider und legten sich ins Bett. Die rasende Leidenschaft vom Vortag war gewichen und hatte sich in eine süße, weich anrollende Woge der Lust verwandelt, der sie Haut an Haut widerstandslos nachgaben und so liebten sie sich eng umschlungen, tief vereinigt, noch ein paar Mal in dieser Nacht, in der sich schon der Schmerz des „Adieu" ankündigte. Am Morgen sagte sie ihm, dass ihr Zug gegen Mittag gehe und dass sie ihn nicht verpassen dürfe. Er entgegnete ihr, dass er gegen zehn eine Verabredung in der Bibliothèque habe, die er nicht versäumen dürfe. Sie fragte ihn, ob er ihr die Hose und das Hemd schenken würde, denn es wäre ihr unangenehm, mit einem befleckten Kleid die Rückreise anzutreten. Er nahm ihre Hände und küsste sie auf die Handrücken und sagte: „Aber ja, ich habe ja sonst nichts, was ich Ihnen schenken könnte."

„Sie haben mich reich beschenkt, glauben Sie mir", sagte sie. Sie brachten es beide nicht übers Herz, sich Lebewohl zu sagen.

Kapitel vier

Toronto/Tanger

Als Paul von seinem Termin, den er vorgeschoben hatte, um einer unvermeidlichen Abschiedsszene am Bahnhof aus dem Weg zu gehen, in das Apartment zurückkam, war Elèn schon weg. Er als auch Elèn waren nicht gut im Abschiednehmen, hier konnten sie aus Erfahrung sprechen. Ihr erster Abschied an den Gleisen war an Förmlichkeit fast nicht zu überbieten und er wusste, dass sie wusste, dass es keine Verabredung gab. „Sie hat ihr Kleid vergessen“, dachte er. Sie hatte es über die Stuhllehne gehängt und den Stuhl vor das Fenster des Schlafzimmers geschoben. Er nahm es hoch, es war ganz warm, seit Stunden von der Sonne beschienen, drückte es in sein Gesicht und sog ihren Duft ein, immer wieder, während er durch das Apartment ging und seine Blicke Regale, Bücherstapel, den Tisch, die Ablage im Bad, die Fensterbänke, einfach alles abtasteten. Ihm war erst gar nicht bewusst, was er tat, bis ihm klar wurde, dass er nach irgendetwas von ihr suchte. Eine Nachricht, die sie ihm irgendwo hinterlassen hatte. Ein paar Worte des Adieus, einen Kussmund mit Lippenstift auf einen Zettel gedrückt, irgendwas. Aber er fand nichts. Was für eine sonderbare Frau.

Schließlich nahm er das Kleid aus seinem Gesicht, betrachtete den roten zusammengeknüllten Stoff und wusste, das war, was er gesucht hatte. Das war ihre Nachricht. Er hatte ihr erzählt, wie wichtig ihm Gerüche waren. Sie ließ ihm ihren Geruch anstatt Worte. Er schenkte sich einen Whisky ein, überlegte eine Platte aufzulegen, fand aber keine, von der er wusste, dass sie seine Stimmung treffen würde. Überdies kannte er die meisten Platten aus dem Fundus des Archäologen nicht. Er wunderte sich, dass ein Mann, der in der Vergangenheit herumgräbt, keine klassische Musik hörte. Also blieb es still, nur die Geräuschkulisse der Stadt begleitete wie ein Raunen seine ziellos herumstreunenden Gedanken. Paul wollte sich selbst nicht eingestehen, dass er, nun, da sie nicht mehr da war, nichts mit sich anzufangen wusste, und wehrte sich gegen die aufkeimende Melancholie ob der nicht gesagten Worte und der künstlich aufrechterhaltenen Distanz, indem er sich auf den Geschmack des Whiskys konzentrierte. Erfolglos, wie er konstatierte.

Im Zwiespalt mit sich selbst ließ er seinen Kopf mit einem tiefen Seufzer in die Sofalehne nach hinten sinken. Er musste sich dringend über seine Gefühle klar werden. Unausgesprochen war es offensichtlich, dass sie beide keine Verbindung anstrebten. Er nicht als auch sie nicht. Dabei vermutete er, dass sie in einer Beziehung lebte. Und sie ging wohl auch davon aus, dass es sich bei ihm ebenso verhielt. Es war Teil des Spiels, dass sie nichts weiter voneinander wussten und sie bestand ja ausdrücklich noch einmal darauf, als sie ihm erklärte, dass sie kein Geheimnis für ihn habe, weil sie nur dann für ihn existent sei, wenn sie physisch bei ihm war. War es nicht die Art von Freiheit, die er sich immer von einer Frau wünschte? Bitte! Da war sie! ... Und nun war es ihm auch wieder nicht recht! Seine widersprüchlichen Gefühle gingen ihm auf die Nerven und gleichzeitig verspürte er sich reizvoll herausgefordert. Er fragte sich, ob sie das mit Absicht machte oder ob ihre Lebensumstände ihr das diktierten. Wieder vermutete er, dass Letzteres der Fall war, denn sie war keine berechnende Frau. Keine, die Spaß an Koketterie hatte. Sie war umwerfend in ihrer Natürlichkeit, und weil sie klug war und weil ... er dachte plötzlich sehnsüchtig an ihre Brüste und die warme Weichheit ihrer Schenkel.

Es gab nichts mehr für ihn zu tun in der Stadt. Nichts, was ihn so einnehmen würde, dass seine Gedanken um Elèn zum Stillstand kämen. Einmal hatte er sich auf eine Frau komplett eingelassen, ja, er hatte sogar geheiratet, aber die Ehe war ein einziges Fiasko. Die Trennung empfand er als Schmach. Weniger dieser Frau gegenüber als sich selbst, denn von Beginn an wusste er, dass er mit der Beengung und den begrenzten Möglichkeiten, die sich Paare üblicherweise ließen, nicht klarkommen würde. Auch für seine Tätigkeit bei der Organisation war diese unglückliche Konstellation abträglich und stellte eine Gefahr für ihn und alle ihm nahestehenden Personen in seiner Umgebung dar. Er hätte sich niemals darauf einlassen dürfen. Als Einzelgänger fand er sich gut zurecht in seinem Leben und niemandem Rechenschaft ablegen zu müssen, schien ihm ein Privileg erster Güte. Freunde, die ihn seit Jugendzeiten begleiteten hatte er nicht, und regelmäßige Treffen mit Bekannten ebensowenig, sodass auch niemand auf die Idee gekommen wäre, ihn zu fragen, ob er nicht einsam sei. Nicht einmal er selbst, denn er war pausenlos beschäftigt und traf die unterschiedlichsten Menschen über die ganze Welt verteilt. Es kam selten vor, dass er alleine schlafen ging. Immer gab es eine Schöne irgendwo, die sein Interesse weckte. Es gab auch länger anhaltende Affären und auch das Gefühl des Verliebtseins kannte er, doch nie nahmen seine Gefühle überhand. Das Leben an sich war zu aufregend, und weil seine Aufträge von ihm erforderten, alle möglichen Charaktere darzustellen, erforderte das auch von ihm, dass die Persönlichkeiten der Frauen dazu passten. Was war nur los mit ihm? Warum ging ihm das alles durch den Kopf? Er hatte keine Lust in der Vergangenheit zu wühlen und schon gar nicht, sich selbst eine Erklärung zu denken, für sein Bedürfnis ohne feste Partnerschaft zu leben! Sein Whiskyglas war leer. Er erhob sich und goss noch einmal nach. „Schluss jetzt! Es ist gut so, wie es ist. Sie ist nicht aus der Welt. Ich habe ihre Nummer und sie hat meine", sagte er laut vor sich hin. „Außerdem ist sie nicht frei. Ganz bestimmt nicht. Warum sonst bestand sie auf unbedingte Diskretion und dass er nichts weiter von ihr wissen sollte", dachte er.

Am anderen Morgen erwachte er mit summenden Kopfschmerzen. Es blieb nicht bei zwei Whiskys, denn er kämpfte gegen das Gefühl von Einsamkeit und der sie begleitenden Melancholie. Beide mochte er nicht als Gäste bei sich einlassen und aushalten. Dann lieber Betäubung.

Nach dem Kaffee ging es ihm besser und er begann die Wohnung in Ordnung zu bringen. Während er lüftete, ging er nach unten und kaufte um die Ecke beim Araber eine Flasche Crémant und stellte sie seinem „Freund", dem Archäologen, in den Kühlschrank. Er wusste, dass er bald zurückkommen würde. Von ihm als Freund zu sprechen war übertrieben, denn eigentlich begegneten sie sich nie. Das Apartment war klein und in der Regel sprachen sie die Nutzung ab, weil sie beide erzwungene Nähe nicht mochten. Die Vorstellung, er würde einem anderen Mann unversehens nackt im Bad gegenüberstehen, fand er äußerst unangenehm. Er wusste, dass er altmodisch in dieser Hinsicht war, doch glücklicherweise musste er sich nicht weiter Gedanken darüber machen, da die Absprache immer sehr gut glückte. Am Nachmittag suchte er ein Reisebüro auf und buchte einen Flug nach Toronto. Das war schön weit weg. Der eigentliche Grund jedoch war, dass er dort einen berühmten Fotografen kannte, der hin und wieder seine Dienste der Organisation zur Verfügung stellte. Telefonisch hatte er sich angekündigt und sein Anliegen genannt, dem der Fotograf ohne zu zögern zustimmte. Paul war entschlossen, sich ein neues Hobby zuzulegen und sich dafür professionell beraten zu lassen. Beim Fotograf wollte er das Entwickeln und etwas Bildbearbeitung erlernen und er wollte sich bei der Auswahl einer geeigneten Ausrüstung helfen lassen.

Der Flug war angenehm, verlief ganz ohne irgendwelche Zwischenfälle. Er würde plangetreu um 10:00 Uhr ankommen. Er freute sich auf Toronto, denn erstaunlicherweise hatte er nie Aufträge, die mit dieser Stadt zu tun hatten. Überhaupt war er nur einmal und nur ganz kurz in Kanada – ein, zwei Tage in Vancouver. Toronto versprach neue Eindrücke, den Klang vieler Sprachen, frische Seeluft vom riesigen Ontariosee her wehend und er würde auch das Treffen mit einem Bekannten genießen, den er als alten Kollegen bezeichnen und mit dem er über Vorgänge innerhalb der Organisation reden konnte, ohne besondere Vorsicht walten zu lassen. Zumindest hoffte er das. Zunehmend gestand er sich ein, dass ihm die Aufregung, die ihn sein ganzes berufliches Leben begleitet hatte, fehlte. Nicht das Risiko, ständig in Lebensgefahr zu sein, davon hatte er endgültig die Nase voll, aber es fehlte ihm, strategische Planungen zu machen und erfolgreich umzusetzen. Er war noch nicht so alt, als dass man ihn sich gemütlich schaukelnd im Lehnstuhl vorstellen konnte. Im Gegenteil. Er war attraktiver denn je, wie das eben oft bei Männern mit den grau-melierten Schläfen der Fall war, vor allem in Kombination mit einem sprühenden Intellekt.

Er hatte sich mit Pete im Restaurant CANOE in der Wellington Street zum Lunch verabredet. Pete schlug das Lokal wegen der tollen Aussicht über die Stadt vor, sodass sich Paul gleich einen Eindruck über die geografischen Gegebenheiten machen könne. Bis zum Treffen hatte er noch etwas Zeit, die er nutzte, sich die Beine zu vertreten. Als ihm ein attraktives Paar entgegenkam, sie in hohen Pumps und einem Trench bekleidet und er in einer legeren Fliegerjacke, sie eingehakt bei ihrem Begleiter und mit lautem Lachen und schnellen Schrittes ihn passierend, dachte er an Elèn und dass er sie gerne an seiner Seite gehabt hätte. Gerne mit ihr die Stadt kennengelernt hätte, immer ein wenig in Erwartung ihren besonderen Blick auf manche Dinge zu erfahren und mit ihren Augen zu sehen. Sie war so unterhaltsam. Nie langweilte er sich mit ihr. Vor einem Schaufenster mit exklusiver Lingerie blieb er stehen und betrachtete ausgiebig jedes einzelne Wäschestück, das ihm gefiel, und stellte sich die Spitzenkunstwerke auf Elèns Haut und Körperlinien vor.

Seine Flugmüdigkeit war wie weggeblasen. Vor dem CANOE traf er auf Pete, der gerade mit einer langbeinigen, sehr jungen, sehr hübschen Frau aus einem Taxi ausstieg. Kurz war Paul enttäuscht, denn er hoffte auf vertrauliche Gespräche. Die junge Frau war erfrischend mädchenhaft und legte ein geradezu lustiges Verhalten an den Tag, das gleich vermuten ließ, dass sie Herren in einem gewissen Alter nicht besonders ernst nahm und sie eher als väterliche Freunde betrachtete. Sie klopfte Pete flapsig auf den Rücken, kaute provokativ auf ihrem Kaugummi herum und trat ständig von einem Bein auf das andere. Sie trug ein riesiges Sweatshirt mit Farbklecksen darauf, als hätte jemand mit einem Pinsel nach ihr geschmissen und darunter einen Minirock, im gleichen Material wie das Sweatshirt, von dem allerdings nur 10 Zentimeter sichtbar waren. Ihre hopsenden, langen Beine steckten in knöchelhohen Sportschuhen –, er meinte den Begriff Chucks schon einmal gehört zu haben. Pete stellte sie vor als seine derzeitige Muse, mit der er im Auftrag eines großen Modemagazins eine Fotostrecke konzipierte, die eine jüngere Zielgruppe ansprechen sollte, dabei lachte er aber so herzlich, dass ihm fast Tränen in die Augen kamen. Ihm entging natürlich nicht, dass Paul etwas irritiert auf seine Vorstellung reagierte.

„Entspann dich, alter Junge! Ich sehe, du machst dir Sorgen um mich, haha! Darf ich dir vorstellen, das ist Jassie, meine zauberhafte Nichte! Ich liebe sie und sie ist ein Naturtalent, aber sie ist leider auch der Beweis, dass wir die besten Jahre hinter uns haben! Jassie wird uns leider gleich alleine lassen, sie meinte, es wäre ihr peinlich, mit zwei alten Herren gesehen zu werden, Scherz! Nein, ich habe sie lediglich mit in die Stadt genommen. Sie hat ihre eigenen Pläne. Wie geht es dir, mein Freund?" Fast gleichzeitig küsste Jassie ihren Onkel auf die Wange, tat das Gleiche bei Paul, rief ein vergnügtes „Bye, bye" und lief davon. Paul war so perplex über die überraschende Geste, dass er ihr kaum noch hinterherrufen konnte, dass ihn die Begegnung gefreut habe und er ihr viel Spaß wünsche.

„Gut siehst du aus!", sagte Pete in herzlichem Ton und legte ihm seinen Arm um die Schulter. Pete war ein stattlicher Kerl von annähernd zwei Metern Größe, den man nie im Anzug sah. Wann immer Paul ihm begegnet war, sah er ihn in weiten Grob-Cordhosen und gestrickten Sweatern. Er mochte ihn und schätzte ihn als absolut vertrauenswürdigen Charakter und war froh, dass er ihn zu seinen Freunden zählen durfte, denn er hatte so gut wie keine. Auch das war ein Fakt, der ihm erst in den letzten Monaten, jedoch gänzlich ohne Bedauern darüber zu empfinden, bewusst wurde. Da er es nicht gewohnt war, Zeit mit Freunden zu verbringen, gemeinsame Events zu planen, sich regelmäßig zu treffen und die Lebensgeschichten über viele Jahre hinweg gegenseitig zu verfolgen, vermisste er auch nichts. Im Gegenteil, die Vorstellung allein schon war ihm lästig. Inzwischen aber wusste Paul einen geistig anregenden Austausch durchaus zu schätzen, denn dafür gab es kaum noch jemand in seinem Umfeld. Elèn kam ihm wieder in den Sinn und Pete gehörte auch dazu. Obwohl, er wusste es eigentlich gar nicht. Sie hatten nie freie Zeit miteinander verbracht: Sie trafen sich im Rahmen ihrer Tätigkeiten und ihre Gespräche drehten sich um reibungslose Abwicklung von Aufträgen. Doch er bemerkte schnell, dass die gemeinsame, ehemalige konspirative Zusammenarbeit eine gute Basis auch für persönliches Näherkommen war. Sie brauchten einander nicht erklären, warum ihre Leben so oder so verlaufen waren. Ohne Umschweife kam Paul zur Sache und erläuterte Pete, was sein Anliegen in der Fotografie war und Pete verstand sofort, zumal es hauptsächlich um Frauen ging. Um schöne Frauen, um schöne, reife Frauen, um EINE schöne, reife Frau, um genau zu sein, die Objekt der fotografischen Dokumentation werden sollte. Das Einfangen der Begierde in Licht und Schatten. Paul brauchte nicht lange drum herumreden. Pete als professioneller Fotograf fand es durchaus gerechtfertigt, sich allein für dieses eine Vorhaben ein fundiertes Wissen und Können anzueignen, und da er selbst ebenfalls nicht mehr unter Druck stand, jeden Auftrag für die Existenzsicherung anzunehmen, nahm er gerne den Auftrag Pauls, ihm sozusagen eine Kurz-Ausbildung angedeihen zu lassen, an und machte ihm ein freundschaftliches Angebot. Mit Handschlag besiegelten sie das Geschäft und ließen sich ihren atlantischen Lachs mit karamellisiertem Kohlrabi, Rahmkohl mit Speck, Vinaigrette und Radieschen-Confit schmecken.

Auf dem Weg zurück in das Apartment, das Paul gemietet hatte, ging er noch einmal vorbei an dem Dessous-Geschäft. Er betrat es selbstbewusst und ließ sich alle Teile zeigen, die ihm besonders gefielen. Da er Elèns Konfektionsgrößen nicht wusste, schaute er sich unter den angestellten Damen um und sprach die an, die in Größe und Figur der Elèns am nächsten war, und fragte sie mit ausgesuchter Höflichkeit, ob es möglich wäre, dass sie die Teile anprobierte, damit er sehen könne, ob die Größe die richtige war und ob ihm der Schnitt gefalle. Die junge Frau schien nicht einmal sonderlich überrascht und kam seinem Wunsch sehr gerne nach. Es war eine Frau, die sich ihrer Schönheit sicher war und sich gerne zeigte. Ihm war überdies anzumerken, dass seine Frage seriös war und nicht unter dem Vorwand gestellt wurde, umsonst junge Frauen in reizvoller Wäsche zu sehen. Dass die Situation allerdings mehr als reizvoll war, war nicht abzustreiten.

Ihm wurde angeboten, in einem bequemen Sessel Platz zu nehmen, und dann zogen zwei Damen gleichzeitig einen Vorhang von der Seite her zu, sodass sich ein abgetrenntes Séparée bildete. Die bildschöne, junge Frau wusste sich zu bewegen und scheute sich auch nicht erotische Posen einzunehmen, damit er sehen möge, wie die Wäsche am besten zur Geltung komme. Sie flirtete mit ihm und ihm gefiel das Spiel außerordentlich gut. „Diese zuvorkommende Geschäftstüchtigkeit muss wirklich belohnt werden", dachte er schmunzelnd, und als die Damen an der Kasse zusammengerechnet hatten, hatte er ein ganz hübsches Sümmchen zu bezahlen. Dabei wusste er nicht einmal, ob Elèn ein Faible für feine Spitzenwäsche hatte. Es war sein Faible.

Drei Monate blieb Paul in Toronto und hatte eine wirklich gute Zeit mit Pete, der ihm nach und nach seine Familie und Freunde vorstellte. Auch anziehende Frauen waren darunter. Er genoss ihre Gesellschaft, doch er suchte keinen engeren Kontakt und schon gar keine erotischen Abenteuer, denn die erregende Faszination, die Elèn bei ihm auslöste, wollte sich bei keiner von ihnen einstellen.

Er fühlte sich wohl in dieser internationalen Stadt und betätigte sich sogar wieder sportlich. Jeden Morgen begann er mit einem Lauf an den Ufern des Ontariosees entlang. Oft ertappte er sich, dass dabei seine Gedanken zu Elèn rannten und er fragte sich, wie es ihr wohl erginge und ob auch sie an ihn dachte.

Die Freundschaft mit Pete, der vertraute Umgang mit ihm und die ersten Erfolge beim Fotografieren besänftigten zudem seine innere Unruhe und er erfuhr zum ersten Mal in seinem Leben, beziehungsweise seitdem er sich erinnern konnte, ein inneres Ankommen, das ihm ein ausgeglichenes Gemüt bescherte. Sie erzählten sich viele Episoden aus ihrer beruflichen Tätigkeit und reflektierten zusammen besonders die gefühlvolleren Momente ihrer Laufbahn, die sich mit ihren persönlichen Geschichten vermischten. Seit unzähligen Jahren erinnerte sich Paul dann auch wieder an die Episode mit Jeanne Ferrari, der Gottgesandten, in den Pyrenäen und in Paris. Er hatte lange nicht an sie gedacht und er hatte sie seit Paris, Ende der siebziger Jahre, nie mehr gesehen. Er wusste zwar, dass sie erfolgreich im Einsatz war und der Organisation hochgelobte und hochdotierte Dienste erwies, aber er konnte sich nicht erklären, warum er sich nie explizit nach ihr erkundigt hatte. Wie oft, wenn Emotionen mit im Spiel waren, hatte er lieber auf die Kunst der Verdrängung gesetzt und Jeanne verschwand dann wieder zwischen vielen anderen Erinnerungen und blieb nur noch eine Geschichte unter vielen.

Als Pete nach drei Monaten der Meinung war, dass er ihm technisch nichts mehr beibringen konnte, entschied Paul, dass es an der Zeit war, nach Europa zurückzukehren und Elèn zu kontaktieren. Er würde sich definitiv nicht daran halten, was sie sich ursprünglich versprochen hatten, nämlich sich nicht wiederzusehen. Er konnte einfach keinen plausiblen Grund mehr dafür finden, dieses unsinnige Versprechen einzuhalten. Es war ja klar, dass sie keine Familie mehr gründen, dass sie nicht zusammenleben würden und auch, dass er sich nicht für nur eine Frau entscheiden wollte und würde, aber sie wären doch wohl in der Lage, eine neue, eine modernere Form der Beziehung zu finden, mit der sie beide glücklicher wären. Nach und nach nahmen diese Gedanken bei Paul Gestalt an.

Im Oktober war er in Toronto angekommen, jetzt war es schon Winter geworden. Der Januar ging dem Ende zu. Seine Laufroutine hatte etwas gelitten, weil die Ufer des Sees verschneit und zugefroren waren, doch er freute sich über die körperlichen Veränderungen, die das Laufen mit sich brachten, und machte stattdessen, um in der Routine zu bleiben, lange Spaziergänge in den winterlich verschneiten Parks der Stadt. Manchmal fragte ihn Jassie, die Tochter von Petes Schwester, ob sie ihn begleiten dürfe, und zeigte ihm voller Stolz ihr Toronto. Sie war ein so unbefangenes, fröhliches Mädchen, ausgestattet mit einem gesunden Selbstbewusstsein, das nur Menschen geschenkt ist, die in einem liebevollen, unterstützenden Umfeld aufwachsen. Sie erheiterte ihn. Oft lachten sie zusammen und es machte ihn stolz, dass sie gern Zeit mit ihm verbrachte und sein Humor auch sie zum Lachen brachte. Er war in der ganzen Familie Petes mit einer selbstverständlichen Herzlichkeit aufgenommen worden, wie er es bis dahin nicht kannte.

Paul hatte zum ersten Mal Weihnachten und den Jahreswechsel im Kreise von Menschen gefeiert, die seine Freunde wurden und zum ersten Mal kam ihm Weihnachten nicht wie eine Kulisse bloßer kommerzieller Werbezwecke vor. Er war einfach da und genoss die Leichtigkeit, mit der alle miteinander umgingen. Niemand stellte Fragen nach seinen familiären Verhältnissen. Hin und wieder wunderte er sich darüber und fragte sich, ob es daran lag, dass er wie aus dem Nichts erschien und ohnehin bald wieder abreisen würde, sodass seine Geschichte für niemanden interessant genug war, oder ob in der Familie generell eine Kultur der Diskretion vorherrschte. Nur die Lebenspartnerin von Pete ließ hin und wieder, wenn sie allein waren und niemand sie hörte, wie beiläufig eine Frage fallen.

„Was liegt dir auf dem Herzen, Paul?", oder: „Wer ist deine Liebste und warum ist sie nicht bei dir? Werden wir sie irgendwann zu sehen bekommen?" Er beugte sich dann immer ganz nah an ihr Ohr, mit verschwörerischer Miene, als ob er vorhatte, ihr ein Staatsgeheimnis zu verraten, und raunte: „Katie, du bist süß, aber zu neugierig!"

Das war mittlerweile zu einem Ritual zwischen den beiden geworden und es machte aber auch klar, dass er nicht über sein Leben sprechen würde. Er hatte das sein Leben lang nicht getan und er würde jetzt nicht damit anfangen. Er fand es gut, so wie es war, und er mochte sehr, dass sein Lebensweg nicht in festen Bahnen vorgezeichnet war und so empfand er es auch nicht als Verlust, sich alsbald von Pete und seiner Familie zu verabschieden. Sie alle hatten ihn sehr bereichert, und er wusste, dass sie ihm Freunde fürs Leben geworden waren, aber nun war es an der Zeit, wieder seine eigenen Wege zu gehen.

Auch Elèn nahm nach der Abreise aus Paris ihr gewohntes Leben wieder auf. Das heißt, sie versuchte es. Sie bemühte sich, doch sie war nicht mehr die, die sie vorher war. Lange hatte sie jegliche Form von Intimität von sich ferngehalten. Sie hatte nicht das Gefühl auf etwas zu verzichten, sie war lediglich der Überzeugung, dass Beziehungen sie mehr Kraft kosteten, als dass sie ihr schenkten, und sie zudem beengten. Als Filmproduzentin hatte sie mit ausreichend Geschichten zu tun, die von anderen verfasst und an sie herangetragen wurden und für deren Realisation sie verantwortlich war. Sie liebte ihren Beruf, der so anstrengend wie aufregend war und durch den sie Bestätigung auf vielen verschiedenen Ebenen erfuhr. Durch einige sehr erfolgreiche Produktionen hatte sie finanziell ausgesorgt und sie war stolz auf ihre Unabhängigkeit. Dafür hatte sie sich voll und ganz eingebracht, hatte über lange Zeiträume wiederholt wochen- und nächtelang ohne Wochenenden durchgearbeitet. Dass sie dabei ihren eigenen Bedürfnissen und Wünschen keinen Raum mehr gelassen hatte, dass sie keine eigene Geschichte hatte und dass sie abgesehen von einem kleinen Konzertbesuch, eigentlich nichts mit sich anzufangen wusste, fiel ihr erst auf, als sie nach zähen Gagen-Verhandlungen in Paris ein paar Tage dranhängte und durch Paris schlenderte, ohne konkrete Absichten und ohne beruflich bedingte Verabredungen, ... bis Paul sich zu ihr an den Tisch setzte.

Mit dieser Begegnung änderte sich alles. Auch sie selbst, als hätte etwas in ihr geschlummert, das sich mit aller Macht Bahn brach, vom ersten Augenblick an. Mit einem Mal erinnerte sie sich daran, dass sie immer noch Frau war und Paul war der, der vermochte, ihr Innerstes zu berühren und der ein unbekanntes Feuer in ihr entfachte. Er ließ sie spüren, dass sie begehrenswert war und sie entdeckte, dass sie zu leidenschaftlichen Gefühle fähig war, die sich nicht nur auf platonische Ebenen beschieden.

Es war, als ob ihr Körper in Kontakt mit ihr trat und ihr zu verstehen gab, dass es neben dem Geist Kräfte gab, die zum Leben dazugehörten. Und diese Kräfte tobten jetzt in ihr, jubelten und gierten nach mehr und ihre Seele war ebenfalls infiziert, denn auch sie schrie nach dieser gefühlten Verwandtschaft und ihr Herz war gebläht von Sehnsucht.

Gerade brachte sie das letzte Projekt erfolgreich zum Abschluss. Die Promotion-Tour war in vollem Gange, Abschlusspartys waren gefeiert, man klopfte sich gegenseitig auf die Schultern und befand sich großartig, doch ihre Sehnsüchte und ihre emotionalen Verwirrungen wurden dadurch nicht besänftigt. Sie fand das alles verstörend, wusste nicht damit umzugehen, sie fühlte sich unvollständig und begann gereizter Stimmung zu sein.

Paul hatte, ebenso wie sie es tat, erkennen lassen, dass er keine enge Verbindung anstrebte. Sie hatten sogar offengelassen, ob sie sich überhaupt jemals wiedersehen würden. Sie beide gaben vor, dass sie diese außergewöhnliche, sinnliche Begegnung für sich stehen lassen wollten, da sie ohnehin nicht wiederholbar sei. Und realistisch betrachtet war das ja auch so. Sie waren beide nicht mehr jung und vielleicht war das ein letztes Aufbäumen erotischer Sinnlichkeit, die sie mit ihm erlebte, bevor die Vergänglichkeit ihnen einen anderen Platz zuwies, den sie erahnten, aber noch weit, so gut es ging, fern von sich hielten. Sie fühlte sich immer noch energiegeladen, kraftvoll und sie wusste um ihre Attraktivität, doch genau besehen, war es nicht mehr die Attraktivität, die junge Menschen ausstrahlten, und wenn sie mit ihnen ab und an in einen Club ging, dann war offensichtlich, dass es nicht der Ort war, wo man Menschen ihres Alters erwartete. Alle waren höchst zuvorkommend im Umgang mit ihr, aber ein bisschen war da schon die formelle Höflichkeit Älteren gegenüber zu spüren.

Noch einmal ihren Gefühlen, ihren wilden Fantasien freien Lauf lassen, Ekstase erfahren, extrovertiert sein, dem tiefen Wunsch nachgeben, sich ganz zu spüren ohne gesellschaftliche Grenzen, Rahmenbedingungen und ungeschriebene Gesetze, ja, das wollte sie. Sich selbst erleben und sehen, was passiert, wenn sie sich keinen Regeln unterwarf und ihre permanente Selbstkontrolle einmal über Bord warf. Ihr war selbstverständlich bewusst, dass ihre Gedanken in eine irrationale, träumerische Naivität abglitten. Doch, was hatte sie zu verlieren?

Seit drei Monaten lebte Elèn nun schon in Tanger. Sie hatte alles hinter sich gelassen, weil es ihr unmöglich war, weiterzumachen wie bisher. Sie fand sich nicht mehr zurecht oder besser gesagt, sie wollte sich nicht mehr zurechtfinden mit den Ansprüchen, die man an sie hatte. Den Verpflichtungen, die sie sich selbst auferlegte. Alles erschien ihr sinnlos, nachdem sie der Magie der Erotik und des Sich-Erkennens erlegen war und keine Hoffnung mehr bestand, dass das, was sie nun bestimmte, sich mit ihrem Leben vereinbaren ließ. Die Vergänglichkeit stand ihr zudem tagtäglich vor Augen.

So verließ sie alles, um nur noch mit sich selbst an einem Ort zu sein, der ihr geheimnisvoll und fremd genug erschien, alles vergessen zu machen, was sie bisher ausmachte. Sie nahm sich eine kleine Wohnung in einem der engen Gässchen in der Altstadt von Tanger. Die Wohnung bestand nur aus einem Zimmer mit einer winzigen Kochnische, aber einem geräumigen Bad. Sie brauchte keine Küche mehr. Sie würde nicht kochen und sie hatte nur noch wenig Hunger. Im Raum gab es ausschließlich ein großes Bett, das sie mit orientalischen Stoffen bedeckte und es gab einen großen, vor Blicken geschützten, abgeschatteten, mit hellen Mauern umgebenen Balkon. Sie hatte Bücher mitgenommen, die ihren Platz in Stapeln auf dem Boden fanden. Als Tisch diente ihr ein großes silbernes Tablett mit handgedengelten, orientalischen Ziermustern. Ihre spärliche Garderobe bestand aus Wäsche in cremefarbiger Spitze, sehr weiten, hellen Leinenhosen, weißen Kaftans, übersät mit kunstvollen Stickereien und gewebten Tüchern in passendem Ton, die sie sich um den Kopf legte, wenn sie die Wohnung verließ. Das tat sie nur am Abend, wenn es schon dunkelte und wenn sie Hunger hatte. Dann ging sie raschen, aber gediegenen Schrittes durch die Altstadt, vorbei an Grüppchen von jungen und alten Männern, die ihr Haschisch anboten oder andere zweideutige Angebote machten. Sie ging immer in das gleiche Restaurant, wo sie mit der Zeit Bekanntschaft mit dem Patron machte, der Acht gab, dass die anderen männlichen Gäste sie nicht belästigten. Er war der einzige Mensch, mit dem sie sich mit wenigen Worten unterhielt. Er verstand intuitiv, dass sie eine Frau war, deren Sehnsucht nur in Einsamkeit zu ertragen war.

Nach dem Abendessen zog es sie in Viertel, aus deren Gassen Musikklänge kamen. Immer wieder fand sie neue Cafés und Bars, in denen heimische Künstler spontane Konzerte gaben. Sie spielten auf mit Instrumenten, deren Namen sie nicht einmal kannte, aber die Töne strichen um ihr wundes Herz, trösteten und beglückten sie gleichermaßen. Oft setzte sie sich dann in eine verborgene Ecke, bestellte Tee und manchmal auch ein stärkeres alkoholisches Getränk und lauschte Stunde um Stunde und dachte an ihren Geliebten, der unerreichbar für sie schien. Er hatte sich nicht mehr bei ihr gemeldet und sie ging davon aus, dass er weitergezogen war, anderen erotischen Abenteuern entgegen. Bis zu dem Nachmittag, als sein Anruf sie erreichte.

„Elèn. Wir müssen uns wiedersehen", sagte er, „ich habe einen Fotoapparat. Ich muss Ihre Schönheit einfangen."

„Paul. Ich bin weg. Ich versuche, Sie zu vergessen, weil ich glaube, dass Sie mich vergessen haben."

„Wo sind Sie, Elèn?"

„Ich kann Ihnen nicht sagen, wo ich bin. Ich vermisse Sie und ich leide darunter, aber Sie wollen nur die Schönheit von mir, die mich verlassen wird wie Sie mich."

„Ich kann Sie überall finden, das wissen Sie, Elèn! Und wie können Sie von *verlassen* sprechen, wenn Sie nicht einmal bei mir sind?"

„Ich weiß nicht, ob Sie mich finden wollen, und ich fürchte mich davor, mich mit Ihnen zu verlieren."

„Elèn, ich habe unendliche Lust auf Sie. Ich bin der, auf den Sie gewartet haben."

„Ja, ich weiß, aber ich kann nicht vertrauen."

„Sie unterstellen mir Dinge, bei denen ich nicht gewillt bin, die Verantwortung dafür zu übernehmen, Elèn. Wenn ich bei Ihnen bin, dann werde ich Sie lieben, aber verlangen Sie nichts Unmögliches von mir. Stellen Sie mir keine Fragen, Elèn. Fragen sind der Anfang vom Ende."

Paul ließ sie verwirrt und bestürzt zurück. Er gab ihr Rätsel auf, die sie nicht verstand und sie fühlte sich verlassen. Sie war so dumm, ihm Vorwürfe zu machen. Er ist der, auf den sie ein Leben lang gewartet hatte. Das ist mehr, als sie sich je für sich erhofft hatte. Sie war so dumm und bezichtigte ihn des nicht Vertrauenswürdig-Seins.

Selbst, wenn dem so war, es wäre doch vollkommen egal! Ihre Lust und ihre Begierde aufeinander, die unstillbar schienen, waren pure Wahrheit. Nur die verzehrende Lust nach ihm ließ sie so reden. Machte sie krank im Kopf. Sie war eine Süchtige, die vom Schmerz des Entzugs um sich schlug! Wusste er denn nicht, dass sie ihm nicht sagte, wo sie war, weil sie nicht wollte, dass er sich verpflichtet fühlte? Weil sie sein Leben nicht durcheinanderbringen wollte?

Es war dunkel geworden und warme Nachtwinde zogen durch die Gassen und wirbelten die Gemüter durcheinander. Sie duschte und parfümierte sich mit dem schweren orientalischen Duft, den sie sich bei einem der alten Parfümeure hat kreieren lassen. Moschus, Amber, Bergamotte, Jasmin, Holz und Leder.

„Es ist nicht einfach, Madame, für Sie den richtigen Duft zu finden", sagte der alte Parfümeur, ihr tief in die Augen blickend. „Sie sind bittersüß, herb und liebend. Ihre Blume verblüht nicht. Sie sind eine reife Frau und ein wildes, ungebändigtes Mädchen."

Elèn benutzte es selten, weil es ihr befremdlich war, sich unter einem starken Duft zu verhüllen. Sie zog das einzige schwarze Kleid, das sie mitbrachte, aus dem Koffer und mit ihm fiel ein dunkelrotes Samtband mit einem Glöckchen dran klingelnd auf den Boden. Sie konnte sich nicht erklären, wie es in den Koffer gekommen war. Sie schnürte das Band um ihre linke Fessel. Dann verließ sie die Wohnung. Ein leises Klingeln begleitete rhythmisch ihren Gang. Als sie das Restaurant betrat, richtete sich der Blick des Patrons auf sie, der sie so in Schwarz gekleidet noch nie gesehen hatte. Langsam kam er an ihren Tisch.

„Madame, möchten Sie essen?"

„Nein, Patron, heute möchte ich nicht essen. Heute möchte ich nur Sie sehen. Ich brauche heute einen Menschen, der mich versteht. Wissen Sie, ich habe heute eine große Dummheit begangen. Ich habe mir und meinem Liebsten Kratzer ins Herz gemacht und ich schäme mich so dafür."

„Madame Elèn, seien Sie nicht so grausam zu sich selbst. Sehen Sie, die Winde einer schwarzen Nacht nehmen alle Pein mit sich und alles wird gut. Sie werden erleben, Ihr Geliebter kommt."

Sie legte ihre beiden Hände auf seine alten, abgearbeiteten, die er während seiner Rede auf den Tisch gelegt hatte, drückte sie kurz und dankte ihm für seinen Trost mit dem Senken ihrer Lider und des Kopfes.

Wortlos erhob sie sich und ging hinaus in die schwarze Nacht, dorthin, wo Klänge von Musik sie hinlockten. Auf dem Weg traf sie auf junge Männer, die ihr Haschisch verkaufen wollten. Erst ging sie sich abwendend an ihnen vorbei, dann aber drehte sie sich um, ging in paar Schritte zurück und fragte in eine kleine Gruppe Männer hinein, ob sie ihr einen Joint verkaufen würden. Die Männer betrachteten sie unverhohlen und schienen Anzüglichkeiten auszutauschen, aber behandelten sie dennoch zuvorkommend.

Den Joint rauchte sie an eine Hauswand gelehnt. Sie war sich des lasziven Eindrucks bewusst, den sie in den Blicken Fremder hinterlassen musste, aber es war ihr egal. Sie war nicht mehr die, die sie einmal war, und ihre Beine waren zu schwach, sie aufrecht zu halten, weil die Nachwirkung des Gesprächs sie immer noch zitternd machte.

Seitdem sie Paul begegnet war, war jede ihrer Zellen in Vibration und sie konnte nichts dagegen tun. Dieser Zustand raubte ihr den Verstand und das einzige Gegenmittel, das ihr einfiel, war sich zu betäuben und sich in Situationen, zu begeben, die Grenzerfahrungen bedeuteten. Sie suchte eine Bar auf, von der sie wusste, das Yasmin Hamdan dort immer wieder auftrat und deren Gesang sie sehr liebte. Der Joint tat seine Wirkung und sie konnte sich vollkommen auf die Spielweisen, die Instrumente, die Gesänge und die Melodien konzentrieren, immer das im Vordergrund, was sie besonders fokussierte. Sie sah den tanzenden Paaren zu. Aneinander geschmiegt, sich im Rhythmus wiegend, sich zärtlich in die Augen schauend. Küsse, die getauscht wurden, und dann immer wieder dieses Ziehen, diese Begierde, die sie quälte, sie verrückt werden ließ. Diese Nacht würde sie sich betrinken, sich betäuben. Sie bestellte Whisky. Und noch einen und als der Alkohol seine Wirkung tat, ging sie auf die Tanzfläche und ließ sich von der Musik vereinnahmen und tragen. Ihr Körper wusste sie in den Bewegungen des Tanzes zu heilen. Vielleicht.

Ganz langsam begann sie, sich im Takt zu wiegen, ließ ihre Hüften, ihre Taille kreisen, ihre Hände malten Ornamente in ihre Aura. Mit geschlossenen Augen überließ sie sich den Rhythmen, die zunehmend leidenschaftlicher wurden und sich zu einem orgiastischen Höhepunkt aufzubauen schienen. Eine junge Frau band ihr ein Tuch um die Hüften und ihr Tanz wurde zu einer einzigen Beschwörung an alle Gottheiten der Lüste und der Liebe. Hemmungslos, wild, leidenschaftlich, magisch. Die Paare gingen zurück zu ihren Plätzen, aber statt ihrer näherten sich junge glutäugige Frauen, schmiegten ihre Körper an sie, bewegten sich im Gleichklang mit ihr, an sie gelehnt, wie Parallelen, huschten ihr Küsse an den Hals, den Nacken, streichelten ihren Rücken entlang, berührten ihre Brüste, deren Knospen aufragten, fassten ihre Haare an, drängten sich immer dichter um sie, liebkosten sie. Die jungen Frauen waren betörend schön, mit ihren langen dunklen, glänzenden Haaren, die in Wellen anmutig über ihre Rücken flossen. Sie dufteten nach feinstem Parfüm, und ihre Haut war glatt und zart. Sie hob beide Arme nach oben, führte sie zusammen, wie zum Gebet, streckte sich nach oben, als ob sie an einem Seil hing. Die Bewegungen, die nach außen hin sichtbar weniger wurden, verstärkten sich in ihrem Inneren in unermessliches Verlangen. Wellen gingen durch sie hindurch. Ihre linke Fußspitze tippte den Takt, klingelnd. Dann kamen junge Männer hinzu, die die Mädchen verdrängten, sie in den Haaren fassten und den Hals nach hinten zogen, bis sich ihr Rücken bog, und sie legten ihre Hände auf ihre Brüste, sie waren überall, einer legte seine Hand frech auf ihre Scham, sie war verwirrt, öffnete die Augen, fast erschrocken. Als die Männer das sahen, wandten sie sich von ihr ab und überließen wieder den Mädchen das Spiel. Elèn liefen Tränen über die Wangen, weil all diese Berührungen sie noch süchtiger machten, noch begehrlicher nach ihm, auf den sie ihr Leben lang gewartet hatte. „Paul", schrie es stumm aus ihr heraus in die Nacht hinein. Die Musiker hörten auf zu spielen. Von der plötzlichen Stille erschreckt, erwachte sie aus ihrem Trance ähnlichen Tanz. Verstört blickte sie um sich und ein Gefühl der Scham überkam sie. Doch zwei der Mädchen bleiben an ihrer Seite und ließen sie nicht aus den Augen. Sie umfassten ihre Taille und führten sie in ihrer Mitte an die Bar. „Fürchte dich nicht", sagten sie. „Trinke noch einen Tee mit uns und dann begleiten wir dich nach Hause. Du bist eine schöne Frau, wir haben noch nie eine Frau gesehen, die so mit ihrem Körper über Einsamkeit erzählt. Erzählst du uns deine Geschichte?"

„Ich habe keine Geschichte", dachte Elèn traurig.

Die Mädchen freundeten sich mit Elèn an, die aus irgendeinem Grund einen Narren an ihr gefressen hatten. Sie schienen aus besserem Hause zu kommen, denn sie waren gut gekleidet, modern und geschmackvoll und sie dufteten immer, als wären sie gerade dem Bade entstiegen. Sie besuchten sie oft. Räkelten sich auf ihrem Bett, kicherten, rauchten Haschisch. Malten ihr Malas auf die Handrücken, gefielen sich darin, ihre Kleider anzuprobieren, und flochten stundenlang Zöpfe in ihre Haare, an ihrem Kopf entlang. Sie war lange nicht beim Friseur und ihre von der Sonne ausgebleichten Haare reichten ihr inzwischen bis über die Schulterblätter. Ihre Haut war leicht gebräunt von den Nachmittagen, die sie lesend auf dem windgeschützten Balkon verbrachte. Die Wintersonne Marokkos vermochte noch immer ihrer hellen Haut einen goldenen Schimmer zu erhalten. Die Stunden, die sie mit den Mädchen verbrachte, bescherten ihr viele verträumt sinnliche Nachmittage und die Mädchen amüsierten sie mit ihren Fragen, mit denen sie sie immerzu löcherten.

„Ilän", begannen sie, wobei sie ihren Namen aussprachen, als würde er geschrieben mit I, l, ä, h, n, „Ilän, hast du keinen Mann? Warum lebst du allein?"

„Aber ich habe einen Mann."

„Aber wo ist er, wir haben noch nie einen Mann bei dir gesehen. Niemand hat dich je mit einem Mann gesehen."

„Er ist bei mir. In mir. In meinem Herz, in meiner Seele, in meinen Gedanken."

„Du bist eine wundersame Frau. Wie kannst du glücklich und schön sein, wenn du ihn nie berühren kannst? Bist du niemals traurig?"

„Ja, manchmal bin ich traurig, aber nie lange."

„Und er, ist er nicht traurig, der Mann, den du liebst?"

„Vielleicht. Vielleicht manchmal auch. Aber er hat keinen Grund, traurig zu sein."

„Ilän, du riechst so gut, du schmeckst so gut. Warum schmeckst du so gut, Ilän? Wie kann er dich allein lassen, wo du doch so süß schmeckst?"

Und sie lachten und warfen sich verschwörerische Blicke zu.

Elèn genoss die verdorbenen, doch natürlichen Gesten und Liebkosungen der Mädchen, die Freude daran fanden, ihr Lust zu bereiten und die Mädchen kicherten in ihrer Neugierde über diese seltsame Frau, die voller Lust und Liebe zu sein schien, und die sich so gelassen auf ihr erotisches Spiel einließ und ihnen zärtlichste Küsse auf die Lippen drückte. Wenn sie weg waren, entdeckte Elèn manchmal, dass ein paar Scheine aus ihrem Portemonnaie fehlten, aber sie amüsierte sich darüber und freute sich, dass die Mädchen sich ein ganz kleines bisschen schadlos gehalten hatten, denn ohne dass es ihnen bewusst war, hatten sie ihr arglos und köstlich Berührungen geschenkt, die er, Paul ihr gewünscht hätte, auch wenn er nicht da war. Sie wusste das.

Nach weiteren drei Monaten in Tanger, die Elèn mit sich allein und ihren Gedanken dort verbrachte, fand sie, war es Zeit an Rückkehr zu denken. Sie machte sich daran, ihre Wohnung in Tanger aufzulösen, und verabschiedete sich von dem Patron, mit dem sie allabendlich eine kleine Weile an ihrem Tisch seines Restaurants saß. Er war zu ihrem Vertrauten geworden, trotzdem sie oft kaum mehr Worte wechselten als die, die es brauchte, eine Mahlzeit zu bestellen und sich danach dafür zu bedanken. Er hatte in ihr die einsame Seele erkannt, die er im Grunde auch war und sie schätzte die Selbstverständlichkeit, mit der er sein kleines Restaurant führte, nicht um reich zu werden, sondern um eine Aufgabe zu haben, die seinem Leben Sinn und bescheidene Existenz versprach. Zum Abschied schenkte er ihr ein goldenes Armband, das einst seiner Tochter gehörte, die er unter tragischen Umständen vor Jahren verlor. Sie nahm es widerspruchslos an, denn sie wusste, dass sie ihm Trost war über die vielen Monate und sie würde es in Ehren halten.

Paul kam nicht nach Tanger und sie telefonierten auch nicht mehr. Anfangs wartete sie noch täglich auf eine Nachricht von ihm, doch sie selbst meldete sich auch nicht. Sie hatte das Gefühl, eine Art Entzug machen zu müssen, um endlich bei sich selbst zu sein und nichts mehr entgegenzufiebern.

Wofür? Das wusste sie nicht. Sie dachte, es sei vernünftig. Ein letzter Rest ihrer Strenge sich selbst gegenüber. Nicht noch einmal die Enge einer Beziehung herbeiführen und dann darunter leiden. Sie arrangierte sich. Tagsüber hielt sie sich meist auf ihrer beschatteten Terrasse auf, las und schrieb sich ihre Seele frei, was ihr schwerfiel. Sie fragte sich, warum es ihr nicht leichtfiel, über sich selbst zu sprechen. Sie kannte viele Menschen, die abendfüllend über nichts anderes als sich selbst sprachen und anscheinend wussten diese Leute immer ganz genau, was sie waren oder nicht waren. Wenn sie etwas über sich äußerte, kam es ihr bisweilen so vor, als hätte sie das Falsche gesagt, also nicht das, was sie wirklich ausmachte oder als hätte sie es falsch formuliert. Und dann war das ja auch jeden Tag etwas anderes, was sie ausmachte. In den vergangenen Monaten ließ Elèn sich vollkommen auf den Dialog mit sich selbst ein und genoss, anonym und alleine in den Bars zu sitzen, selbst wenn sie manchmal von Männern bedrängt wurde, die ihr anfänglich ablehnend gegenüberstanden. Ihre Reife, ihr zurückhaltendes, freundlich, fast schüchternes Verhalten schuf eine friedliche Atmosphäre, die sich schnell auf alle übertrug, die mit ihr in Kontakt traten. Sie liebte diese Stadt, in der sie sich unbehelligt bewegen, die Gerüche der Märkte aufnehmen, Menschenszenen in unzähligen Bazaren beobachten, Stoffe befühlen, Musik hören und in Bewegung in einer ihr unbekannten Welt sein konnte. Irgendwann gehörte sie selbst ins Bild. Nahm den Geruch der Stadt an. Ihre Haare fielen in honigfarbigen Wellen ungekämmt über ihre Schulterblätter. Eine geheimnisvolle Wanderin war sie geworden, die vollkommen in den Schwingungen der Stadt aufging und selbst neue hineinbrachte. Sie atmete tief die geistige Freiheit ein, die sich in ihr entfaltete, nachdem sie nicht mehr mit Menschen kommunizieren musste, die ihr nichts bedeuteten und deren Gedanken sie langweilten und manchmal auch belasteten. Sie fühlte die zunehmend wohltuende Leere in ihrem Kopf fast körperlich, als würden ihr Flügel wachsen und als schwebte sie durch die Gassen. Ihr Gang war leicht und sicherer geworden.

Ihre Haltung aufrechter und sie nahm sich selbst in ihrem Inneren wahr und brauchte dafür nicht mehr ihr Spiegelbild in Schaufenstern zu kontrollieren.

Als sie eines Morgens mit hellem, klarem Verstand erwachte, wusste sie, jetzt ist es vorbei. Jetzt war es genug der Stille, genug der Selbstfindung, der inneren Heilung von was auch immer. Genug der Einsamkeit und Zurückgezogenheit. Genug der Erfahrungen, sich selbst einer Welt auszusetzen, die sie nicht kannte, die auch nicht die ihre war, deren Sprache sie nicht verstand und in der sie sich nur durch Gesten und Blicke verständigen konnte. Es war gut, es war intensiv und fantastisch, auf diese Weise sich selbst zu erfahren. Sie war stolz auf sich, denn sie hatte für sich den richtigen Weg gefunden, sich selbst aus den emotionalen Verwirrungen zu befreien, die sie ratlos machten und die sie verunsicherten. Sie würde nun mit ihnen zu leben wissen. Alle Empfindungen und Emotionen würden ihr willkommen und nicht mehr Grund zur Verunsicherung sein. Im Gegenteil, sie würden sie bereichern und sie würde sie mit Freude zulassen. Das war der Morgen, an dem sie ihre Aufschriebe in der Feuerschale auf dem Balkon verbrannte und sich auf den Abschied aus Tanger vorbereitete und noch am selben Abend den Patron ein letztes Mal aufsuchte.

Elèn wünschte sich Veränderung und sehnte sich plötzlich wie verrückt nach ihrem Geliebten und danach, ihm alles zu erzählen, was sie über sich erfahren hatte, das heißt, sie erlaubte sich die Empfindung der Sehnsucht ohne Einschränkung und befand dieses Gefühl als außerordentlich belebend. Ja, hieß es wahrhaftig willkommen und sie sehnte sich nach ihrem Landhaus im Périgord, das sie seit Jahren nicht bewohnt und besucht hatte. Ihre Eltern hatten es erworben, als sie noch ein Teenager war, und sie verbrachten viele Sommer dort, wo sie im wahrsten Sinne des Wortes spielend die französische Sprache lernte und Jugendfreundschaften schloss, die lange andauerten, dann aber im Laufe der Jahre doch in Vergessenheit gerieten. Lalbenque war ihr immer Ort gewesen, an dem sie sich angenommen und

zuhause fühlte und dahin kehrte sie zurück, um sich dort endgültig einzurichten.

Kapitel fünf

Lalbenque

Bei ihrer Ankunft in Lalbenque fand sie das Haus in einem Zustand sichtbarer Verlassenheit vor. Die Fensterläden geschlossen, die Steinstufen belegt von vermodertem Blattgut, das sich in den Herbststürmen auf ihnen verirrt hatte und einfach liegengeblieben war. In den Ritzen ließen sich kriechende Unkräuter nieder und überwucherten bereits die Hälfte der Trittflächen. In den Ecken des Gemäuers zitterten vertrocknete Blätter, gefangen in dicht verwebten Spinnennetzen, zusammen mit verschmähten und längst mumifizierten Insektenleichen. Der Verwilderung der Vegetation ums Haus herum war noch nicht das volle Ausmaß anzusehen, da es noch früh im Jahr war und die Pflanzen erst kurz vor Ausbruch des Wachstums und der Blüte standen. Dennoch, der erste umschweifende Blick ließ sofort erahnen, dass viel Arbeit auf sie zukommen würde. Sie würde sich um Hilfe bemühen müssen, doch sie freute sich darauf, das Landgut zu ihrem künftigen Zuhause zu machen.

Bald war alles mit Hilfe der ortsansässigen Handwerker, wobei sie sogar mit dem einen oder anderen noch aus Kindertagen bekannt war und die sich freuten, dass sie vorhatte zu bleiben, wieder in Stand gesetzt.

Sie liebte die abgelegene Stille, den Pflaumenbaum, dessen Früchte bald reif sein würden, das Zirpen der Grillen am Abend und tat alles, was sie am liebsten unbeobachtet tat, wie zum Beispiel in ihre Hefte schreiben, laut Musik hören und singen, wild tanzen und leise, ganz leise barfuß um das Haus schleichen. Abends in den Himmel schauen und belustigt darüber sein, nie mit einem Wunsch gerüstet zu sein, wenn eine Sternschnuppe vorbeiflog. Sie mochte es in der Nachmittagshitze durch den kleinen angrenzenden Eichenwald zu streifen und den Geräuschen zu lauschen, die ihre Schritte machten, wenn unter ihren

Füßen das dürre Geäst zerbrach, und ihren Gedanken zuzuhören, die in Sätze geformt werden wollten, aber es nie dazu kam. Mindestens einmal in der Woche ging sie zu Fuß ins Dorf, wo sie auf dem Wochenmarkt ihre Einkäufe machte und auch alte Bekanntschaften wiederbelebte.

Es war Sommer geworden. Auf ihrem eichenen Küchentisch lag eine Postkarte mit einer Schwarz-Weiß-Ansicht des Trüffelmarktes von Lalbenque in den fünfziger Jahren. Sie hielt den Füllfederhalter in der Hand und überlegte gemäß ihrem eigentümlichen Humor auf die Karte zu schreiben:

> „Paul, ich bin gereift.
> Leider aber völlig vertrocknet.
> Ich sehne mich nach einem Wolkenbruch."

Aber das hätte nicht der Wahrheit entsprochen. Vertrocknet war sie keineswegs. Wann immer sie an ihn dachte, fühlte sie Erregung in sich aufsteigen. Oft lag sie in ihren Laken und berührte sich selbst so lange, bis sich ihr Körper an seine Berührungen, seine Blicke, sein Eindringen erinnerte und bis Wellen durch sie hindurchgingen. Also schrieb sie auf die Karte:

> „Bitte kommen Sie! Bringen Sie Ihren Fotoapparat mit! Fotografieren Sie mich, wie mich noch nie jemand fotografiert hat. Sie finden mich in Lalbenque, La Borie Rouge, in meinem Landhaus. Wenn Sie mögen. Ihre Elèn"

Sie war noch keinen Monat in Lalbenque, da hatte sie bereits angefangen, sich einzuleben, hatte damit begonnen, Tanger zu ihren Erinnerungen zu machen, das Haus gut durchlüftet, um neue Geister einzuladen. Hatte kleine Gewohnheiten aufgenommen wie den regelmäßigen Gang zum Wochenmarkt, begonnen ihre Erinnerungen an Tanger aufzuschreiben und ihre Yoga-Übungen am frühen Morgen in alter Disziplin erneut aufzunehmen. Sie hatte die verwilderten Kräuter wieder zugänglich gemacht und gedachte im Spätsommer deren Blätter für Tee zu trocknen und so den Duft des Sommers mit in die dunklere Jahreszeit hinüberzunehmen. Sie suchte alte Bekannte und Freunde auf, die sie über Jahre vernachlässigt hatte, und kündigte ihr Bleiben an. Sie fühlte sich gut, stark und auf wohltuende Weise angekommen. Nachmittags setzte sie sich auf die sonnenwarme Steintreppe vor dem Haus, mit einem Buch, einem Kaffee, manchmal einer Zigarette, blies den Rauch genussvoll dem Horizont entgegen und gratulierte sich selbst zu ihrem Entschluss, sich aus dem aktiven Berufsleben zurückgezogen zu haben. Meist ging sie früh zu Bett, weil die frische Luft müde machte und ihr Geist zur Ruhe kam.

So auch an jenem Abend, als ein langersehnter, warmer abendlicher Sommerregen einsetzte, unter dem die Natur sich räkelte und streckte, die Tropfen an Stängeln und Stielen entlangrannen, die Erde ihren feuchten Geruch ein- und ausatmete und das Prasseln der Tropfen auf den Dachziegeln ihr ein monotones, schlafförderndes Naturkonzert verhieß.

Sie hörte deshalb den Wagen nicht, der an der Zufahrt zu ihrem Hof anhielt, nicht das Klacken der Wagentür und auch nicht die Schritte auf dem Kies, die immer näher kamen.

Zielsicher ging er auf das Haus zu. Die Tür stand offen. Auch wenn sie früh zu Bett ging und auch wenn es regnete, blieb die Tür manchmal offen stehen. Sie mochte es, wenn Abendwinde bei ihr zu Gast waren und die Düfte des Eichenwaldes in ihr Haus wehten. Eine Marotte, auf die sie des Öfteren angesprochen und ob des Leichtsinns ermahnt wurde. Er betrat das Haus, sah sich um, und als er sie nicht gleich fand, rief er nach ihr: „Elèn, Elèn? Bist du da? Elèn?"

Sie hatte sich noch nicht entkleidet, wollte eben mit der Abendtoilette beginnen, stand vor dem Spiegel und betrachtete ihre gesunde Hautfarbe, schmunzelte über ihr Haar, das vielleicht einen Friseur benötigte, und über ihre Gleichgültigkeit, was ihr Äußeres anbelangte. Sie war gepflegt, nach wie vor. Aber alle drei Wochen einem Friseurtermin zu folgen, wie das früher ihre Gewohnheit war, wäre ihr inzwischen absolut irrwitzig vorgekommen. Sie bändigte ihr langes Haar unter Tüchern oder

Strohhüten oder drehte sie einfach zu einem Dutt, den sie mit einer Haarnadel befestigte, und war dessen zufrieden. Mehr noch, sie gefiel sich so.

„Elèn? Hallo, Elèn? Hallo, die Tür stand offen ... deshalb ...“

Da stand sie in der Tür ihres Schlafzimmers und sah sich Paul gegenüber, der sie begrüßte, mit einer Natürlichkeit, die in diesem Moment fast absurd auf sie wirkte. Sie ließ es sich kaum anmerken und versuchte, es ihm nachzutun, obgleich sie nicht umhinkonnte, diese surreale Szene von außen staunend zu betrachten. Schließlich jedoch zog sie ihre Augenbrauen hoch, strahlte ihn an, verschaffte ihrer Überraschung mit einem Ausruf der Freude Ausdruck und ging mit offenen Armen auf ihn zu und umarmte ihn.

„Meine Karte hat Sie also erreicht. – Ich bin froh, dass Sie gekommen sind.“

„Ja, danke, dass Sie mir verraten haben, wo Sie sind. Ich bin einen langen Weg gegangen, um Sie zu sehen und ich habe meinen Fotoapparat mitgebracht, sehen Sie?“

Sie standen sich gegenüber, hielten sich an den Händen, ihre Blicke ineinander verschlungen und mehrsagend, als es ihre Worte vermochten. Elèn fasste sich und schlug vor: „Setzen wir uns doch vors Haus. Es hat aufgehört zu regnen und es ist noch sehr warm draußen. Ich fände es schön, noch ein wenig mit Ihnen in der Nacht zu sitzen. Ja?“

Ihrer Stimme war nun die Aufregung anzuhören, die sich ihrer bemächtigt hatte. Sie klang etwas atemlos.

„Gerne“, sagte er und folgte ihr in die Küche, wo sie eine Karaffe Wasser und Gläser auf ein Tablett stellte und ihm anbot, einen Espresso zu kochen, was er dankend annahm.

Als sie es sich vor dem Haus in den englischen Gartenmöbeln gemütlich gemacht hatten, begann er zu sprechen. Er hielt einen Monolog, dem sie mit Erstaunen und Herzklopfen zuhörte. Er sagte ihr Dinge, die sie glaubte, dass sie noch nie auf der Welt gesagt wurden. Er überreichte ihr ein Bouquet der blumigsten Worte, Geschenke immaterieller Art, doch kostbarer als Seide, Myrrhe und Gold, hoben sie in eine andere Sphäre. Er sprach mit ihr von Liebenden und Göttern und Schönheit und dem Erkennen und Berühren der wahren Wesenslichtgestalt. Er kündigte an, sie zu fotografieren und sie mit seinen Aufnahmen für die Nachwelt unsterblich zu machen. Sie fand, er übertrieb, doch sie fand sich auch umhüllt von Energien, die ihre Züge glätteten, und versank glückselig in die Anmut dieses Mannes, der gerade dabei war sie mit Worten nackt zu sehen. Als er geendet hatte, konnte sie nichts sagen. Sie war überwältigt und hatte auch nicht alles verstanden, was er sagte, doch alles gefühlt. Sie erhob sich wortlos. Verschwand im Haus und kam mit einer Flasche Rotwein und Gläsern zurück. Sie wagte nicht, ihn anzublicken, denn sie wusste immer noch nichts zu sagen. Dann ging sie noch einmal ins Haus und brachte etwas Käse, Oliven, getrocknete Tomaten und Brot heraus und gerade als sie wieder kehrtmachen, losgehen, noch einmal zurück ins Haus huschen wollte, um, sie weiß nicht mehr was zu holen, hielt er sie sanft am Handgelenk und mit einem Blick fest, der sie innehalten ließ.

„Entschuldigen Sie, bitte entschuldigen Sie, ich bin innerlich in Aufruhr, das spiegelt sich nun in meinem Aktionismus wider", lächelt sie endlich und am meisten über sich selbst. „Sie erwarten keine Worte von mir, nicht wahr?"

Dann ging sie um den Tisch und legte ihre Lippen auf die seinen. Als sie sich wieder von ihm löste und er sie freigab, legte sie ihre Hände auf seine Schultern, ließ ihre glänzenden Augen ganz kurz in den seinen versinken und schlug vor, dass sie jetzt erst einmal etwas essen und ein Glas Rotwein trinken sollten.

„Sie sehen heute ungewöhnlich, aber umwerfend aus", sagte er.

„Ja, Tanger hat eine Wilde aus mir gemacht", lachte sie.

„Ich frage mich schon die ganze Zeit, was es ist, was Sie so verändert aussehen lässt. Aber ja, es ist Ihre gebräunte Haut und es ist Ihr Haar! Ich habe es anders in Erinnerung. Stimmt, es ist das natürlich Wilde an Ihnen, was meine Sinne heute an Sie fesselt. Sie wirkten gezähmter, als wir uns zum ersten Mal begegnet sind. Aber das waren Sie nie, richtig? Ihre wahre Natur zeigt sich jetzt."

„Reden Sie weiter", ermuntert ihn Elèn verschmitzt. „Ich mag es, wenn ich mich selbst durch Ihre Augen sehe. Ich bin interessanter, wenn Sie von mir erzählen", lachte sie und griff sich eine getrocknete Tomate aus der Schale mit Öl, legte sie auf eine Scheibe Baguette, biss genüsslich hinein und betrachtete ihn neugierig auffordernd, während sie kaute.

„Meine Liebe, ich glaube jedoch, dass alles, was Sie mir von sich zu erzählen haben, alle meine Vorstellungen, die ich mir von Ihnen machte, übertreffen werden. Meinen Sie nicht? Ich habe von Dingen gehört … Sie waren lange weg, Elèn. Was haben Sie erlebt? Haben Sie Lust, davon zu sprechen?"

Der Nachthimmel hatte sich vollständig aufgeklart und die Nachtwinde hatten die Feuchtigkeit des Regens mitgenommen. In sternenklarer Sommernacht saßen sie sich gegenüber und wurden es nicht müde, sich mit Worten, Blicken und zärtlichen Gesten auszutauschen. Einmal strich er ihr durchs Haar, ein anderes Mal legte sie ihre Hand auf seine Brust. Dann wieder küsste er ihre Fingerspitzen und sie beugte sich zu ihm hinüber und küsste ihn auf sein Schlüsselbein, wobei sie sein Hemd ein wenig zur Seite schob. Sie nahm eine Nase voll von seinem Geruch, schloss die Augen und öffnete sie wieder lächelnd mit Blick gen Himmel. Er öffnete mit sanfter Geste den Ausschnitt ihres Kaftans etwas weiter, damit er die Rundung ihrer Brüste besser sehen konnte, und währenddessen hörten sie nicht auf zu sprechen.

Elèn erzählte ihm von ihren Eindrücken, von ihren Erfahrungen, den Erlebnissen, die sie absichtlich herbeiführte. Paul erzählte ihr von seiner Fotografenausbildung in Toronto. Doch sie sprach nicht über die Gründe, weshalb sie sich in Situationen begab, die ihr unbekannt waren und für die sie kein Verhaltensmuster hatte und er sprach nicht über seine Beweggründe, weshalb er sich derart intensiv mit Fotografie befasste und auch nicht darüber, dass er nur an sie dachte während seines Aufenthaltes dort.

Sie war mit einer Art Warnsystem ausgestattet, das ihr gebot, ihr Innerstes nicht preiszugeben, denn sie fürchtete, dass Gewöhnlichkeit mit Offenbarung Hand in Hand ging und bei ihm war es Macht der Gewohnheit, dass er über seine tiefsten Gefühle nicht sprach, weil er die Unberechenbarkeit starker Gefühle fürchtete. Er umging seine Gefühle, indem er sie mit betörendsten Worten abstrahierte und Elèn lustvoll in einen Götterhimmel pries, während sie auf den Wogen seiner Worte dahinglitt und sich hemmungslos ihrer Wirkung hingab. So verloren sie sich beide in der Nacht aneinander und liebten sich in dieser Nacht nur in Worten, ganz ohne sich gegenseitig mit dem Gewicht unerfüllter Sehnsüchte und Gefühle beschwert zu haben und ganz ohne körperliche Verschmelzung.

Als sie erwachte, stellte sie fest, dass sie allein war. Es erschien still im Haus. Sie wusste nicht, wo er war, aber sie machte sich auch keine Gedanken darum. Überhaupt verharrten ihre Gedanken in einem Zustand der Glückseligkeit. Als sie sich aus den Laken schälte, sie war ganz nackt, sah sie auf dem Bett und dem Dielenboden überall verteilt Polaroidfotos liegen. Schwarz-Weiß-Aufnahmen von ihr, schlafend. Das hieß, immer nur einzelne Blickwinkel auf verschiedene Stellen ihres Körpers. Immer aus wohlwollendster Perspektive. Ihre Arme über den Kopf verschränkt, wenn sie auf dem Bauch liegt, ihre Füße, die Oberschenkel, ihre Hüften und den zarten Übergang zu ihrem Venushügel. Venus, ja, er verwandelte sie wieder einmal in eine göttliche Venus. Allein mit Worten hatte er das getan. Sie hatten in der letzten Nacht allein mit Worten eine Atmosphäre höchster Erotik hergestellt. Sie hatten sich spielerisch, mit Blicken verführt und zärtlich mit Berührungen der Hände, mit Küssen hie und da, ihre Erregung zu erkennen gegeben, doch sie hatten ihre Lust aufeinander in sich behalten, um sich mit dieser Hochstimmung schlafen zu legen. Hinauszögern, Kunst und Magie der Reife.

Zwischen all den Aufnahmen fand sie seine Notiz: „Bin spazieren. Wenn ich zurück bin, mache ich dir Frühstück. Paul." Entspannt legte sie sich noch einmal zurück in die Laken, fühlte wieder das lustverheißende Pulsieren in ihrer Mitte und einen Strom feuchter Wärme.

Fotos, für die sie keine Worte findet, und Worte der letzten Nacht, die sie nicht wiedergeben konnte. Empfindungen, die sie nicht benennen konnte, die ihr Verstand nicht zu fassen in er Lage war. Ihr Verstand. Wieder einmal geriet er ins Hintertreffen, stellte sie amüsiert fest und sann darüber nach, ob sie je zu einer Sprache finden würde, die ihr ermöglichen würde, ihre Gefühle auszudrücken. Andererseits schien das nicht nötig zu sein. Er hatte sie erkannt und wusste, was in ihr vorging, daher könnten sie sich genauso gut über die Anlage eines Barock-Kräutergartens unterhalten, während ihre Seelen sich auf anderer Ebene über Sinnenfreuden austauschten, wie sie nur wahren Liebenden vorbehalten waren, deren Liebe nicht dafür verbraucht wurde, als Grundstein für einen Hausbau einbetoniert zu werden.

Sie ging duschen und danach, eingewickelt in ein Hamam-Tuch, vors Haus, um den Geruch des Sommers zu inhalieren, der sich mit dem Duft ihrer Seife verband und sah Paul lässigen Schrittes den Feldweg zum Haus heranschlendern, in der Hand eine Tüte duftender Croissants. Kurz dachte sie: „Und wo ist der Hund, der ihn begleitet?"

„Paul, Bel Ami … kommen Sie", begrüßte sie ihn mit strahlendem Lächeln, streckte ihm ihre Hand entgegen, die er küsste, und zog sie eng an sich.

„Fotografieren Sie mich heute?", fragte sie. „Fotografieren Sie mich heute mit dem richtigen Fotoapparat? Werden Sie heute bei mir bleiben und den Tag mit mir verbringen? Wissen Sie, ich habe mich schrecklich in Sie verliebt und ich wäre untröstlich, wenn Sie mich heute schon wieder verließen."

All das sagte sie in heiterstem Tonfall, der nicht bar eines humoristischen Pathos war, jedoch bar jeglicher Angst vor einem Adieu, denn sie würden vielleicht nicht in der Wirklichkeit, aber für die Ewigkeit in Verbindung sein. Immerhin.

„Ja, heute werde ich Sie fotografieren, aber stellen Sie sich darauf ein, ich werde einige Tage benötigen, bis ich alles über

Sie weiß, was für die Ewigkeit festgehalten werden muss", gab er lachend zurück, „und dabei werde ich Ihnen nicht verraten, dass ich mich ebenfalls schrecklich in Sie verliebt habe."

„Oh ja, ich bitte darum, denn was würde das für ein Chaos anrichten, vertrauten wir der Harmonie die Regie unserer Gefühlswelten an! Gott bewahre!"

Unter scherzendem Gelächter betraten sie Arm in Arm zusammen das Haus und die Küche. Paul legte die Croissants in eine flache Porzellanschale und Elèn gab ihm Zeichen, dass sie gleich wieder da sein würde, sie wolle sich nur kurz etwas überziehen. Die Druckstelle des Knotens, den sie sich mit dem Hamam-Tuch im Nacken gebunden hatte, begann leicht zu schmerzen. Außerdem war ihr aufgefallen, wie geschmackvoll Paul gekleidet war. Er trug einen ausgesprochen gut geschnittenen, hellbeigen Leinenanzug mit einer Weste, deren Rückenteil aus cremefarbiger, glänzender Futterseide bestand. Darunter trug er ein weißes Hemd, dessen hochgekrempelte Ärmel etwas weitergeschnitten waren als bei normalen Männerhemden üblich. Der Leinenstoff des Anzugs war überdies ganz besonders, da er mit hauchfeinen, safranfarbigen Nadelstreifen durchzogen war, die auf den ersten Blick nicht sofort zu sehen waren. Er hatte wirklich Geschmack und ein Händchen für Stoffe. Sie fand das sehr aufregend an ihm. Nur sehr selten hatte sie es mit Männern zu tun, die einen solch feinsinnigen Geschmack in Sachen Kleidung an den Tag legten und wussten daraus eine Kunst zu machen. Allein Pauls Anblick machte ihr Freude. Er hatte wohl auch ein wenig seine Frisur verändert, als er in Toronto war. Er sah jugendlicher aus, trug jetzt einen Seitenscheitel, das Deckhaar etwas länger. Noch gab es ein paar Strähnen zwischen den überwiegend grauen Haaren, die ihm einseitig tief in die Stirn fielen und die verrieten, dass er einmal blond war, wie die Farbe seines Anzugs.

Weil sie Szenen in Farben sah und überzeugt war, dass Farbfrequenzen auch in der Kleidung eine große Rolle spielten und den Menschen und deren Gefühlen angepasst sein sollten, verspürte sie den starken Wunsch, sich ihre Kleidung passend der seinen auszusuchen. Vor ihrem inneren Auge sah sie sich selbst und ihn in bewegten Bildern, wie sie das tat, wenn sie Drehbücher las. Sie hatte ihr Leben lang nichts anderes getan, nur dass es jetzt ihre eigene Geschichte war. Gedankenversunken stand sie vor dem Kleiderschrank, dachte an Safranfäden und wie sie zu diesen einen Gleichklang herstellen könnte. Ihr fiel das Kleid mit den dünnen Trägern aus feinster Sommerseide ein, Farbe Curry, mit angedeutetem V-Ausschnitt, an den Seiten bis zur Mitte der Oberschenkel hochgeschlitzt. Wo war es nur?

„Möchten Sie vielleicht mit der Unterwäsche beginnen und dann entscheiden, wie Sie sie meinen Blicken vorenthalten?"

Sie erschreckte sich kurz, da sie nicht merkte, dass er hinter sie getreten war. Er umfasste sie mit einem Arm und hielt ihr mit dem anderen ein smaragdgrünes, samtbezogenes Täschchen vors Gesicht.

„Ich konnte nicht widerstehen", flüsterte er. „Ich musste dieses Fast-Nichts in Spitze für Sie erstehen. Würden Sie es annehmen? Ich weiß nicht, ob Sie es mögen, ob es Ihnen Freude macht?"

Er war etwas verunsichert, denn sie könnte sein Geschenk vielleicht falsch verstehen, aber das tat sie nicht. Sie warf einen Blick hinein und war hingerissen, nahm ihm das Täschchen aus der Hand und schob ihn stumm, doch breit grinsend aus dem Raum und zog die Tür zu.

„Gießen Sie mir doch bitte schon mal einen Kaffee ein! Gleich bin ich bei Ihnen!", rief sie ihm noch hinterher.

Dunkelaubergine war die Farbe der Spitzenwäsche. Sie sah wunderschön darin aus.

Warum eigentlich hatten alle Farben, die ihr in den Sinn kamen, Namen aus der Welt der Kulinarik? Sie hatte Hunger. Hunger auf Croissants, auf Kaffee, auf ihn, auf alles. Ohne Hunger keine Leidenschaft. Sie ging in die Küche. Jeder zweite Schritt von einem Klingelton begleitet. Setzte sich an den Tisch, zog ein Bein hoch, der Stoff rutschte weg und gab die Sicht auf einen Oberschenkel frei und die Fessel mit dem roten Samtband und dem kleinen Glöckchen daran. Sie umschlang ihr Knie mit beiden Armen und drückte es an ihre Brust. Paul, der noch am Herd stand, gerade dabei ein Omelett zuzubereiten, drehte sich um, neugierig, woher das Klingeln kam, blickte sie an, nahm die Eier vom Herd, legte einen Zeigefinger auf seine Lippen, bedeutete ihr, still zu sein, griff nach seinem Fotoapparat und machte die erste Aufnahme von ihr. Nur eine. Sie war perfekt.

Die Fotografie hing nun als erste von sechs weiteren in Linie, gerahmt an der Längswand des Wohnraums. Man sah sie im Profil. Ihre Haare flossen wie flüssiges Gold über die Erhebung ihrer Brüste, eine goldene Kreole am Ohr, an der eine Perle baumelte, reflektierte die Morgensonne, die noch durchs Fenster schien, der dunkelbraune Eichentisch, das gelborange farbige Kleid, das rote Samtband um die Fessel. Wie gemalt saß sie da.

Es war, obwohl es noch früh am Morgen war, bereits drückend heiß, weshalb sie das Frühstück im Haus einnahmen. Bald würde ein Unwetter aufziehen. Dunkle Wolken verdichteten sich am Himmel. Die Vögel flogen tief und erste Windböen streiften schon durchs Gebüsch. Die geöffneten Fensterläden klapperten leise in ihren Scharnieren. Gerade setzte er an, ihr ein Kompliment zu machen, als ein lauter Donnerhall sie zusammenzucken ließ. Und dann ging alles ganz schnell. Blitze gingen nieder und ihnen folgte furchterregendes Donnergrollen und sie meinten Einschläge in der nahen Umgebung zu hören. Regen peitschte an die Fenster und einer der Fensterläden hatte sich aus der Befestigung gelöst und schlug bedrohlich gegen das Mauerwerk. Sie rannten beide nach draußen, um den Fensterladen zu befestigen. Er in seinen feinen Lederschuhen und sie barfuß, was sie gleich schmerzlich zu spüren bekam, denn sie trat sich einen Dorn in die Fußsohle. Der Stich tat höllisch weh, sie schrie laut auf und humpelte nur noch die Ferse aufsetzend Richtung Hauseingang. Paul kam ihr zu Hilfe, nahm sie hoch, trug sie ins Haus und legte sie auf die Ottomane. Beide waren völlig durchnässt. Paul strich ihr das nasse Haar aus dem Gesicht, drückte ihr einen Kuss auf den Mund und wandte sich dem verletzten Fuß zu. Es rann Blut, als er den Dorn herauszog, das er mit seinem Taschentuch – er hatte tatsächlich ein

Stofftaschentuch einstecken – abtupfte und es ihr schließlich um den Fuß band.

„Sie sind ganz nass", sagte er, als er ihr Kleid nach oben schob, „wir sollten es Ihnen ausziehen, bevor Sie sich erkälten."

„Sie ebenfalls", sagte Elèn und richtete sich ein wenig auf. „Sie sollten sich auch ausziehen, vor allem Ihre Schuhe, sie sehen ganz lädiert aus."

„Ich kenne das Glöckchen, das Sie am Fuß tragen", sagte Paul und strich mit einer Hand an der Innenseite ihrer Wade entlang und weiter über ihr Knie und ihren Oberschenkel, nahm den Saum des Kleides mit, so weit, bis er das Spitzenhöschen in Aubergine erblicken konnte.

„Das Glöckchen?", fragte sie, „woher kennen Sie das Glöckchen? Das kann nicht sein. Ich habe es noch nie getragen, wenn ich bei Ihnen war. Ich weiß selbst nicht, wie es in meinen Koffer gekommen ist. In Tanger fiel es mir einfach in die Hände. Es ist mir ein Rätsel. Aber ich trug es an einem ganz besonderen Abend. Einem, an dem ich mein Begehren feierte und meine Freiheit, die ich über das Begehren setze."

„Ich weiß", sagte Paul. „Ich habe eine Aufnahme von Ihnen erhalten, die Sie tanzend zeigt."

„Was?", ruft Elèn ungläubig aus. „Wie ist das möglich?"

„Darf ich es Ihnen später erklären? Ich bin ein wenig abgelenkt. Ich muss mich um Ihren Fuß kümmern und die Spitze auf Ihrer Haut muss genauer in Augenschein genommen werden."

Noch immer war das tosende Unwetter in vollem Gange, die elektrisierende Spannung, die in der Luft lag, hatte sich noch nicht entladen und übertrug sich auf die beiden. Paul nahm Elèn zärtlich in die Arme, umschlang sie, küsste sie mit begehrlicher Zunge und sie erwiderte seinen Kuss mit all der Leidenschaft, der sie in der vorangegangenen Nacht nicht erlaubt hatten, Besitz von ihnen zu ergreifen. Die Frage nach dem Foto schwebte im Raum, jedoch seine Küsse, die er nur unterbrach, um ihr das Kleid bedächtig über den Kopf zu streifen, ließen keine weiteren Fragen zu. Vorsichtig schob er die feinen, glänzenden Träger ihres BHs aus exquisitester Spitze über die Schultern, betrachtete voller Wohlgefallen die herzförmige Umrandung, die ihren vollen Brüsten einen unvergleichlichen Rahmen verlieh und deren Knospen sich unter der Spitze erhoben. Sie ließ ihren Kopf auf die Lehne der Ottomane nach hinten sinken, um sich ganz dem Genuss seiner zärtlichen Berührungen hinzugeben. Noch immer hatte er einen Arm um ihre Taille gelegt, über dem sich ihr Rücken zu einem Bogen aufbäumte. Sachte führte er seinen Zeigefinger die Umrandung ihres BHs nach und ließ Küsse folgen. Er zog langsam seinen Arm hervor und legte sie ganz behutsam ab. Betrachtete sie und liebkoste ihren Körper vollständig mit Blicken. Sie wollte in diesem Moment nichts, als von ihm gesehen werden. Fühlte, wie ihr Geist und ihr ganzes Sein sich als Lust vor ihm ausbreiteten. Die körperliche Begierde, die sich ihrer ermächtigte, machte jedes rationale Denken unmöglich und dieser unfassbar göttliche Zustand stellte sich ein, der alles Irdische einen imaginären Abgrund hinabstürzen ließ und schließlich beflügelte Wollust sich mit ihr davonmachte. Das Prasseln der Regentropfen an den Fenstern und auf dem Dach begleitete ihren zärtlich wilden Flug, untermalte ihre kleinen Lustschreie, sein tiefes Stöhnen, als er in sie drang, ihrer beider Ineinanderschmelzen und übertönte ihre gehauchten Liebesbeteuerungen, „Paul, ich liebe dich!", „Elèn, ich will dich!", unter einem Mantel des Unhörbaren.

Es dauerte eine Weile, bis sie zurückfanden in das Hier und Jetzt und ihre Blicke aufklarten, zusammen mit dem Himmel, dem es gefiel, seine Ergüsse mit den ihren einzustellen.

Umschlungen lagen sie noch ein wenig aneinander, tief atmend und wartend, bis die Sonne ihre nackte Haut mit Strahlen dürftig bekleidete.

„Paul, ich fürchte, wir werden verhungern, wenn wir so weitermachen. Schon wieder ist der Kaffee kalt geworden. Und das Omelett, ist das noch zu retten?", lachte sie. „Und im Übrigen, auch wenn ihr Ablenkungsmanöver von ausgesuchtester Raffinesse war, ich habe doch nicht vergessen, dass Sie mir noch eine Erklärung schuldig sind."

„Meine Schöne, Sie machen mich Erstaunen! Wie können Sie nur, humorlos wie ein Buchhalter, nachdem ich just auf purpurnen Schwingen göttlicher Gefilde herabgeglitten bin, mich auf trister Erde wiederzufinden, so ohne Umschweife auf meine Ausstände hinweisen?", gab er mit gespielt beleidigter Miene zurück. „Doch gut, ich will versuchen, es Ihnen zu erklären. Aber erst essen wir. Mir steht überhaupt nicht der Sinn nach einer ausgezehrten und abgemagerten Geliebten."

Es war offensichtlich, dass Paul sich scheute, Elèn eine Erklärung dafür zu geben, dass er im Besitz eines Fotos war, das sie zeigte, wie sie in der Bar in Tanger tanzte in jener besagten Nacht. Er fragte sich, warum er es ihr gegenüber überhaupt erwähnt hatte, und schalt sich einen Dummkopf. Nun gab es kein Zurück mehr und er musste ihr gestehen, dass er sie beobachten ließ. Jetzt im Nachhinein schien es ihm selbst befremdlich, dass er seine alten Kontakte in Tanger für diesen Zweck aktiviert hatte. Noch immer war er weltweit vernetzt und es war problemlos für ihn möglich. Er tat es nicht aus Misstrauen gegenüber Elèn. Dafür hatte er keinen Grund, sie war frei, was und mit wem zu tun, was sie wollte, so wie er es auch war. Es ging ihm einzig und allein darum, sie nicht aus den Augen zu verlieren. Ihm war bewusst, dass sein Begehren fast an Besessenheit grenzte, er dachte unablässig an sie und die Vorstellung, den Kontinent zu verlassen, ohne zu wissen, wo sie war und was sie tat, war ihm unerträglich. Das war seine Art, Verbindung mit ihr zu halten. Als ihm das Foto zugesandt wurde, hatte es ihn erschüttert, denn er sah, dass sie einen Tanz der Verzweiflung tanzte, dass sie darum rang, der Sehnsucht Herr zu werden, dass sie Liebeskummer hatte, dass die zwischen ihnen entflammte Lust sie innerlich zu zerreißen und sie sich darüber selbst zu verlieren drohte, da sie eine Leidenschaft erfuhr, die sie so niemals kannte und die sie krank machte. So hatte sie ihm das auch in der gestrigen Nacht beschrieben und unbewusst bestätigt, dass der Eindruck, der sich ihm durch die Aufnahme vermittelt hatte, richtig war. Nur wusste sie da noch nicht, dass er diese Aufnahme hatte. In der Nacht zeigte er sich bestürzt darüber, dass sie durch ihrer beider Begegnung in eine derartige emotionale Krise geriet und sagte: „Ich wusste nicht, dass Sie solche Qualen leiden würden."

„Ich auch nicht", sagte sie.

„Ich hätte Sie dennoch gerne tanzen gesehen. Es muss ein ekstatischer Moment gewesen sein", sagte er.

„Ja, und ich wünschte mir damals auch, Sie wären bei mir gewesen. Es war sehr ekstatisch und tranceartig gleichzeitig. Ich war nicht von dieser Welt. Wir hätten zusammen den Rand des Universums erreicht, hätten wir uns geliebt in jener Nacht. Jetzt aber denke ich, es war gut, dass ich alleine war. Ich musste alleine erfahren, welche Kräfte und Energien in mir möglich sind, und vor allem begreifen, dass sie immer da waren, dass ich deshalb keine andere bin, ich deshalb weiterhin Bestimmerin über mein Leben bin und Entscheidungen treffen kann. Dieses vollkommen Auf-mich-selbst-zurückgeworfen-Sein in dieser fremden Stadt hat mir Kontur gegeben und mich stärker und sensibler gemacht. Ich glaube, das wäre mir nicht gelungen, wären Sie bei mir gewesen. Auch das Wissen, dass wir uns gefunden haben, um uns immer wiederzufinden, hat sich tief verinnerlicht. Es ist nicht unser beider Bestimmung, dass wir einen gemeinsamen Lebensweg einschlagen. Unsere Bestimmung ist es, frei und dennoch verbunden zu sein. Paul, ich habe mein Leben lang auf Sie gewartet, wissen Sie?"

So weise sprach sie mit ihm in der letzten Nacht. Sie sprach selten viele Worte am Stück und schon gar nicht in Monologen. Er war überrascht und hing gebannt an ihren Lippen. Ihn überlief immer wieder eine Welle vollkommener Liebe für diese Frau, die nun die Gedanken aussprach, welche auch die seinen waren. Umso mehr verurteilte er jetzt sein verräterisches Handeln, obwohl es nicht im eigentlichen Sinne eines Verrats begangen war, aber es war schmachvoll, ihr nun ein Geständnis ablegen zu müssen. Er fürchtete ein wenig ihre Reaktion, doch es führte kein Weg daran vorbei. Also erklärte er sich.

Sie ließ ihn ausreden. Fiel ihm kein einziges Mal ins Wort. Wanderte mit den Augen hin und her durch den Raum, wobei ihr Blick mal an der Wand, mal an einem Möbelstück, mal an der Decke kurz hängen blieb, aber sie verzog keine Miene. Als er mit seiner Erklärung zum Ende gekommen war, fiel ihm plötzlich die grüne Wanduhr aus Keramik auf, die typischerweise wie in den sechziger Jahren über der Küchenzeile platziert, sehr laut tickte sowie das Glöckchen an Elèns Fessel, das bei jeder ihrer Bewegungen leise klingelte. Ihm zur Warnung?

Elèn holte erst einmal tief Luft und richtete sich auf ihrem Stuhl auf. Er sah sie zum ersten Mal normal auf einem Stuhl sitzen. Ihre Hände hielt sie gefaltet mal am Kinn, mal auf den Mund gepresst, und sie blickte ihm fest in die Augen, stumm.

„Ich weiß nicht, was ich jetzt sagen soll, Paul", sagte sie nach einer Weile. „Geben Sie mir einen kleinen Moment, bitte", doch kaum eine halbe Minute später fuhr sie bereits fort. „Zu Beginn Ihrer Erklärung, Paul, zog es mir über die Gewissheit, dass ich unter Beobachtung stand, den Boden unter den Füßen weg. Doch hören Sie, Paul, ich weiß, dass Sie das nicht aus übergriffigen Gründen getan haben. Ich weiß, dass es nicht in Ihrer Absicht lag, irgendwie Kontrolle über mich zu erhalten, und diese Gewissheit wiederum bringt mir den Boden unter den Füßen zurück. Das heißt, ich empfinde emotionale Neutralität, wenn man das so sagen kann. Entschuldigen Sie, aber präziser kriege ich das nicht hin. Doch dass Sie überhaupt auf die Idee kamen, mir hinterherzuspionieren, halte ich für absolut kindisch und verwerflich. Sie haben sich damit keinen Gefallen getan und es hat sich nichts für Sie verbessert, weil Sie nun wussten, wo und in welcher Verfassung ich war. Und wenn ich es mir recht überlege, dann das alles nur deshalb, weil Ihre Gefühle für mich so stark, wie die meinen für Sie sind und wir – seien wir ehrlich – befürchteten, dass, wenn wir darüber sprächen, wir Erwartungen kreieren könnten, denen wir nicht bereit wären zu entsprechen. Richtig? Es ist ja auch fast nicht möglich, sich so sehr zugetan zu sein, wie wir beide das sind, fast schon besessen voneinander zu sein, intim zu sein und sich dann zu sagen: ‚Aber machen Sie sich bloß keine Hoffnungen, ich werde niemals ganz der Ihre' oder: ‚Ich werde niemals ganz die Ihre sein.' Das ist schwer, um nicht zu sagen unmöglich, obwohl wir beide in dieser Hinsicht gleich denken. Deshalb, Paul, will ich Ihnen vergeben, weil ich glaube zu verstehen, wie es dazu kam.

Also, jetzt ist alles gesagt und die Fronten geklärt. Wie hässlich das klingt! Nein, lassen Sie es mich anders sagen: Wir begegnen uns jetzt auf gleicher Ebene. Jetzt dürfen wir uns so nah sein und kommen, wie es unser Wunsch ist, denn unsere Verbindung soll bedingungslos sein. Gut?"

Paul nahm ihre Hände, legte seine Stirn auf ihnen ab und verblieb lange in dieser demütigen Haltung, ohne etwas zu sagen, bis er sie schließlich zu einem Spaziergang aufforderte.

„Kommen Sie, meine Bezaubernde, gehen wir spazieren. Haken Sie sich unter, ich will Sie ein wenig durch Lavendelfelder führen und vielleicht liebe ich Sie noch einmal. Doch vorher werde ich Sie fotografieren. Ich will sehen, ob die Kameralinse vermag meinen verliebten Blick auf Sie einzufangen. Kommen Sie, schöne Freundin."

Paul blieb fast eine Woche. Mit jedem Tag wurden sie vertrauter miteinander und sie liebten es. Sie sprachen darüber, weil sie beide befürchteten, dass mit der Vertrautheit der sexuelle Reiz aneinander geschmälert werden könnte, aber das Gegenteil war zu ihrer beider Erstaunen der Fall. Trotzdem blieben sie bei ihrer Bedingung, ihre Beziehung solle bedingungslos bleiben. Elèn hatte nach den vollen gemeinsamen Tagen und Nächten auch das Bedürfnis wieder etwas alleine mit sich zu sein und Paul erging es ebenso. Während der Woche hatte er weitere Aufnahmen von ihr gemacht, hatte sogar vorübergehend das Badezimmer zu einer Entwicklungskammer umfunktioniert. Unter allen Aufnahmen wählten sie die schönsten aus und besorgten passende schwarze Bilderrahmen. Sieben Kunstwerke und jedem gab er einen eigenen Titel in Form eines Haikus:

„Goldgelber Safran
Träum in der Abendsonne
Bevor die Nacht kommt.",

war die erste Fotografie. Ihr folgten:

„Lass es fallen das
Kleid über Deine Knospen
Und Fesseln klingeln."

und

„Duft Deiner Haut – wo
Im Lavendel versteckst Du
Den Geruch der Lust."

und vier weitere Haikus.

Am Tag seiner Abreise gab Elèn vor, im Dorf zu tun zu haben,
und verließ früh das Haus. Nach wie vor scheuten sie Abschieds-
szenen und zogen vor, sich mit offensichtlichen Lügen darum
zu drücken.

Dieses Mal aber vermied sie die Abschiedsszene noch aus einem
anderen Grund. Trotz ihrer Vertrautheit und Intimität, in der sie
die gemeinsame Zeit verbrachten, und trotz der Aussprache darüber, dass er sie in Tanger beobachten ließ, hatte sie das Gefühl,
als verheimliche Paul etwas. Als wäre nicht alles restlos geklärt,
als ließe er eine gewisse Vorsicht walten bei dem, was er sagte.
Sie war sich nicht sicher, ob sie sich das nur einbildete, doch Paul
erwähnte Tanger mit keinem Wort mehr. Vielleicht war ihm die
ganze Sache ja auch nur peinlich, dachte sie und vergaß.

Den Abend vor seiner Abreise, sie saßen auf der Steintreppe
vor dem Haus und tranken Rotwein, kam es zum klärenden Moment. Zuerst sinnierten sie scherzend darüber, was ihnen von
ihrer Beziehung bliebe, wenn sie eines Tages ihre Anziehungs-

kraft verlören. Stellten in vertraulichem Plauderton Theorien über die Vorzüge von Fernbeziehungen auf und fragten sich, ob Sehnsucht und ungestilltes Verlangen etwas paradox Positives seien oder nicht, jedoch blieben sie abstrakt und rührten nicht an ihrem persönlichen Empfinden, nicht an der Melancholie, an der sie nach jedem Adieu litten, und der Entfremdung, die sich einstellte. Das war der Preis der Freiheit, den sie zu zahlen bereit waren, also gab es keinen Grund zu hadern. Sie würden dieses besondere, himmlische Geschenk, das sie durch ihre Leidenschaft, ihre Amour fou erfuhren, auf gar keinen Fall verspielen, indem sie die Distanz aufgaben und weshalb sie sich vollkommen angewöhnt hatten, sich weiterhin zu siezen. In ihrem fortgeschrittenen Alter würden sie mit solch selig machenden Glückszufällen nicht mehr allzu verschwenderisch verwöhnt werden. Darüber waren sie einer Meinung und lachend kamen sie auch darin überein, dass diese Haltung möglicherweise dumm sein könnte. Ohne sich Gedanken gemacht zu haben, fragte sie ihn plötzlich: „Sagen Sie Paul, gibt es da noch etwas zu Tanger, das Sie mir erzählen wollten? Ich habe den Eindruck, Ihnen liegt noch etwas auf der Seele."

Überrascht blickte er sie an, hob die Augenbrauen, atmete dann tief ein und lang aus, stellte sein Glas ab, erhob sich und sagte fast unhörbar: „Ich ergebe mich", und ging einige Schritte im Kies hin und her, bückte sich zu ihr hinunter, nahm ihr Gesicht in beide Hände und küsste sie auf den Mund.

Elèn folgte ihm mit Blicken, spitzte ihre Lippen zum Kuss, doch war beunruhigt über seine Reaktion. Sie erwartete ein einfaches „aber nein", nun aber sah sie Paul, der mit sich rang, ob er sprechen sollte oder nicht. Vielleicht wollte er seiner Befremdung darüber Luft machen, wie sie sich in der Bar verhielt, vielleicht hatte ihn die Aufnahme irritiert. „Männer sind manchmal sehr viel weniger locker, als sie vorgeben locker zu sein", überlegte sie und mochte nicht, dass sie jetzt kurzatmig wurde, denn sie hatte nicht die geringste Lust ihr Verhalten, und sei es noch so exaltiert, ihm gegenüber zu rechtfertigen.

Paul konnte keinen Grund dafür finden, sie zu belügen, und er wollte es auch nicht. Er hätte es nicht erwähnt, aber da sie ihn nun direkt fragte, würde er ehrlich antworten, wie sie es verdiente und ihr sagen, dass er es war, der dafür sorgte, dass die beiden Mädchen an ihrer Seite blieben und Freundschaft mit ihr schlossen. Ihr beichten, dass ihm die Vorstellung gefiel, dass sie es schön haben würde, dass sie Zärtlichkeit erleben würde und Lust. Er hoffte, dass sie auf diese Weise vielleicht nicht an Gestalten geraten würde, die ihr Gefahr werden konnten. Ihr sagen, dass er das Bedürfnis hatte, sie zu beschützen, dass er neugierig war, so wahnsinnig erregend neugierig darauf, ob sie sich mit den Mädchen einlassen würde, wie sehr bewegt er darüber war, als ihm berichtet wurde und er sich nicht enttäuscht sah.

Ihr sagen, dass ihre unverdorbene, erotische Offenheit, ihre erfrischende Bereitschaft, auf fremde Menschen zuzugehen, ihn unendlich faszinierte, ihn glücklich mache und, das gebe er ebenfalls zu, es auch verstörend für ihn sei, weil ihm ihr Frausein in dieser Art bislang unbekannt war und er sich frage, ob er ihr gerecht werden könne.

Elèn hatte sich mittlerweile auch von der Treppe erhoben, musste sich aber an der Hauswand abstützen, da gedanklich ganz anderes über sie hereinbrach, als sie erwartet hatte. Sie wusste nicht, wie sie sein Eingeständnis und die mitschwingende Unsicherheit einordnen sollte. Ihre Gefühle lagen im Widerstreit zwischen Verständnis, Abscheu, Liebe und Erregung.

„Danke Paul für Ihre Ehrlichkeit", sagte sie nur. Paul ging auf sie zu und nahm sie in seine Arme. Sie ließ es geschehen, auch weil sie es brauchte, dass er sie in die Arme nahm. Morgen würde er sie wieder verlassen, wer weiß, für wie lange. Sie würde ihn vermissen, doch nun würde sie jemand vermissen, dessen dunkle Seiten sich zeigten. Er war auf sonderbare Art übergriffig. Ein dreister Verführer, der ihre Grenzen nicht respektierte. Für uns gibt es keine Grenzen, hatte er einmal gesagt. Sie hatte es anders verstanden, als sie es jetzt erfuhr.

„Ach, Paul, verdammt! Verdammt nochmal! Ich bin schockiert und vor den Kopf gestoßen. Ich müsste stinksauer sein und Sie ohrfeigen! Beides krieg ich nicht zuwege. Ich will heute nichts mehr dazu sagen. Ich werde darüber nachdenken, wenn

Sie weg sind. Für uns gilt ein anderer Maßstab. Vielleicht geht mich das nichts an, was Sie tun. Vielleicht sollte mich nur angehen, was ich selbst empfinde. Sie verlassen mich morgen und ich beginne schon jetzt Sie zu vermissen. Deshalb Paul, will ich heute nicht darüber urteilen."

Kapitel sechs

Die Brombeeren sind reif

Der Sommer war vorangeschritten. Elèn kam zu Fuß vom Markt zurück unter dem Eindruck eines Zusammentreffens mit einem Mann, den sie noch aus Teenagerzeiten kannte. Sie stießen mit ihren Einkaufskörben aneinander und als sie sich entschuldigend anblickten, wussten sie beide sofort, dass sie sich schon einmal begegnet waren, mehr noch, dass sie sich kannten und tatsächlich fanden sie schnell heraus, woher.

Sie hatten sich für kommenden Mittwoch wieder auf einen Kaffee nach dem Markt verabredet, das nette Gespräch fortzusetzen. Sie freute sich darauf und verräumte lächelnd ihre Markteinkäufe. Dann setzte sie sich mit einer Tasse Kaffee an ihren Lieblingsplatz auf der Steintreppe und rauchte genüsslich eine Zigarette. Sie liebte diese stillen Minuten, in der sie nichts anderes tat, als ihren Blick den Wolken folgen zu lassen oder einen Vogelflug zu beobachten oder einer fetten Hummel beim Blütenanflug zu lauschen. Sie blies den Rauch in den Himmel, wollte eben die Zigarette ausdrücken, als sie zwei dunkelhaarige Mädchen mit Rollkoffer den Weg hochkommen sah und gerade noch das Heck einer schwarzglänzenden Limousine.

„What the hell …", raunte sie flüsternd vor sich hin. Winkend und lachend kamen Anouk und Alizée auf sie zu. Die Mädchen aus Tanger. Sie ließen ihre Koffer fallen, rannten auf sie zu und fielen ihr um den Hals. Sie fühlte sich völlig überrumpelt.

„Was um alles in der Welt macht ihr hier? Wie kommt ihr hierher? Woher wisst ihr …?"

„Ah, wir haben dich vermisst, liebe Ilän. Du fehlst uns. Allen fehlst du, auch den Männern aus der Bar und ganz besonders dem Patron! Er sagt, seit Ilän nicht mehr da ist, gibt es keinen Glanz mehr in seinem Leben!"

„Hört auf zu plappern. Hat Paul euch hergeschickt? Was wollt ihr hier? Ich kann euch hier nicht gebrauchen, ich habe zu tun!"

„Ilän, Iläään, hab dich doch nicht so, wir lieben dich!"

„Ach, redet keinen Unsinn, ihr liebt mich nur so lange, wie es euch scheint, dass die kleinen Scheinchen von ihm ausreichen."

„Aber nein, wir lieben euch beide, aber mit dir sind wir lieber zusammen als mit ihm."

Schon wieder eine Neuigkeit, die sie nun ganz nebenbei erfuhr und die ihr einen Stich versetzte. Freiheit heißt wohl nicht frei von seelischem Schmerz zu sein. Der Verstand regiert selten allein. Meist kommt Emotion mit im Schlepptau.

Die Mädchen drängten sich um sie, küssten sie in die Halsneige, auf die Wangen, ihre Schultern, strichen ihr durchs Haar und redeten beidseitig auf sie ein. Schnurrten wie Kätzchen.

„Warum willst du uns nicht? Wir bewundern dich und wir hatten Sehnsucht nach unserer schönen Freundin und wir haben dir auch ein Geschenk mitgebracht und …"

Elèn zog sichtlich genervt beide Augenbrauen hoch, rollte mit den Augen, wandte sich aus ihren Umklammerungen und schüttelte sie ab.

„Ah, wie Äffchen hängt ihr an mir! Lasst das!", und ging voran ins Haus.

„Nun kommt schon! Bringt euer Gepäck rein. Wenn ihr jetzt schon mal da seid, könnt ihr mir zur Hand gehen. Hier, zieht eure hübschen Kleider aus und diese Hemden über."

Sie reichte ihnen Männerhemden, die noch von ihrem Vater stammten und ihnen fast bis zu den Knien reichten, und drückte ihnen kleine Körbe in die Hand.

„Hinter dem Haus wachsen Himbeeren und Brombeeren, die lest ihr ein. Gründlich!" Damit schob sie die Mädchen vor die Tür. Sie murrten.

„Dafür sind wir aber nicht gekommen Ilän", schmollten sie.

„Ich würde mich sehr wundern, wenn er euch nicht aufgetragen hätte, mir Freude zu machen. Also, meine Täubchen, ihr würdet mir unendliche Freude damit bereiten, die Beeren zu pflücken. Los! Macht schon!"

Sie maulten vor sich hin, doch ergaben sich schließlich und taten wie ihnen geheißen. Elèn schlug ausnahmsweise die Haustür zu, griff resolut nach Briefpapier aus ihrem Sekretär und verfasste einen kurzen Brief an Paul. Sie war derart verärgert, dass sie jegliche Distanz fallen ließ und ihn duzte.

„Paul,
Was fällt Dir ein? Was soll ich mit den Mädchen hier? Ich habe Pläne und ich habe zu tun. Ich kann sie hier nicht gebrauchen. Das ist mein Refugium hier. Meine Wirklichkeit. Meine Freiheit. Es reicht schon, dass Du unangemeldet hier auftauchst, weil Du weißt, dass ich Dir nicht widerstehen kann.
Nun sind sie aber schon mal hier und ich will sie hier nicht haben! Darum habe ich beschlossen, mit ihnen nach Marseille ans Meer zu fahren. In ein Strandhaus und wenigstens eine Woche mit ihnen zu verbringen. Bis Dienstag.
Schicke also einen Wagen, der uns dort hinbringt, und die Mädchen danach wieder zurück nach Tanger. Du kannst mitkommen, das überlasse ich Dir. Mach, was Du willst.
Elèn.“

Nach einer Stunde kamen die Mädchen aus den Beeren zurück. Die Mündchen und die Wangen rot und blau verschmiert und die Hemden ebenfalls. Die Körbe voller reifer Beeren.

Nachdem sie den Brief geschrieben hatte, war ihr Ärger zwar verflogen, aber sie fühlte sich erschöpft und streckte sich deshalb auf der Ottomane aus und nickte ein.

„Ilän, Ilän, schau, wie fleißig wir waren …“ Als sie Elèn schlafend vorfanden, bewegten sie sich ganz leise auf Zehenspitzen. Nahmen Beeren in den Mund und ließen den Saft auf Elèns Lippen träufeln und küssten sie zart, worauf Elèn aufwachte. Um ein Vielfaches milder gestimmt, lachte sie über den Anblick der eingefärbten Naschkatzen und deren jugendlicher Verspieltheit und küsste ihnen den süßen Saft von den Lippen.

„Ilän, niemand hat so weich küssende Lippen wie du. Ehrlich.“

Sie setzten sich im Schneidersitz gegenüber, eines der Mädchen auf einem Kissen auf dem Fußboden.

„Wollen wir etwas Haschisch rauchen?", fragte Anouk. „Warum nicht?", antwortete Elèn gleichmütig.

So saßen sie sich gegenüber und ließen noch einmal die luftige Leichtigkeit aufleben, mit der sie in Tanger träge, unschuldig laszive Nachmittage miteinander verbrachten, und steigerten mit zunehmendem Rausch ihre zärtlichen Gesten und Liebkosungen. Alizée hatte die Idee, Elèn eine Halskette aus Brombeeren um den Hals zu legen, und weil sie nicht hielten, drückte sie die Beeren auf Elèns Haut fest und schleckte den austretenden Saft mit der Zunge ab. Anouk fand, dass Brombeeren sich zwischen den einzelnen Zehen ausnehmend gut machten und beide fanden Beeren zwischen Elèns geschmeidigen Lippen in Honig gelegt besonders hübsch und schmackhaft. Sie hatten alle drei noch nichts gegessen an diesem Tag und so genossen sie scherzend und herrlich lachend die köstliche Beerenmahlzeit. Elèn gab sich ganz der Laune hin, wurde ganz eins mit den Schwingungen der Mädchen, mit denen es kein Gestern und kein Morgen gab, Stunden nicht zählten und Jahre sowieso nicht und sie vergaß alles, was sie über Vergänglichkeit wusste.

Dann kam sie auf das Geschenk zu sprechen. „Sagt, meine Süßen, was habt ihr mir mitgebracht?"

Alizée sprang auf, wühlte in ihrer Reisetasche und zog irgendwas mit klingenden Kugeln heraus. Elèn konnte im Halbdunkel nicht richtig sehen, was es war.

„Was ist das?"

„Das soll dir Vergnügen bereiten, Ilän."

„Na ja, mir hat bislang das Gemächt eines gut gebauten Mannes das größte Vergnügen bereitet und das ist es auch, wonach ich mich lustvoll sehne", dachte sie und bat Alizée etwas verstimmt, die klingelnden Kugeln wieder dorthin zu verstauen, wo sie sie hergeholt hatte.

Aus der Woche am Meer wurde nichts. Elèn schickte den Brief an Paul nie ab.

Es war ungewöhnlich spät, als das Telefon klingelte. Normalerweise erhielt sie nur am Vormittag Anrufe, die außerdem meist behördlicher Natur waren, im Zusammenhang mit ihrem Wohnortwechsel nach Lalbenque, oder wenn es etwas mit Handwerkern zu besprechen gab. Sie fürchtete deshalb, es könnte Paul sein, und war im Zweifel, ob sie den Anruf überhaupt entgegennehmen sollte. Sie hatte keine Lust auf eine Diskussion, doch genauso wenig hatte sie Lust, ihm auszuweichen. Sie fühlte sich herausgefordert und würde mit Worten nicht zimperlich sein, ihm ihre Meinung zu sagen. Doch als sie den Hörer abnahm, war es nicht die Stimme Pauls, die sie hörte. Es war Robert, der Freund aus jugendlichen Urlaubstagen, dem sie auf dem Markt wieder begegnet war. Er entschuldigte sich für die späte Störung und fragte, ob sie Lust habe, ihn und drei weitere Freunde ein paar Tage auf einer Jagdwanderung zu begleiten, sozusagen auf den Spuren von Marcel Pagnol. Sie wären dann insgesamt fünf Personen. Zwar befänden sie sich nicht in der Provence, doch die malerischen Landschaften der Dordogne stünden den Landschaften der Provence in nichts nach und vielleicht würde es ihr gefallen. Es gelte, ein paar Kaninchen und vielleicht ein paar Rebhühner zu schießen. Die Wanderung würde nur drei Tage dauern. Er würde sich über ihre Begleitung sehr freuen und es wäre eine schöne Möglichkeit, Erinnerungen an Kindertage auszutauschen.

Elèn war begeistert über den Vorschlag, bedankte sich überschwänglich und sagte sofort zu. Der Haken war nur, dass sie bereits am anderen Tag aufbrechen würden. Im Grunde kam ihr jedoch die sehr kurzfristige Einladung durchaus entgegen, denn sie war ihren Besuch und die kindischen Spielereien inzwischen überdrüssig. Eine Wanderung in der Natur mit erwachsenen Menschen würde ihr helfen, sich über ihre Gefühle und ihrer Haltung gegenüber Paul klar zu werden.

Merkwürdigerweise war sie ihm nicht mehr böse, denn sie nahm an, dass er eine Krise durchmachte, der er beizukommen versuchte, indem er Handlungsweisen anwandte, die ihm während seiner Agentenlaufbahn in Fleisch und Blut übergegangen waren und für die er sonst keine Verwendung mehr hatte. Er hatte seinen Platz in der Welt noch nicht gefunden und die Gefühle, die er für sie empfand, überforderten ihn vielleicht zudem. Als er ihr von der Familie erzählte, mit der er in Kanada Weihnachten und viele Wochenenden erlebte, von Pete, mit dem er einen Freund gefunden hatte und mit Jassie sogar eine kleine Freundin, sah sie ihm an, wie seine Züge weicher wurden und seine Augen einen warmen Ausdruck annahmen, den sie so noch nie bei ihm gesehen hatte.

Es war eine Zeit des Umbruchs bei ihm. Sie würde eines Tages mit ihm darüber reden, doch es gab ihm nicht das Recht, sich in ihr Leben einzumischen und ihr seine Vorstellungen unterzujubeln, weil er meinte, dass es gut für sie sei. Sie entschied selbst, was gut für sie war, und verbat sich solche Aktionen wie die, dass er ihr die Mädchen schickte. Er würde sich das sicher nicht mehr erlauben, wenn sie ihm das ein für alle Mal und unmissverständlich klargemacht hätte. Fast hatte sie ein wenig Mitleid mit ihm, denn er hatte ein Problem, das war offensichtlich, aber es war nicht das ihre. Sie würde ihm einen neuen Brief schreiben, wenn sie von der Wanderung zurück wäre.

Nun galt es nur noch, eine Lösung für den Verbleib von Anouk und Alizée zu finden. Sie wollte die Mädchen nicht einfach auf die Straße setzen. Sie waren lieb, vielleicht ein bisschen verschlagen, aber sie hatten nichts Böses im Sinn. Sie lebten in den Tag hinein und wollten Spaß haben, das war alles. Nach einigem Hin und Her gab sie sich damit ab, den Mädchen einfach ihr Haus für die paar Tage zu überlassen, und bat sie, sie mögen alle Fensterläden und Türen schließen, wenn sie das Haus verließen, und nahm ihnen das Versprechen ab, ihre Anweisungen zu befolgen. Es gab keine Wertsachen im Haus. Nicht einmal amtliche Dokumente. Da sie selbst oft nicht da war, hatte sie alles in einem Bankschließfach hinterlegt und so brauchte sie sich diesbezüglich keine Gedanken zu machen. Sie würden ihr schon nicht gleich das Haus abfackeln und wenn, dann wüsste sie Paul dafür zur Rechenschaft zu ziehen. Sie schmunzelte, denn in dem Fall würde ihre Liebe dann eben doch auch dafür herhalten müssen, den Grundstein für ein Haus zu legen.

Gleich nach Sonnenaufgang, der im September zu einer humanen Uhrzeit kurz nach 6 Uhr war, holte Robert sie mit seinem Land Rover ab. Er fuhr ein altes, klappriges Modell der Serie Defender, mit ungewöhnlicher, nämlich hellblauer Lackierung. Weil sie keine Wanderkleidung parat hatte, bediente sie sich aus der großen Aussteuerkiste, in der sie noch immer Kleidung ihres Vaters aufbewahrte. Es waren durchweg nagelneue Kleidungsstücke, denn ihr Vater hatte die Angewohnheit, sich jährlich eine neue Breitcordhose anzuschaffen, die er Manchester-Hose nannte, die wohl auch so hieß, sowie ein neues kariertes Hemd. Allerdings trug er die Sachen nie. Er nahm die Sachen erst aus der Kiste, wenn seine alten Hosen so verschlissen waren, dass sie nicht mehr zu stopfen lohnten und behauptete, es würde zu lange dauern, bis neue Hosen wirklich bequem wären. Da ihr Vater sehr schlank war, konnte sie die Hosen gut mit einem Gürtel tragen. Ohnehin machte sie in Männerhosen eine gute Figur, was Robert direkt auffiel und ihr gut gelaunt ein Kompliment darüber machte. Dann nahm er ihr den Canvas-Rucksack ab und verstaute ihn hinten im Laderaum, in dem sich auch der Zwinger für seinen Jagdhund der Rasse Épagneul Breton befand. Ein wunderschönes Tier, das sie mit freudigem Bellen begrüßte. „Das ist Flêche, mein treuester Begleiter", stellte Robert ihn vor.

Auf der Rückbank des Geländewagens saßen bereits dicht gedrängt die drei weiteren Mitglieder der kleinen Jagd-Wandergesellschaft. Darunter Caroline, die Elèn ebenfalls noch aus Jugendtagen kannte und mit großem „Hallo" begrüßte, und ein Pärchen namens Eric und Géraldine. Sie kletterte auf den vorderen Beifahrersitz, drehte sich zu den hinten Sitzenden um und bedankte sich, dass ihr das Privileg zuteilwurde, mit großer Beinfreiheit vorne sitzen zu dürfen, bot aber sogleich an, dass sie gerne bereit sei, den Platz mit jemandem zu tauschen, der größere Beinfreiheit nötig hätte. Alle lachten, wehrten ab und wiesen darauf hin, dass sie zum ersten Mal dabei sei und deshalb davon profitieren solle, so viel wie möglich von der Landschaft zu sehen. Mit großem Geruckel fuhren sie los über den Feldweg, der vom Haus wegführte. Robert kannte die Gegend gut, nahm bald eine Abzweigung in eine schmale Straße, die direkt ins wenig dicht besiedelte Hinterland führte. Ziel war ein kleiner Bauernhof, der nicht mehr bewirtschaftet war und dessen betagte Besitzer sich ein kleines Zubrot verdienten, indem sie Zimmer für Landpartien vermieteten. Von dort aus wollten sie die erste Wanderung machen, aber noch kein Wild erlegen. Die Jagd wollten sie erst am zweiten Tag ihres dreitägigen Ausfluges eröffnen. Elèn hatte noch nie an einer Jagd teilgenommen und hatte keine Ahnung, wie alles vonstattengehen würde. Sie würde sich jeden Schritt und jede Einzelheit erklären lassen müssen. Als sie fragte, was für Gewehre sie für die Jagd verwendeten, sorgte sie für allgemeine Erheiterung. Caro erklärte ihr schließlich, dass es bei der Jagd auf Kaninchen und Rebhühner keine Verwendung für ein Gewehr gäbe, sondern dafür ausschließlich Flinten zum Einsatz kämen und man mit Schrot schieße. „Aha", sagte sie beflissentlich nickend. „Das geht ja gut los", dachte sie im Stillen.

Von Beginn an fühlte sich Elèn wohl in der kleinen Gruppe. Die Chemie zwischen ihnen allen stimmte auf wohltuende Weise. Es waren in sich ruhende, sehr humorvolle, angenehme Menschen mit einer gesunden Herzensbildung. Sie genoss außerdem das stundenlange Gehen, die unaufgeregten Gespräche, die Stille, die Landschaft, deren Gerüche und die freundschaftliche Atmosphäre, die sich schnell unter ihnen entwickelte. Sie nahm mit Eifer auf, was ihre neuen Freunde ihr über die Natur, die Tiere und die Jagd erzählten. Sie hatte nie Vorbehalte gegenüber der Jagd gehabt, im Gegenteil. Ihre Vorbehalte galten der Massentierhaltung und dem ungezügelten Fleischkonsum von Menschen, die den Wert eines Tieres in Angebots-Prospekten der Discounter maßen.

Nach der ersten Nacht in dem Bauernhof verbrachten sie die beiden folgenden Nächte in einer einfachen Steinhütte, in der es nur Stockbetten mit Strohmatratzen gab, dafür aber einen Brunnen mit Quellwasser und eine Feuerstelle mit einem schweren Rost darauf.

Am zweiten Tag ging es früh am Morgen hinaus aufs Feld. Alle hatten ihre Flinten geschultert, bis auf Elèn und Géraldine. Flèche spürte, dass er heute gefragt war, und umrundete das Grüppchen mehrere Male, lief in freudiger Erregung immer wieder etwas voraus, kehrte zurück, blickte hoch zu seinem Herrchen in Erwartung einer Ansage und konnte sein Temperament kaum zügeln. Über den Tälern lag noch flach der Nebel. Sie gingen fast wortlos, bis sie einen geeigneten Platz fanden, wo sie sich auf die Lauer legten und die Jagderfahrenen Ausschau nach Kaninchen hielten, die aus ihrem Bau kamen. Sie merkten sich die Stellen und achteten sehr darauf, dass sie nur auf Kaninchen zielten, wenn sie weit genug vom Bau entfernt waren. Robert erklärte Elèn flüsternd, dass es wichtig war, zu vermeiden, dass sich vom Schrotschuss getroffene Kaninchen in den Bau zurück flüchteten.

Elèn war voll und ganz eingenommen von der herrlichen Morgenstimmung, dem Vogelgezwitscher, das rundum einsetzte, dem feuchten Geruch, der zwischen den Gräsern hochstieg und ihr ungeübter Blick hatte Mühe, den schnellen Bewegungen der Tiere zu folgen, auf die Robert sie aufmerksam machte. Sie betrachtete die verschiedenen Wildkräuter, die überall aus der Erde sprießten, und nahm sich vor, einige der Namen und deren Anwendungen zu erlernen.

Noch ragte die Sonne nur ganz wenig über den Horizont, aber bald würde ihre Wärme die letzten Tautropfen auf den Gräsern wegtrocknen. Plötzlich fiel ein Schuss und hallte krachend durch das Tal und in der Ferne überschlug sich ein Kaninchen. Es war getroffen. Flèche zitterte in voller Anspannung neben seinem Herrchen und wartete auf den Befehl, das erlegte Kaninchen zu apportieren. Elèn erschrak und zuckte zusammen. Sie befand, dass sie den Rebhühnern, die vor Schreck aufflatterten, sehr ähnelte in diesem Moment und war froh, keines zu sein, denn ein zweiter Schuss fiel unmittelbar nach dem ersten und ein Hühnchen fiel leblos ins Dickicht. Eric erlegte wenig später noch ein weiteres Kaninchen. „Apport", stieß Robert aus und jetzt erst rannte Flêche los wie ein Blitz. Er hieß nicht umsonst Flêche. Stolz brachte er erst das eine, dann das andere Kaninchen und schließlich das Rebhuhn und legte alles seinem Herrchen vor die Füße. Er war ein gut erzogener Hund. Robert konnte sich auf ihn verlassen. Die Männer drückten den Kaninchen sofort die Blase leer, damit das Fleisch nicht ungenießbar wurde – auch das war Elèn neu. Anschließend verschnürten sie die Läufe der Kaninchen und die Hühnerbeine fachmännisch, um sie an ihren Rucksäcken festzumachen.

Elèn fand, dass die Gruppe ein malerisches Bild abgab, wie sie gediegenen Schrittes mit ihrer baumelnden Beute frühmorgens über die Feldfluren wanderten, zurück zur Hütte und sich währenddessen über die besten Zubereitungsarten von Wildfleisch unterhielten. Besonderen Anklang fand der Vorschlag von Géraldine, der ein Ruf als Gourmandise vorausging, Kaninchenleber an Wildrosmarin als Vorspeise zuzubereiten.

Am Nachmittag zerwirkten Caroline, Eric und Robert das Wild. Das hieß, sie zogen die Haut der Kaninchen ab und zerlegten sie, damit sie für den Abend bereit waren für die Zubereitung. Das Laguiole-Messer tat wie immer beste Dienste. Caro zeigte Elèn, wie man ein Rebhuhn ausnehmen und die Federn rupfen musste, nachdem man das Huhn in kochend heißes Wasser tunkte. Es dauerte eine Weile, bis das Wasser in dem großen Topf auf dem offenen Feuer kochte und Elèn stellte sich als Rupferin gar nicht ungeschickt an.

Géraldine verschwand eine Weile, weil sie darauf bestand, dass unbedingt wilder Rosmarin an die Leber dran musste, und setzte großen Ehrgeiz daran, welchen zu finden. Als sie zurückkam, strahlte sie übers ganze Gesicht. Überhaupt, alle strahlten und freuten sich über den gelungenen Tag.

Elèn hatte mächtigen Hunger und konnte es kaum erwarten, bis Essenszeit war. Um die Wartezeit zu überbrücken, öffnete sie schon einmal eine Flasche Rotwein und schenkte allen ein.

Robert hatte einen vollständig ausgestatteten Picknickkorb dabei, mit richtigen Porzellantellern, Gläsern und ordentlichem Besteck. Bei Sonnenuntergang verspeisten sie mit Hochgenuss ihr köstliches Mahl mit Knoblauch, Brot und Wein und prosteten den zirpenden Grillen mit Rotwein zu. Die Kaninchenleber an Rosmarin war zum Niederknien.

Sie schliefen gut in diesen beiden Nächten, obwohl die strohbelegten Bettstätten hart waren. Die frische Luft, die Bewegung, das hervorragende Essen, die Aufregung, die Gespräche, der Wein und die gute Stimmung ließen sie alle in tiefen Schlaf und süße Träume versinken.

Als die drei Tage vorüber waren und die kleine Jagdgesellschaft sich voneinander verabschiedete, mit herzlichen Umarmungen und dem Versprechen, bald wieder etwas gemeinsam zu unternehmen, hatte sie neue Freunde gefunden, war ausgeglichen, glücklich und ihr war ganz wohlig ums Herz.

Während Elèns Abwesenheit begannen die marokkanischen Mädchen sich schnell zu langweilen. Im Dorf gab es nichts weiter als den wöchentlichen Markt und ein Café mit einem Billardtisch und einem „Baby-Foot", in dem sich abends ein paar wenige, pubertierende Jugendliche trafen, die noch keinen Führerschein hatten oder kein Auto oder beides nicht. Ohne groß Aufhebens zu machen, packten sie ihre Koffer, verließen das Landhaus und traten die Heimreise an. Nicht einmal einen Zettel mit einer kurzen Nachricht hinterließen sie.

Als Elèn zurückkam, fand sie das Haus verlassen, aber unverschlossen vor. Sie ärgerte sich darüber, obwohl es nicht verwunderlich war. Die Mädchen waren unzuverlässig und leichtsinnig, nicht nur mit sich selbst. Doch durch die abgelegene Lage des Hauses blieb verborgen, dass es unbewohnt war und glücklicherweise war nichts passiert. Keine Einbrüche, keine Vandalismus-Aktionen, von denen man immer wieder mal hörte. Nur ein paar Spinnen hatten ungestört ihre Netze gespannt und die Fotografien, die Paul liebevoll mit den Haikus versehen hatte, hingen an der Wand, als wären sie

Zeugen längst vergangener Tage, dabei waren sie gerade erst entstanden, ging ihr durch den Kopf und starrte die Zeilen unverwandt an.

„Ein Regentropfen
Rinnend über Deine Brust
Liebend küssend Dich",

las sie und ... empfand nichts. Seine Einmischung hatte sie mehr verletzt, als sie ursprünglich annahm und sie hatte sich verschlossen wie eine Muschel.

Sie spürte nach und nach, dass ihre Gefühle für Paul sich veränderten. Sie versuchte zwar, ihn zu verstehen und nachzuvollziehen, dass er vielleicht nicht ganz Herr seiner Sinne war, weil er sich in einer Lebensphase befand, mit der er erst lernen musste umzugehen, doch das war sie ebenfalls und ihr wäre im Traum nie eingefallen, sich auf solch übergriffige Art in sein Leben oder überhaupt in das Leben anderer Menschen einzugreifen. Sie empfand sein Verhalten manipulativ und fragte sich, ob er sich dessen bewusst war. Wohl eher nicht, denn manchmal betonte er in Gesprächen ganz nebenbei, dass er kein Macho sei. Vielleicht war er das ja aber doch.

Nachdem sie drei Tage mit diesen angenehmen, gescheiten und bodenständigen Menschen verbracht hatte, kam ihr die Absurdität von Pauls Verhalten noch extremer vor. Sie selbst war ja vielleicht durch die extrovertierten Menschen, mit denen sie in der Filmwelt zu tun hatte, auch etwas abgestumpft und nicht gerade sensibilisiert auf Verhaltensweisen, die möglicherweise einer vernachlässigten oder zerrissenen Psyche entsprangen. Bislang hatte sie sich selbst ja erfolgreich von engeren Beziehungen ferngehalten, galt generell als unnahbares Arbeitstier und entbehrte deshalb vielleicht auch etwas der Erfahrung, sich schnell genug über ihre eigenen Gefühle klar zu werden. Aber auch deshalb ließ sie sich jetzt auf alles ein, es galt einiges nachzuholen und über sich selbst zu erfahren. Jedoch befand sie, dass es erst einmal reichte. Die Erfahrung mit der kleinen

Jagdgesellschaft hatte sie geläutert. Sie empfand Dankbarkeit für die spontane Einladung Roberts und beglückwünschte sich im Nachhinein selbst für ihre schnelle Entscheidung, sich dem kleinen Kreis angeschlossen zu haben.

Auch verspürte sie nun keine Neigung mehr, sich mit Paul in Verbindung zu setzen. Die Mädchen würden ihm schon berichten, dass sie sie allein zurückgelassen hatte und sie kein gesteigertes Interesse daran zeigte, Zeit mit ihnen zu verbringen. Er konnte sich seinen Teil dazu ja denken. Sie hatte keine Lust, seine Probleme zu den ihren zu machen, denn jetzt hatte sie das Bedürfnis, ihre erlangte Freiheit und ihr neues Wohlbefinden zu feiern.

Elèn war so glücklich in diesem Haus. Die Zwetschgen waren überreif und begannen bereits vom Baum zu fallen. Höchste Zeit, sich darum zu kümmern. Sie war bereit, den ersten Zwetschgenkuchen ihres Lebens zu backen. So schwierig würde das wohl nicht sein. Irgendwo würde sie auch noch das Backbuch ihrer Mutter finden. Erstaunlicherweise fand sie Gefallen daran, sich mit den Früchten ihres Gartens zu beschäftigen. Sie schaffte es wider Erwarten, alle Zwetschgen sinnvoll zu verarbeiten. Sie backte mehrere Kuchen, mit denen sie Robert, Caro, Eric und Géraldine beglückte, und kochte unzählige Gläser Marmelade ein, die sie stolz mit dem Namen des Inhalts beschriftete und bei denen sie die Jahreszahl dazuschrieb. Auch Kräuter, wie Melisse, Pfefferminze, Zitronenverbene, Salbei, Thymian und Rosmarin band sie zu Bündeln, hing sie zum Trocknen auf dem Dachboden an einem Balken auf und legte die getrockneten Blätter später in Blechdosen, die sie auf dem Dachboden fand und die ihre Mutter bereits in Gebrauch hatte. Das war lange her.

Die Wochen vergingen, die Tage wurden kürzer, die Nächte länger und Elèn stellte überrascht fest, dass sie fröstelte, wenn sie abends barfuß vor dem Haus saß, eine Zigarette rauchte und in Gedanken weilte. Gedanken an Paul hatte sie, sobald sie auftauchten, verdrängt und sich abgelenkt. Nicht dass sie ihn vergessen wollte, das nicht, doch sie wollte nicht, dass die Gedanken an ihn ihren Gemütszustand beherrschten. Sie fühlte sich freier, ohne unter der Melancholie der Sehnsucht still zu leiden und ohne darüber nachzudenken, wie er zu ihr stand oder nicht stand. Außerdem kamen ihre neuen Freunde oft bei ihr vorbei. Das abgeschiedene Landleben war weniger einsam und weniger bedächtig, als sie sich das vorgestellt hatte. Fast ständig war sie mit Dingen beschäftigt, die ihr Spaß machten und dabei gehörte das Lesen von Büchern noch nicht mal dazu. Ein ganzer Stapel wartete noch auf sie. Manchmal sah sie sich die Buchrücken an, las Klappentexte, war begeistert oder fasziniert und vertröstete sich selbst mit dem Lesen auf die Wintermonate. Jetzt würde sie erst einmal den goldenen Oktober willkommen heißen. Sie hatte vor Wanderungen zu machen, um die Umgebung zu erkunden und natürlich auch um in Form zu bleiben. Es würde wunderschön sein, wenn das Laub der Eichenwälder sich verfärbte und bald schon die Trüffelmärkte eröffneten, die alljährlich Besucher aus aller Welt anlockten.

Kapitel sieben

Wiedersehen in Südfrankreich

Ein dichter Nebel verschleierte an diesem Novembermorgen die Straßen Londons, als Jeanne von einer Limousine vor ihrer Wohnung im Stadtbezirk Fulham mit Ziel Flughafen Heathrow abgeholt wurde. In wenigen Stunden würde sie in Toulouse ankommen.

Vor einem Monat erreichte sie ein Brief von Elèn. Immer wieder hatte sie an ihre kurze Begegnung in Paris in der Bibliothèque gedacht und manchmal fiel ihr auch die Visitenkarte Elèns in die Hände, wenn sie in den Tiefen ihrer Handtasche nach irgendetwas suchte und jedes Mal gelobte sie, sich demnächst mit Elèn in Verbindung zu setzen, was aber nie passierte. Jeanne war vielbeschäftigt im letzten Jahr ihrer offiziellen Tätigkeit als Politikwissenschaftlerin und zu unzähligen Diskussionen oder sogenannten Expertenrunden eingeladen, ihre fachlich basierte Meinung kundzutun.

Inoffiziell war sie zudem im Auftrag ihrer Geheimdienst-Organisation unterwegs. Beide Funktionen ergänzten sich perfekt. So sammelte sie und vermittelte relativ gefahrlos Informationen, wie von ihrem Auftraggeber gewünscht. Finanziell hatte sich Jeannes berufliche Laufbahn, die nun schon mehr als drei Jahrzehnte andauerte, mehr als ausbezahlt. Man konnte sagen, sie war millionenschwer. Doch nichts wies darauf hin, bis auf die Tatsache, dass sie immer in bevorzugten Wohngegenden in den Metropolen der Welt, in angemieteten, möblierten Apartments gehobener Ausstattung lebte. Aber das war auch alles. Sie kleidete sich zwar wie eine sichtlich erfolgreiche Businessfrau, protzte aber nicht mit auffälligen Handtaschen, Schmuck oder Uhren der dafür bekannten Luxusmarken. Jeanne war in ihrem Wesen stets bescheiden geblieben, sogar in ihrem Wunschträumen, denen sie ohnehin selten Raum gab. Eine Gnade der Vielbeschäftigung.

Die Dankbarkeit, einfach am Leben geblieben zu sein, trotz dem alles dagegensprach, hatte sich tief in ihr verankert. Sie war außerdem voller Dankbarkeit gegenüber Christian, wie er sich später nannte, dass er sie in die Organisation einführte und ihr damit die Finanzierung des Studiums an der Sorbonne sicherstellte. Weitere Ausbildungen zeitgleich machten Jeanne zu einer der gefragtesten Agentinnen weltweit. Sie liebte ihre Profession, abgesehen von den Podiumsdiskussionen, die ihr auf die Nerven gingen, weil sie es dort mit den Mitläufern, den geistigen Kleingärtnern und Wichtigtuern zu tun hatte, die nicht merkten, dass sie von ihr benutzt und manipuliert wurden, und glaubten, sie würden ihre eigenen Gedanken formulieren, dabei waren es die Gedanken Jeannes.

Es gibt wohl wenig Betätigungsfelder, die einem Menschen ermöglichen alle Begabungen, Wissen und Fertigkeiten anzuwenden und sich in alle erdenkliche Rollen einzuarbeiten. Es entsprach ihrem Charakter, sich nicht festzulegen, denn sich festzulegen hätte bedeutet, vollständiges Vertrauen einer Sache oder einem Menschen entgegenzubringen, und das konnte sie nicht. Nicht mehr, seitdem sie am eigenen Leib erfahren hatte, dass Menschen von einer Minute zur nächsten zu seelenlosen Monstern mutieren können, wenn sie sich im Recht und von höherer Instanz autorisiert glauben.

Jetzt aber ging Jeannes berufliche Laufbahn dem Ende zu und neuerdings erwachte sie in manchen Nächten oft schweißgebadet aus Träumen, in denen sie sich selbst sah, tanzend mit einem Mann ohne Gesicht, aber lachend, ohne das Lachen zu hören, und sie sah Menschen um sich, die sich mit dem Takt einer Musik drehten, die sie ebenfalls nicht hörte. Kinder an der Hand ihrer Mütter, die anderen Kindern in Karussells zuwinkten. Züge, die so dicht an ihr vorbeirasten, dass sie drohten sie mitzureißen. Diese Träume fanden in einer unheimlichen Stille statt und sie waren, auch für sie, nicht schwer zu deuten.

Elèn kam ihr also zuvor. Zwar war der Brief an eine ganz andere Anschrift adressiert, sie gab nie ihre echte Adresse preis, doch die Organisation sorgte dafür, dass ihr der Brief zugestellt wurde. Als sie ihn öffnete, hielt sie fast die Luft an und war sogar ein wenig aufgeregt, denn sie erhielt beinahe nie private Post. Es war fast drei Jahrzehnte her, dass sie Elèn kennengelernt hatte. Elèn war damals noch keine 20 Jahre alt. Sie war ein unbeschwertes, hübsches Ding, das mit seinen Eltern Ferien in Südfrankreich machte, und alle Jungs der Umgebung waren verknallt in sie, was sie aber nicht wahrzunehmen schien. Sie war eine unversehrte, reine Seele mit einem großen Herz. Jeanne sah das, denn sie beobachtete die Gruppe junger Leute, die sich zwei Tische zusammengeschoben hatten, Grenadine tranken, ein Würfelspiel spielten und Späße miteinander trieben, eine Zeit lang von ihrem Platz aus. Jeannes Geld reichte damals für kaum mehr als ein Zugticket nach Toulouse. Etwas Geld musste sie noch zurücklegen für Essen und Trinken und so versuchte sie per Anhalter weiter nach Paris zu gelangen. Es lief auch gar nicht so schlecht, bis sie in dem kleinen Kaff Lalbenque hängen blieb. Dort setzte sie sich erschöpft auf die Außenterrasse des einzigen Cafés und bestellte sich Wasser und ein Sandwich, noch immer das Trauma des Gefängnisses in den Knochen und erstaunt darüber, dass es junge Menschen ihres Alters gab, die wie Schmetterlinge so glücklich durch einen Sommerabend flatterten.

Elèn war ebenfalls eine gute Beobachterin und wurde auf Jeanne aufmerksam. Sie hatte irgendwie eine Aura von Schmerz und Not wahrgenommen, die Jeanne umgab, und ging deshalb an ihren Tisch und setzte sich zu ihr. Sie kamen in ein Gespräch, das erst nur stockend voranging, weil Jeanne zum einen das Reden nicht mehr gewohnt war und zum anderen nicht gut Französisch sprach. So radebrechten sie in Französisch und Englisch, fanden aber schließlich doch zu einer gemeinsamen Sprache, die es ihnen ermöglichte, sich gut gegenseitig zu verstehen. Nachdem klar war, dass Jeanne kein Zuhause mehr hatte und nicht einmal einen Schlafplatz, forderte Elèn sie, ohne eine Sekunde zu zögern, auf mit ihr zu kommen und sich erst einmal im Landhaus ihrer Eltern zu erholen, solange sie wolle und solange sie Zeit brauche.

Acht Wochen verbrachten sie zusammen. Sie waren in etwa demselben Alter und Jeanne konnte nichts Besseres passieren, als auf Elèn zu treffen, dem einzigen Menschen, dem sie je alles erzählte, was ihr geschehen war. Sie mochten sich und waren sich nah wie Schwestern gewesen. Als die Ferien zu Ende gingen, mussten sie sich schweren Herzens voneinander trennen. Elèns Eltern nahmen Jeanne im Wagen noch mit bis nach Clermont-Ferrand und kauften ihr ein Bahnticket nach Paris. Jeanne war voller Dankbarkeit und als sie dem immer kleiner werdenden Grüppchen aus dem fahrenden Zug heraus zuwinkte, flossen Tränen über ihr Gesicht.

Viele Monate schrieben sie sich noch, aber mit der Zeit wurden die Briefe seltener und hörten irgendwann ganz auf. Eine jede war mit ihrem eigenen Leben beschäftigt und so verloren sie sich aus den Augen, wie das oft im Leben so geht.

Jetzt saß Jeanne im Flieger nach Frankreich und würde Elèn bald gegenüberstehen. Sie freute sich. Sie freute sich, dass sich etwas in ihrem Leben ereignete, das nur ihr allein gehörte und nichts mit ihrem Beruf zu tun hatte. Und sie freute sich auf die schöne Frau, der sie in der Bibliothèque begegnet war beziehungsweise die sie in der Bibliothèque National Paris wiedergefunden hatte und die einst ihre beste und erste Freundin ihres neuen Lebens geworden war.

Seitdem Elèn vor ein paar Tagen einen Anruf von Jeanne erhalten hatte, fieberte sie dem Wiedersehen entgegen. Mit Elan und klassischer Musik machte sie sich daran, alle Räume des Hauses zu entstauben und zu putzen. Ihre Kräutertrockensträuße, die kopfüber in der ganzen Küche verteilt an Regalen, Schrankseiten und sogar am Kronleuchter hingen, musste sie leider entsorgen. Sie waren völlig eingestaubt und von Spinnweben durchzogen. Warum hatte sie das nicht eher gesehen, fragte sie sich kopfschüttelnd. Sie würde neue Kräuter sammeln. Noch gab es Lavendel und Salbei und verschiedene Minzesorten ums Haus und der Rosmarin konnte ganzjährig verwendet werden. Sie putzte die Fenster, ging die Wäscheschränke durch, schnupperte an Leintüchern und Überzügen und stellte fest, dass sie den Geruch der Schränke angenommen hatten, und stopfte sie in die Waschmaschine. Es sollte alles schön sein und fein duften, wenn Jeanne bei ihr wäre.

„Jeanne hatte gar nicht erwähnt, wie lange sie bleiben würde", dachte sie. Das Telefonat war kurz und enthielt eigentlich nur die wichtigste Information im Telegrammstil.

„Ankommen Donnerstag, ca. 15:00 Uhr. Ich freue mich und passt es bei dir?", so in der Art. Elèn wunderte sich kein bisschen darüber, denn sie selbst war ebenso einsilbig. „Aber ja, wie wunderbar! Ich freue mich!"

Ihnen beiden war anzumerken, dass sie aufgeregt waren wie vor einem ersten Date. Sie würden sich sehen, sie würden Zeit miteinander verbringen. Mehr musste nicht gesagt werden. Sie waren beide voneinander angetan. Elèn erinnerte sich an die zufällige Begegnung in Paris und sie erinnerte sich an die Aura Jeannes, an ihre Präsenz, die sie auf alberne Weise verunsicherte und gleichzeitig erregte. Sie wollte ihr gefallen und hoffte, dass Jeanne sich bei ihr wohlfühlen würde. Jeanne war nur wenig größer als sie selbst, sehr schlank, aber ihr Körperbau war athletischer. Elèn hatte jetzt eine ähnliche Frisur wie Jeanne, denn sie war endlich beim Friseur gewesen. Als der sie fragte, was sie sich denn vorstelle – nein, um genau zu sein, fragte er: „Was machen wir denn bei Ihnen?" – Friseure sagen immer so komische Sachen, erwiderte sie lachend: „Wissen Sie, es wird Zeit, dass ich mir ‚alte Zöpfe' abschneide. Das, was sich in den letzten zwölf Monaten in den Spitzen angesammelt hat, muss weg. Also schneiden Sie beherzt. Mindestens 12 Zentimeter. Wenn möglich so, dass daraus eine unkomplizierte Frisur wird, mit der ich nicht viel Arbeit habe, aber bombastisch aussehe. Sie verstehen mich, oder?"

Er verstand sie gut und als sie den Salon verließ, fielen ihre Haare nurmehr bis zur Schulter, aber mit einem Schwung, mit dem sie in Hollywood Furore hätte machen können. Sie hatte immer noch ihre natürliche Haarfarbe, ein Blond, das je nach Wetter und Licht die Farbe von Aschblond bis Honigblond wechselte. Elèn versuchte sich, an den Ton von Jeannes Haar zu erinnern, das wohl ein paar Nuancen dunkler als die ihren war. Jeanne war immer noch eine sehr schöne Frau, deren Züge jedoch verrieten, dass sie das Leben nicht leicht genommen hatte.

Bis zum Tag der angekündigten Ankunft wirbelte sie mit Gummihandschuhen und Schürze durch das Haus. Es war weniger nötig, als dass es den Aufwand, den sie betrieb, gerechtfertigt hätte, doch es war die einzige Beschäftigung, mit der sie ihre Ungeduld in Schach halten konnte. Am Tag der angekündigten Ankunft erfüllte der Duft von frisch gebackenem Zwetschgenkuchen das ganze Haus und sie war froh, dass sie daran gedacht hatte, einige Portionen der Zwetschgen einzufrieren. In ein paar Stunden würde Jeanne da sein und bald roch es nach aufgebrühtem Kaffee, für den sie eigens Kaffeebohnen frisch gemahlen hatte. Sie liebte den Geruch frisch gemahlener Bohnen und auch den Akt des Mahlens von Hand mit einer alten Kaffeemühle.

Der November hatte noch ein paar wärmere Tage parat und mit einem davon wartete er auch an diesem Tag auf. Ihre Hüften und Beine mit einer Wolldecke umhüllt und die Sonnenbrille auf der Nase setzte sie sich auf die noch warmen Stufen vor dem Haus und wartete auf das Taxi, mit dem Jeanne sich für 15 Uhr angekündigt hatte.

Alles, was sich Neues in ihrem Leben ereignen würde, würde nun diesen Weg, der zu ihrem Haus führte, entlangkommen. „Mögen es immer solch' freudigen Ereignisse sein, wie das, auf das ich jetzt warte", schickte sie als kleines Gebet in den Himmel.

Auf die Minute pünktlich kam Jeanne beschwingten Schrittes die Auffahrt herauf, ihren Rollkoffer hinter sich herziehend. Sie trug eine locker sitzende Jeans, durch eine der Gürtelschlaufen hatte sie ein buntes Seidenhalstuch gezogen, von Etro, wie Elèn beiläufig registrierte, außerdem bequeme Sneaker, eine auf Figur geschnittene, blauweiß gestreifte Bluse, die so weit aufgeknöpft war, dass man den Ansatz ihrer zierlichen Brüste sehen konnte, und über ihrem freien Arm, mit dem sie ihr schon zuwinkte, hing ein Blazer aus feinem Tweed.

Elèn erhob sich sogleich, legte die Decke zur Seite und schritt Jeanne entgegen. Die beiden Frauen umarmten sich zur Begrüßung unbefangen und herzlich mit einer Selbstverständlichkeit, die keine Sekunde lang vermuten ließ, dass sie sich über drei Jahrzehnte nicht gesehen hatten, und die sie selbst überraschte. Sie lösten sich aus der Umarmung, hielten sich an den Händen und gingen eine jede einen Schritt zurück, um sich gegenseitig zu betrachten. Ein unbemerkter Zuschauer hätte geglaubt, einer inszenierten Choreographie, einer Begrüßungszeremonie, einem Tanz beizuwohnen, denn beide Frauen waren anmutig in ihren Bewegungen anzusehen. Sie besahen sich ungeniert von oben bis unten und brachen schließlich in ein wunderbares tiefes Gelächter aus, denn sie sahen sich zum Verwechseln ähnlich. Auch Elèn hatte sich betont lässig gekleidet. Weite Jeans, weiße Bluse, bequeme Sneaker. Jeanne wollte nicht wirken wie die kühle, analytische Politikwissenschaftlerin, als die man sie von öffentlichen Auftritten her kannte, und Elèn nicht als die stil- und selbstbewusste Managerin, als die sie in der flirrenden Welt der Filmbranche bekannt war, und so standen sie sich gegenüber, in all ihrer bescheidenen Natürlichkeit als nichts anderes als zwei Frauen, die ein bewegtes Leben bereits Geschichte nannten und mehr als die Hälfte ihres Lebens schon hinter sich hatten. Doch beide waren schöner denn je. Arm in Arm gingen sie ins Haus.

„Hier riecht es aber sauber", lachte Jeanne, die, noch immer ihren Koffer haltend, vor den Fotografien stehen blieb und sie mit ernster Miene betrachtete.

„Möchtest du Kaffee?", fragte Elèn und riss Jeanne mit ihrer Frage aus den Gedanken, denn jene schaute sich aufmerksam jede einzelne Fotografie an und las die Haikus, die in kalligraphisch schöner Schrift an ihnen angebracht waren.

„Oh ja, Kaffee, sehr gerne. Aber sag, diese Fotografien, diese Bildausschnitte, das bist doch du? Ich erkenne die schönen Linien deiner Schultern, dein schlafendes Profil, das eine leise Verletzlichkeit zeigt, die sanfte Wölbung deiner Lendengegend, wie sie in die Hüften übergeht ... Wer hat diese Aufnahmen gemacht? Sag? Diese Person muss dich sehr lieben."

„Ach ja, das sind Aufnahmen von mir. Sie sind hier gemacht worden. Paul, heißt er", antwortete Elèn nachdenklich, wobei sich ein Hauch von Melancholie in ihre Züge legte. Jeanne blieb das nicht verborgen.

„Und? ... Liebt er dich?"

„Ich glaube, er liebt vor allem die Schönheit oder das, was er als die Linien der Schönheit versteht. Er weiß wohl, dass sie mit mir, mit meiner Persönlichkeit zu tun haben, doch es ist seine Vorstellung von mir, die er liebt. Er liebt außerdem seine Freiheit. Er bindet sich an keine Frau der Liebe wegen, falls es das ist, was du wissen willst. Ich im Übrigen auch nicht. Ich lasse ebenfalls keine Fesseln zu, die der Liebe entspringen wollen."

Jeanne lauschte und beobachtete Elèn dabei genau sowie mit großem Interesse, als würde sie in ihrem Gesicht lesen, was Elèn nicht sagte.

„Und du? Liebst du ihn?"

„Ich ihn? Ach, Jeanne, das ist nicht leicht zu beantworten. Anfangs war ich vollkommen vernarrt und betört von ihm und der Leidenschaft, die er in mein Leben brachte, aber ich war zu überwältigt, um zu verstehen, was mit mir passierte. Ich war verrückt nach ihm, weil, wenn wir zusammen waren, war alles so perfekt, so natürlich und selbstverständlich und ich fühlte mich freier, als ich mich je mit einem Mann fühlte, in jeder Beziehung. Dann kam die Sehnsucht, wenn er nicht da war und die machte mich verletzlich. Es dauerte eine Weile, bis ich begriff, dass ich lernen musste, die Dinge laufen zu lassen, und ich mit mir selbst glücklich sein musste und meine Zeit nicht mit Warten auf ihn vergeuden durfte. Für diesen schmerzlichen Prozess ging ich sogar ein paar Monate weg, niemand wusste, wo ich war, nur um vollständig mit mir selbst konfrontiert zu sein. Es war eine tolle, eine wahnsinnige und rauschhafte Zeit, manchmal im wahrsten Sinne des Wortes."

„Du hast meine Frage noch nicht beantwortet, Elèn. Liebst du ihn?"

„Jeanne, ich kenne ihn nicht gut genug, um etwas anderes sagen zu können, als dass ich ebenfalls die Vorstellung, die ich mir von ihm mache, liebe. Ich liebe das, was ich weiß, was er in mir auszulösen vermag. Danach bin ich süchtig. Aber kann man jemanden lieben, der immer in der Ferne ist? Jeanne, sag du's mir.“

Sie waren beide nachdenklich geworden, noch während Elèn sprach, öffnete sie eine Flasche Champagner und ließ den Korken knallen.

„Doch komm, Jeanne, lass uns feiern, dass wir uns gefunden haben. Lass uns heute nicht über die reden, die nicht bei uns sind.“

„Du hast vollkommen Recht, meine Liebe!“, bejahte Jeanne, deren Blicke liebevoll Elèns Erscheinung festhielten.

„Tatsächlich Elèn, du warst ein sehr hübsches Mädchen damals und du bist zu einer schönen Frau geworden. Ich bin ganz hingerissen von dir, ich hatte ja noch gar keine Gelegenheit, dir ein Kompliment zu machen“, lachte sie und prostete Elèn zu.

„Dito, meine Liebe!“, erwiderte Elèn etwas verlegen. Sie war es nicht gewohnt, dass Frauen ihr so direkt und ehrlich Komplimente machten. Aber warum nicht? Sie selbst empfand ja ebenso und war beeindruckt von Jeannes Ausstrahlung und Schönheit, von ihrer festen, dunklen Stimme mit der schönen Klangfarbe.

Sie tranken Kaffee, Champagner, naschten vom Zwetschgenkuchen und die Flasche neigte sich bald dem Ende zu. Ihre Gespräche streiften zunächst alle möglichen Themen und gingen vom Wetter, der schönen Gegend, der Auswahl ihrer Garderobe bis zum Älterwerden, dem befreienden Status Privatière zu sein, und gestalteten sich zunehmend heiterer, denn sie stellten beglückt fest, dass sie den gleichen Humor besaßen. Immer wieder hielten sie kurz inne, sich ihre warmen Hände reichend und brachten zum Ausdruck, was für ein unglaubliches, unfassbares Wunder sie in Paris in der Bibliothèque Nationale ereilt und wieder zusammengebracht hatte. Eine von ihnen, sie wussten anderntags selbst nicht mehr, wer von beiden es war, schlug vor, dass sie, weil sie etwas aufgedreht waren, ein bisschen tanzen sollten, um in der Bewegung etwas zur Ruhe zu kommen. Unter

Gelächter kramten sie in Elèns Plattensammlung, fanden eine „Best of Soul der Siebziger" und stimmten begeistert überein, dass dies genau die richtige Wahl sei, dem therapeutischen Ansatz zu genügen und die zudem gut zu ihnen passen würde.

Als sie Al Greens „Let's stay together" zu ihrem Motto machten, war das der Beginn einer ausgelassenen Party zweier Frauen, die die pure Freude feierten, die aufgeht, wenn eine Freundschaft nicht eines krampfhaften Wiederbelebungsversuchs bedarf, und die erst in den frühen Morgenstunden unter lautem Gähnen ein Ende nahm.

Der Vormittag ging bereits gegen Mittag, als die beiden sich die Augen reibend zum Frühstück wiederfanden. Jeanne musste sich erst orientieren, wo sie war, als sie im Gästezimmer erwachte, denn sie schlief wie ein Baby, wie sie Elèn versicherte, und kam aus sehr fernen Traumwelten erst langsam wieder zu sich.

Auf dem langen Eichentisch standen immer noch eine leere Flasche Champagner, zwei leere Flaschen Rotwein, viele Gläser mit Restflüssigkeit, Teller mit Kuchengabeln, Kaffeetassen und ein köstlicher Zwetschgenkuchen, der rasant abgenommen hatte. Da sie so sehr in ihre Gespräche vertieft waren, völlig gefesselt von den spannenden Geschichten, die sie sich gegenseitig erzählten, versäumten sie etwas zu kochen und griffen deshalb im Laufe der langen Nacht immer wieder zu.

Über Nacht war es kalt geworden im Haus und vor den Fenstern hing ein dichter Novembernebel. Elèn fröstelte und machte sich dran, Feuer im großen Herd in der Küche zu machen. Robert hatte glücklicherweise kürzlich erst eine Fuhre Feuerholz vor dem Schuppen hinter dem Haus abgeladen. Sie fand das recht romantisch und dachte an knisterndes Holzfeuer im Kamin, aber nicht daran, dass im Winter das Leben etwas unangenehmer werden könnte. Das Haus war nur durch den Herd mit Feuerstelle und Wasserschiff, den sie neben dem Gasherd aus nostalgischen Gründen beließ, und einem offenen Kamin zu beheizen. Sie hatte mit ihren Eltern, als sie noch lebten, immer nur die Sommer im Landhaus verbracht und nur einmal ein

Weihnachtsfest. Da aber hatte ihr Vater dafür gesorgt, dass das Feuer im Kamin nie erlosch und deshalb konnte sie sich nicht erinnern, je in dem Haus gefroren zu haben.

Jeanne bot sich an, ins Dorf zu fahren, um Croissants zu besorgen, und fragte nach dem Autoschlüssel. Elèn stutzte kurz, lachte dann und klärte Jeanne darüber auf, dass sie gar kein Auto besaß. Sie machte alle ihre Einkäufe zu Fuß, und wenn das Gewicht ihrer Einkäufe zu schwer war, was regelmäßig der Fall war, sobald sie auf den Wochenmarkt ging, brachte ihr irgendjemand aus dem Dorf, ein Händler, der nach dem Markt ohnehin die Straße nahm, die an ihrem Anwesen vorbeiführte, oder eine ihrer neuen Freundinnen oder Freunde, die Einkäufe am Abend vorbei. Sie besaß eigentlich nie ein eigenes Auto. Sie wurde gefahren oder nahm sich einfach eines aus dem Fuhrpark der Filmproduktionsgesellschaft. Sie selbst wäre gar nie auf die Idee gekommen, ein Auto zu kaufen beziehungsweise selbst eines zu besitzen.

„Du wohnst abgeschieden auf dem Land und hast kein Auto?", rief Jeanne belustigt aus. „Hattest du nie vor, mal in die nächstliegende Stadt zu fahren oder sonst wohin?"

„Hm. Ehrlich gesagt, seitdem ich hier bin, war ich jeden Tag damit beschäftigt, etwas Neues an meinem Landleben zu entdecken. Ich hatte Besuch und ich genoss die Ruhe, wenn ich keinen Besuch hatte. Noch nicht einmal mit Lesen habe ich begonnen. Aber du hast Recht, irgendwann hätte ich mich wahrscheinlich schon damit beschäftigen müssen, mir einen Wagen anzuschaffen."

„Was für Autos magst du?", fragte Jeanne.

„Hellblaue", sagte Elèn.

„Geht es etwas präziser?", fragte Jeanne zurück.

„Hellblauer Citroën, Modell GS."

„Na also. Geht doch. Hübsche Wahl", konstatierte Jeanne, „aber wie kommen wir jetzt zu einem Frühstück?"

„Ich habe Eier, Brot, Schinken, Käse, selbstgemachte Zwetschgenmarmelade und ich habe hier den weltbesten Zwetschgenkuchen", lachte Elèn. „Meinst du, du kannst für dieses eine Mal, auch wenn es dir schwerfällt, und ich gebe zu, mir auch, das Frühstück ohne Croissants überstehen?"

„Da ich einen Bärenhunger habe, ja. Ausnahmsweise", maulte Jeanne mit schmollender Schnute.

Die nächsten Tage vergingen voller Gespräche und Fragen, die sie einander stellten. Einerseits waren sie bemerkenswert vertraut miteinander und gingen in dieser Vertrautheit miteinander um, als hätten sie sich ihr ganzes Leben lang gekannt, anderseits lagen zwischen ihrer ersten Begegnung in Jugendjahren bis jetzt fast drei Jahrzehnte gelebten Lebens, in denen sie nichts voneinander wussten. Sie beide fragten sich, wo die Jahre geblieben waren und ob sie wirklich gelebt waren oder nur an ihnen vorbeizogen und sie Akteure selbst auferlegter oder fremdbestimmter Handlungen waren, die nicht nur dafür dienten die Existenz zu sichern, sondern auch sich einen Sinn zu geben.

Elèn vertraute Jeanne an, sich noch nie so lebendig gefühlt zu haben wie seit dem Tag, an dem sie Paul begegnet war und das Gefühl sie seitdem nicht mehr verlassen habe. Paul berührte etwas in ihrem Innersten, was ihr bis dahin fremd war, aber Ursprung für eine Traurigkeit und Sehnsucht war, die oft unvermittelt in ihr hochstieg, ohne dass sie wusste, woher diese rührte und dieses „Berührt-Sein" sei der Wendepunkt gewesen.

„Weißt du Jeanne, ab diesem Moment war ich so gerne mit mir selbst zusammen, ich habe zum ersten Mal echte Bekanntschaft mit mir gemacht und was ich entdeckte, gefiel mir. Letztlich hatte ich keine Lust mehr, meine Energien für Dinge zu verschwenden, die außerhalb von mir selbst stattfanden. Ich war nicht mehr wie eine Besessene an meinen professionellen Projekten interessiert, sondern fand meine eigene Gesellschaft viel spannender. Ich liebe das Leben, Jeanne, jetzt mehr denn je. Ich erwache jeden Morgen und bin glücklich. Bin glücklich, sogar, wenn ich wütend bin oder mich über etwas ärgere. Ich spüre mich und das ist etwas Wunderbares! Wie ist das bei dir Jeanne? Was ist dein Thema?"

Weil es sie doch immer noch gab, die warmen, sonnigen Nachmittage, verbrachten die beiden Frauen Stunde um Stunde, eingewickelt in Decken und mit Kaffee, mit Gesprächen auf der Steintreppe vor dem Haus. Beide liebten es dort zu sitzen, den Blick den Weg entlangschweifen zu lassen, dem Horizont entgegen.

Elèn ließ manchmal gedankenversunken verlauten, dass sie sich frage, wer wohl der nächste Mensch sein würde, der den Weg hochkomme und Jeanne meinte darauf hin, sie könnten Wetten darüber abschließen, und wenn sie auf Robert tippte, würde sie vermutlich zu 70 Prozent die Wette gewinnen. Robert kam im Laufe der Woche schon dreimal wie zufällig vorbei. Fragte mal, ob das Holz ausreiche, ob er sie mit zum Markt mitnehmen solle, ob sie ihm einen Kaffee anbieten würden. Eigentlich war er nicht schüchtern, aber Elèn fiel auf, dass er sich in Jeannes Gegenwart manchmal etwas tapsig verhielt und sich ein eigentümlicher Glanz in seinen Augen entwickelte, wenn er Jeanne ansah.

Jeanne bat sich ein wenig Bedenkzeit aus auf die Frage hin, was ihr Thema war. Sie fand die Frage gut, hatte sich aber in den letzten Jahrzehnten so gut wie gar nicht mit ihren persönlichen Befindlichkeiten befasst. Sie war immer der Meinung, dass ihr Thema die unaussprechliche Gewalttat war, die ihr angetan wurde, und wollte nicht daran rühren. Aber irgendetwas sagte ihr, dass das allein es gar nicht war. Das konnte nicht der Grund sein, dass sie absolut überhaupt keine echten Verbindungen einging, die über die Länge von ein paar Wochen hinausgingen. Sie hatte lustvolle Erlebnisse mit ein paar wenigen Männern, aber sie empfand keine Verbundenheit. Manchmal hatte sie ein starkes, aber zwiespältiges Bedürfnis nach körperlicher Nähe, doch wenn es zu körperlicher Nähe kam, war es ihr weder angenehm noch unangenehm.

Irgendwann, als sie gerade dabei waren, Brennholz ins Haus zu tragen, sagte sie unvermittelt zu Elèn: „Ich war eine Getriebene ab dem Tag, als ich mich auf die Flucht begeben musste. Ich kam einfach nicht mehr zur Ruhe und musste immer weiter. Das

‚Ein-Schritt-nach-dem-anderen-machen‘, auch wenn die Beine längst nicht mehr konnten, damals über die Pyrenäen, das hat sich bei mir in die Seele gebrannt, hat sich total verinnerlicht. Solange ich einen Schritt vor den anderen setzte, gab es nichts anderes und komischerweise fühlte ich mich während des Gehens immer in Sicherheit. Ich konnte nie lange an einem Ort bleiben, zog immer weiter, immer woanders hin und ich wagte auch nicht, an einem Ort zu bleiben. Zu bleiben hieß Gefahr. Elèn, ich glaube, mit dir an meiner Seite kann ich bleiben.“

Elèn griff nach der Hand Jeannes, drückte sie sanft, schaute ihr in die Augen und bedeutete ihr wortlos: „So wird es sein Jeanne. Wir trennen uns nicht mehr.“

Einmal gab Jeanne vor, sich ein wenig die Beine vertreten und auch mal zu Fuß ins Dorf gehen zu wollen. Sie joggte üblicherweise, um sich fit zu halten, und wäre nie auf die Idee gekommen, ihre Einkäufe wie Elèn zu Fuß zu erledigen. Sie ging auch nicht weit, nur so weit, bis man sie vom Haus aus nicht mehr sehen konnte und wo Robert bereits mit seinem Defender auf sie wartete. Sie fuhren nach Cahors, denn sie hatten einen Plan und freuten sich diebisch, dass Elèn ihr konspiratives Getuschel nicht bemerkte.

Zurück kam Jeanne allein, in einem himmelblauen Citroën, Modell GS, mit petrolblauen Polstersitzen. Als sie ihn abstellte, grinste sie übers ganze Gesicht, stieg aus, streichelte den Wagen über das Dach, klopfte zweimal abschließend mit jovialer Geste drauf, ging ins Haus und legte Elèn, die sie aus dem Fenster blickend herfahren sah und mit offenem Mund dastand, die Autoschlüssel auf den Tisch.

„Ich hoffe, du hast einen Führerschein, meine Teuerste“, lachte Jeanne. „Er gehört jetzt dir, behandle ihn gut, er ist ein wahres Schätzchen.“

An diesem und vielen weiteren, noch sonnigen Nachmittagen sah und hörte man die beiden mit heruntergedrehten Scheiben und lauter Musik vergnügt mit dem Wagen durch die Gegend rauschen. Oft waren sie bei Robert eingeladen, der ein leidenschaftlicher Koch war, sie mit Wildgerichten verwöhnte und sich über ihre anregende Gesellschaft freute. Zwischen ihm und Jeanne entwickelte sich ganz zaghaft eine besondere Nähe und Freundschaft, deren erotische Anziehungskraft Außenstehenden zunächst verborgen blieb, und die beide tunlichst lange Zeit auch vor sich selbst verleugneten.

Jeanne gefielen die Gegend und die Menschen, die sie kennengelernt hatte, Robert nicht erwähnend, so gut, dass sie Elèn bald darauf in Kenntnis setzte, dass sie mit sich selbst übereingekommen sei, sich endlich niederzulassen, und gedenke, sich nach einem Anwesen in der Nähe umzusehen. Die Suche gestaltete sich schwieriger als erwartet und weil Elèn Jeanne versicherte, dass sie es wunderbar fand, sie bei sich zu haben, ließ Jeanne den Plan vorerst ruhen.

Der Dezember kündigte sich mit nächtlichen Minustemperaturen und überfrorener Nässe an. Im Landhaus Elèns wurde es zunehmend ungemütlicher, da der Kamin zwar eine schöne Wärme abgab, wenn man sich direkt vor ihn stellte, aber er vermochte nicht das Haus in seiner Gänze mit wohliger Wärme zu erfüllen. Es zeigte sich nun, dass das Haus ein Sommerlandhaus war und nicht sehr geeignet empfindliche, verwöhnte Stadtpflänzchen gut über den Winter zu bringen. Trotz der dicken Wollwesten und der unattraktiven dicken Wollstrümpfe kuschelten sich Elèn und Jeanne abends in den Ledersesseln, die sie vor den Kamin geschoben hatten, in Decken, rieben sich die kalten Hände und schmunzelten neben langen Gesprächen über ihre Zukunftsperspektiven, über ihren modischen Niedergang.

Die Abende waren lang und dunkel und viel war tagsüber ums Haus nicht zu tun, außer Brennholz heranzuschaffen. Das Knistern des Kaminfeuers weckte Erinnerungen und Elèn dachte wieder öfter an Paul. Sie versuchte sein Äußeres zu beschreiben, damit Jeanne sich eine Vorstellung machen konnte, doch sie fand, dass ihre Worte nie treffend genug waren. Da fiel ihr ein, dass sie ein Foto von ihm hatte. Sie hatte es selbst mit seiner Kamera eines Morgens aufgenommen. Man sah, wie er mit einer Bäckertüte den Weg zum Haus heraufschlenderte. Es muss ein heißer Sommermorgen gewesen sein, denn es zeigte ihn mit einem Borsalino-Strohhut, den er tief ins Gesicht gezogen und die Hemdsärmel weit hochgekrempelt hatte. Überdies trug er an diesem Tag einen Dreitagebart.

Jeanne betrachtete das Foto lange, runzelte die Stirn, spielte mit der linken Hand an ihrem Kinn herum und sagte schließlich: „Hm. Irgendwie kommt mir dieser Mann bekannt vor. Die Haltung, die Figur, die Art, wie er ein Bein vor das andere setzt. Schade, dass das Gesicht nicht gut zu erkennen ist, aber selbst das kommt mir bekannt vor."

Nach einer Weile ergänzte sie: „Das Komische ist, dass ich auch einmal einen Paul kannte. Später nannte der sich aber Christian, was aber nicht ungewöhnlich ist bei der Organisation. Ich selbst habe meinen Namen unzählige Male geändert."

Elèn horchte auf. Paul hatte immer wieder mal den Begriff „Organisation" verwendet, aber sie fragte nie nach, weil sie von Beginn an darauf bestand, dass sie sich keine Fragen stellten. Sie blickten sich beide stumm an, als dämmere ihnen etwas.

„War es möglich, dass es sich um ein und dieselbe Person handelt?", stand in ihren Blicken geschrieben.

„Du hast ihn in Paris kennengelernt?", fragte Jeanne noch einmal nach, obwohl sie die Antwort kannte. „Wir sind uns beide damals in Paris begegnet, in der Bibliothèque Nationale, Elèn, du weißt doch. Wenn ich dir sage, warum ich damals dort war, dann wird es dir die Sprache verschlagen, denn dann, meine Liebste, hatten wir es an diesem Tag mit zwei Wundern zu tun!"

„Jeanne, sag jetzt nicht, dass du dort mit Paul verabredet warst!", gab Elèn fassungs- und atemlos zurück.

„Nein, ich war nicht verabredet mit ihm. Die Organisation hütet sich immer davor, zwei ihrer Agenten an einem Ort zusammentreffen zu lassen, aber ich war dort, um Unterlagen von Christian über die Rezeption in Empfang zu nehmen. Und da Christian mit richtigem Namen Paul heißt, ... du verstehst ... das kann kein Zufall gewesen sein!"

Die brennenden Hölzer im Kamin knisterten und knackten an diesem Abend lauter und eindrücklicher weiter als sonst. Als versuchten sie die Stille der Erkenntnis zu übertönen.

Kapitel acht

Weihnachten steht vor der Tür

In der Woche vor Weihnachten, als die ersten Schneeflusen vom Himmel wirbelten, noch unentschieden, auf die Erde zu fallen oder sich noch in der Luft in Nichts aufzulösen, und die Fenster vom Köcheln des Pot-au-feu beschlagen waren, brachte Robert einen Tannenbaum vorbei. Sie feierten das Aufstellen des Baums mit Punsch und Süßgebäck und Jeanne packte mit Begeisterung den Schmuck aus, den sie auf den Weihnachtsmärkten der umliegenden Dörfer und kleinen Städtchen erstanden hatte. Beinahe hörten sie den Postboten nicht, der an die Haustüre klopfte und Elèn einen Brief übergab.

> *„Geliebte Elèn,*
> *Lange genug bin ich nun getrennt von Dir, um Dir sagen zu können, dass die Glut meiner Leidenschaft für Dich, von der ich fürchtete, mich lichterloh an ihr zu verbrennen, noch immer nicht erloschen ist.*
> *Ich bin in Kanada. Du weißt, dass ich dort glücklich war und es immer noch bin. Pete lässt Dich unbekannterweise grüßen und auch Jassie, der ich viel von Dir erzähle.*
> *Ich getraute mich nicht, Dir eher zu schreiben, denn ich weiß, dass ich einen schlimmen Fehler begangen habe. Die marokkanischen Mädchen haben mich wissen lassen, wie erbost Du warst. Sie haben den Brief entwendet, den Du mir damals geschrieben, aber niemals weggeschickt hast, und haben ihn mir zugestellt. Du weißt ja, dass es diebische kleine Elstern ohne Moral sind. Doch leider habe ich da erst begriffen, dass ich zu weit gegangen bin, dass es über die Maßen respektlos war, Dir eine Lust aufzuzwingen, die die meine war und nicht die deine. Bitte verzeih mir diese sinnlose, verwerfliche und wiederholte Übergriffigkeit. Ich weiß nicht mehr, was mich dazu getrie-*

ben hat. Ich glaube, ich wollte, dass Du deine Sinnlichkeit, in der Du so schön bist, weiter auslebst. Dass Du so in meiner Erinnerung schwingst, weil ich nicht den Mut hatte, Dir zu sagen, dass ich Deine Nähe vermisse, wenn ich weg bin. Dass es vielleicht an der Zeit ist, neue Wege zu gehen. Es vielleicht an der Zeit ist, unsere Verbindung ernsthaft zu etablieren? Darf ich Dich wiedersehen Elèn? Ich verzehre mich nach Dir. Nach Deinem Körper, nach Deinem Wesen, nach Dir voll und ganz.
Paul."

Jeanne beobachtete aus den Augenwinkeln, dass Elèn, nachdem sie den Postboten, Monsieur Dubois, freundlich hereingebeten hatte, mit ihnen einen Weihnachtsumtrunk einzunehmen, stehen ließ, sogleich den Brief aufriss, sich an den Tisch setzte und in sich gekehrt las. Ab und an runzelte sie die Stirn, atmete tief durch und sah seltsam ratlos aus.

Jeanne ließ sich nichts anmerken, nahm den Postboten überschwänglich begrüßend in Empfang und dankte ihm, dass er am späten Nachmittag noch eigens herauskam, um einen Brief bei ihnen abzugeben. Er entschuldigte sich für seine späte Störung, aber er habe den Brief leider übersehen und erst jetzt zum Feierabend, als er seine Posttasche überprüft habe, den Brief gefunden. Es sei ihm sehr unangenehm, weil das sonst nicht seine Art sei und er sonst sehr gewissenhaft seiner Arbeit nachgehe, aber die Massen an Weihnachtspost seien halt eben schon eine besondere Herausforderung und deshalb würden halt auch ihm mal Fehler unterlaufen. Jeanne zeigte sich überaus mitfühlend und verständnisvoll, vermutete allerdings, dass er ein wenig schwindelte, denn er hielt immer gerne einen kleinen Schwatz mit ihr oder Elèn, wenn er vorbeikam und eine der beiden antraf. Er war ein neugieriger Zeitgenosse und fasziniert von den beiden Frauen und hatte es ganz sicher darauf angelegt, auf einen Weihnachtsschnaps eingeladen zu werden.

Robert, der immer noch damit beschäftigt war, den Stamm des Tannenbaums der Halterung des Christbaumständers anzupassen, grinste belustigt vor sich hin, denn Monsieur Dubois war bekannt dafür, dass er um die Weihnachtszeit mit Einfallsreichtum glänzte, um Zutritt zu den Häusern zu erhalten und nicht selten schob er in der Weihnachtssaison spät abends schwankend und erheitert sein Postfahrrad nach Hause.

Erst einmal im Haus, im Wohnraum stehend, links die offene Küche, mit dem großen Eichentisch, der hinüberführte in den Wohnraum und an dem Elèn saß und ihren Brief las, schien sich Monsieur Dubois nun doch etwas unbehaglich zu fühlen. Er starrte auf die gerahmten Fotos an der Längsseite des Wohnraums und konnte seinen Blick kaum lösen. Ihm wurde ganz warm, aber das konnte auch vom Kaminfeuer in seinem Rücken herrühren, dachte er und murmelte schließlich etwas verlegen: „Viel Haut … aber gar nicht übel."

Robert, der auf dem Boden kniete und am unteren Teil des noch liegenden Tannenbaums am Stamm schnitzte, erhob sich und schüttelte Monsieur Dubois kräftig die Hand. Erst da bemerkte der Postbote, dass er nicht allein mit den beiden Frauen war, und entspannte sich. Jeanne reichte ihm ein Glas Punsch und forderte ihn auf, beim Gebäck zuzugreifen, was er sich nicht zweimal sagen ließ. Weil es auch für Jeanne und Robert nicht das erste Glas Punsch war, entwickelte sich schnell ein heiteres, oberflächliches Geplänkel mit viel Gelächter, zu dem sich Elèn, mit nun leicht geröteten Wangen, bald dazu gesellte und dabei Jeanne mit verschwörerischer Miene zuraunte: „Der Brief ist von Paul", und sie war sichtlich froh, sich einen großen Schluck Punsch einzuverleiben. Jeanne nickte schmunzelnd. „Alles klar, wir reden später."

Als Monsieur Dubois sich nach geraumer Zeit endlich dazu überwand, sich wieder auf den Weg zu machen, waren die drei erleichtert, wieder unter sich zu sein. Allerdings erhitzt und beschwipst vom Punsch und vom Crème de Cassis, den sie sich noch obendrauf genehmigt hatten. Etwas demotiviert betrachteten sie in einer Reihe stehend den noch liegenden Weihnachtsbaum und das drum herum verstreute Chaos des noch unvollständig ausgepackten Weihnachtsschmucks, der herumfliegenden Seidenpapierchen und Kartondeckel, entschieden aber, dass der Baum zwingend noch aufgestellt und geschmückt werden müsse.

Als sie mit ihrem Werk fertig waren, saßen sie alle drei erschöpft mit ausgestreckten Beinen, die Hände über den Bäuchen gefaltet am Tisch und bewunderten glücklich den geschmückten Baum, der nun der dunkelsten Ecke des Raums eine feierliche Würde verlieh.

Sie hatten lange keinen so vergnüglichen Abend erlebt. Jeanne und Robert klatschten sich in die Hände und Elèn griff nach dem Brief von Paul, dessen Buchstaben aber vor ihren Augen verschwammen. „Später, später, werde ich dir antworten, Paul", dachte sie und gewahrte, dass sie sich nicht mehr siezten.

Zu später Nachtstunde, als Robert sich ebenfalls verabschiedet hatte, erzählte Elèn vom Inhalt des Briefes, und dass sie darüber nachdenke, Paul über die Feiertage einzuladen. Allerdings könne es dann etwas eng werden im Haus, doch dafür würden sie zu gegebener Zeit auch eine Lösung finden.

„Jeanne, ich freue mich auf ihn, bin voller Sehnsucht und kann es kaum erwarten ihn zu sehen und so wie ich den Brief lese, sucht er unsere Verbindung auf eine nächste Ebene zu bringen und ich glaube, ich möchte das auch."

Jeanne nickte, nahm sie liebevoll in die Arme und wünschte ihr eine gute Nacht. „Schlaf drüber, meine liebe Freundin. Ich freue mich, dass sich etwas Konkreteres abzuzeichnen scheint. Und du wirst sehen, alles wird gut. Ich weiß es."

Am nächsten Tag, im Haus roch es schon früh am Morgen fein nach Tannenharz und frisch gebrühtem Kaffee, traf Elèn ihre Freundin Jeanne ausgehfertig am Frühstückstisch an. Verwunderten Blicks fragte sie nach ihrem Vorhaben. Jeanne schien bester Laune und begrüßte sie fröhlich, blieb jedoch einsilbig mit ihrer Auskunft. Sie sei mit Robert verabredet, sie hätten etwas vor.

„Aha", erwiderte Elèn, „und darf man erfahren, was?"

„Nein, darf man nicht. Genieße den Tag, ich werde wohl erst gegen Abend wieder zurück sein", erwiderte Jeanne, erhob sich vom Tisch mit ihrem angebissenen Marmeladenbrötchen noch in der Hand und rief ihr durch die Haustür verschwindend zu: „Vergiss nicht, Paul einzuladen!"

Elèn blieb für einen ganz kurzen Moment entgeistert allein am Frühstückstisch zurück, fing sich wieder, griff sich beherzt ein Brötchen, beschmierte es dick mit Butter und Marmelade und dachte kauend darüber nach, was sie Paul schreiben würde. Vielleicht nicht viel, vielleicht nur:

„Komm! Komm schnell. Ich will Dich und Deine Liebe und wir müssen reden. Elèn."

Und genauso machte sie es. Schrieb die paar Worte, die ihrer Meinung nach alles sagten, auf schönes Briefpapier, malte sich die Lippen rot und besiegelte das Gesagte mit einem Kussmund, faltete den Bogen, steckte ihn in einen Umschlag, adressierte ihn und brachte ihn am selben Tag noch zur Post. Schon ging sie zu Fuß los, ganz ihrer Gewohnheit gemäß, fröstelnd ihren Schal enger um den Hals ziehend, als ihr einfiel, dass sie jetzt einen Wagen besaß. Kaum war der Brief aufgegeben, lauerte unsinnigerweise schon das Warten in ihrem Geist, ihrer Seele, ihrem Herz und in ihrem Körper. Sie hätte doch zu Fuß ins Dorf gehen sollen, dachte sie. Mit dem Gehen hätte sie das Warten beschwichtigen können.

Auf der Fahrt von der Post zurück nach Hause kam ihr in den Sinn, dass sie gänzlich vergessen hatte, zu erwähnen, dass ihn bei seiner Ankunft eine Überraschung erwarten würde. Eine Überraschung namens Jeanne. Nun, das würde es noch spannender machen. Ob er sie nach so vielen Jahren wohl wiedererkennen würde? Bestimmt. Jeanne hatte sich nur unwesentlich verändert. Ihr Ausdruck war reifer geworden, die paar Fältchen, die ihr Gesicht zierten, veränderten es nicht. Sie versuchte sich Pauls Reaktion auszumalen, wenn er Jeanne wiedersah. Doch das überstieg ihre Vorstellungskraft und deshalb verwarf sie ihre Überlegungen. Worauf geistige Mühe auf etwas verwenden, das sie ohnehin nicht beeinflussen konnte.

Zuhause angekommen, machte sie sich gleich daran, sich den Vorbereitungen für das Weihnachtsmenü zu widmen, und suchte zwischen den Kochbüchern ihrer Mutter nach einem ganz bestimmten von Julia Child, die wie keine vor ihr die französische Küche und deren Kochtechniken in den sechziger Jahren in einem Kochbuch festhielt und weltweit bekannt machte. Das Buch machte seinerzeit Furore und Elèn wusste mit Bestimmtheit, dass ihre Mutter das Buch besessen hatte und es vielfach im Einsatz war. Ihre Mutter war, im Gegensatz zu ihr selbst, eine hervorragende Köchin, die keine Mühen scheute, eine große Schar von hungrigen Gästen kulinarisch aufs Feinste zu verwöhnen. Sie hoffte, dass etwas von der Begabung ihrer Mutter auf sie übergegangen war, denn ihr Interesse und Ehrgeiz beschränkten sich auf das Essen selbst, nicht aber auf die Zubereitung und von Jeanne erwartete sie schon gar keine Unterstützung in dieser Hinsicht. Sie verspürte einen kleinen Anflug von Überforderung und beklagte sich selbst, weil sie großmäulig Robert und Caro, die beide alleine lebten, eingeladen hatte, mit ihnen Weihnachten zu verbringen, und dass sie für das Menü sorgen würde. Eric und Géraldine feierten mit ihren Kindern, die selbst schon Familien hatten. Vielleicht würde sie doch Robert bitten, ihr ein wenig unter die Arme zu greifen.

Wo nur Jeanne und Robert steckten? Und warum hatte ihr Jeanne nicht verraten, was sie vorhatten. Alle schienen plötzlich Geheimnisse vor ihr zu haben. Sie konnte weder Geheimnisse leiden, die sie immer blöd aussehen ließen, noch Überraschungen, die sie immer unvorbereitet trafen. Ob Paul sie anrufen oder ob er schreiben würde? Wie lange benötigt ein Brief nach Kanada? Er hatte ihr keine Telefonnummer angegeben. Hoffentlich hatte das Warten bald ein Ende. Es begann jetzt schon, sie zu zermürben. Sie war es gewohnt, Dinge selbst in die Hand zu nehmen, zu delegieren oder sofort selbst organisatorisch umzusetzen, wenn sie ungeduldig wurde. Nicht eingreifen zu können machte sie nervös.

Endlich kam Roberts Defender den Weg zum Haus entlang. Sie beobachtete die beiden, wie sie fröhlich aus dem Geländewagen hüpften, und sie traute ihren Augen nicht, als sie sah, wie die beiden vor dem Wagen wieder zusammen kamen und Robert seinen Arm um Jeannes Taille legte, während Jeanne munter weiterplapperte, als wäre diese Geste das Natürlichste der Welt. Elèn hatte längst bemerkt, dass die beiden eine besondere Zuneigung füreinander entwickelten, glaubte aber, dass sich das eher auf rein freundschaftlicher Basis abspielen würde. Vielleicht war diese Geste auch gar nichts anderes. Warum sollte er nicht freundschaftlich den Arm um Jeanne legen? Es war ja nur so, dass der Anblick sie daran erinnerte, wie zärtlich Paul das bei ihr so oft machte, wenn sie spazierten oder kochten oder ein Lokal betraten. Sie vermisste die zärtlichen Worte, seine sanften Berührungen, die ihr ihre eigenen Konturen beschrieben und sie vermisste das Wohlgefühl, das sie für sich selbst empfand, wenn er bei ihr war. „So betrachtet ist Sehnsucht etwas sehr Egoistisches", befand sie.

„Es ist das Egoistischste überhaupt!", dachte sie laut und fragte sich, ob sie selbst Paul so viel zu geben hatte wie er ihr.

„Was ist das Egoistischste überhaupt?", rief Jeanne beim Hereinkommen. „Mit wem redest du?", und schaute um sich, erwartend, noch jemand weiteren vorzufinden.

„Hallo Jeanne, hallo Robert. Ihr seid wieder da, wie schön! Ich führe Selbstgespräche, wenn ich allein bin, wusstet ihr das nicht?", lachte sie. „Und, wo kommt ihr her, erzählt! Ich mach uns Kaffee."

Und so erfuhr Elèn den Grund des Ausfluges von Robert und Jeanne. Jeanne hatte, weil sich die Suche nach einem geeigneten Haus oder Anwesen so schwierig gestaltete, einen Makler hinzugezogen und an diesem Nachmittag stand die Besichtigung eines Projektes auf der Agenda. Jeanne hatte auf die Begleitung Roberts bestanden, weil sie selbst nicht die geringste Ahnung von Bausubstanzen und baulichen Gestaltungsmöglichkeiten hatte und auf Roberts Expertise als Architekt zählte. Elèn erfuhr einen Moment der Peinlichkeit, denn sie hatte nie nach dem Beruf von Robert gefragt und wusste nicht, dass er Architekt war. Sie war nicht der Typ, der Fragen stellte. Nicht, weil sie sich nicht für andere Menschen interessierte, oder weil sie nicht neugierig gewesen wäre. Sie ging einfach davon aus, dass Leute von sich aus erzählten.

Jedenfalls war die Besichtigung, darüber waren sich Jeanne und Robert einig, ein voller Erfolg. Nun käme es nur noch darauf an, ob Elèn mit der Idee Jeannes einverstanden sein würde.

Beide, Jeanne und Robert, beschrieben ihr abwechselnd und übereifrig das Anwesen, das Gebäude, die Mauer, die das zwei Hektar große, dazugehörige Grundstück umlief, die Bäume, die darauf wuchsen, die Auffahrt, währenddessen Elèn abwechselnd von Jeanne zu Robert und zurück blickte. Schließlich erhob sie die Hand und ihre Stimme:

„Haltet ein! Haltet ein! Sagt, habt ihr das Aufgebot schon bestellt?"

Verdutzt schauten sich die beiden an und brachen in schallendes Gelächter aus, da sie nun schlagartig bemerkten, dass sie im Begriff waren, Elèn mit den vielen Infos völlig zu überfrachten und außerdem auf eine total falsche Fährte zu führen. Elèn war fast beleidigt, weil sie immer noch nicht wusste, worum es ging und sich einem Gelächter gegenübersah, mit dem sie nichts anzufangen wusste, bis Jeanne endlich sprach und erklärte, dass, ja, Robert sie geküsst habe und dass, ja, sie ihn auch und ja, sie sich verliebt hätten und es wunderbar fänden, doch, dass ihrer beider Liebesgeschichte absolut nichts mit der Besichtigung und ihrer Idee zu tun habe.

„Hör mir zu Elèn, bei dem Anwesen handelt es sich im eigentlichen Sinne um ein Château. Der Besitzer hat schon einiges investiert, sodass keine Grundsanierung erforderlich ist. Das Gebäude ist bereits mit dem modernsten Heiz- und Wassersystem ausgestattet und es bietet Platz für drei großzügige Wohnungen. Es hat einen Keller, der sich wahrscheinlich als Weinkeller und zur Lagerung von Eingemachtem und manchen Gemüsesorten eignet und es hat einen geräumigen Dachboden. Allerdings scheint das Dach reparaturbedürftig zu sein. Es gibt außerdem ältere Stallungen, die als Garagen genutzt werden können oder willst du ein Pferd, haha, Scherz beiseite, also, meine Idee ist, dass du dieses Haus hier aufgibst, vermietest oder verkaufst und mit mir zusammen das Château bewohnst, nachdem die auszuführenden Arbeiten abgeschlossen sind. Meine Idee ist außerdem, dass Paul die dritte Wohnung bezieht. So hätte jeder von uns sein eigenes Refugium und doch lebten wir zusammen. Alles in allem könnten wir das zu dritt gut stemmen, vorausgesetzt, wir können auch Paul für dieses Projekt gewinnen."

„Und was ist mit Robert?", fragte Elèn besorgt und zudem überwältigt von diesen wirklich umwerfenden Nachrichten. Robert legte in beschwichtigender Geste seinen Arm um ihre Schultern, lächelte sein vertrauensvollstes Lächeln und ließ Elèn wissen, dass er sehr glücklich in seinem Haus sei und nicht vorhabe es zu verlassen.

„Gut", sagte sie erleichtert und küsste ihn auf die Wange.

„Gut", sagte sie, Jeanne ernst anblickend. „Das ist eine ausgezeichnete Idee! Ich hatte eh nicht vor, noch weitere Winter in dicken Wollsocken und Wollweste zu verbringen und darunter meine sagenhaften Rundungen zu verstecken!" Dann beugte sie sich über den Tisch und drückte Jeanne einen Kuss auf den Mund. „Also abgemacht! Neuerdings besiegle ich übrigens meine Statements mit Kuss, ganz besonders, wenn mir ein wenig die Worte fehlen", lachte sie, an ihren wortkargen Brief denkend, den sie Paul geschickt hatte.

Dann war es einen Moment lang still. Alle in ihren eigenen Gedanken verfangen, denn für jeden war es ein ereignisreicher Tag. Der erste Kuss für Jeanne und Robert, der in Anbetracht der großen Entscheidung, die es für Jeanne und Elèn zu treffen galt, fast in Vergessenheit geriet. Doch Robert war, was seine Gefühle für Jeanne anging und die ihren für ihn, von einer unumstößlichen Sicherheit und Ruhe beseelt, sodass er sich überhaupt nichts daraus machte, dass Jeanne, verständlicherweise, im Moment kaum Augen für ihn hatte.

„Gut", sagte Elèn noch einmal und unterbrach die Stille. „Morgen ist Weihnachten. Lasst uns nach den Feiertagen besprechen, wie es weitergeht. Ach, äh, Robert, du legst doch Wert auf ein vorzügliches Weihnachtsmenü, nicht wahr?", schleimte sie sich ein, „also, wenn du wirklich Wert darauf legst, dann brauche ich deine Hilfe, sonst gibt's nur pürierte Karottensuppe, du verstehst?"

„Schon wieder? Sag mal, wie bist du überhaupt klargekommen in deinem früheren Leben ohne mich?", scherzte Robert und machte eine scheinbar verzweifelte Miene. „Hast du Weihnachten geschwänzt oder hast du dich bei deinen Kabelträgern oder alleinstehenden Cutterinnen durchgeschnorrt, die sich nicht trauten, dich abzuwehren?"

„Du Scheusal", schrie sie lachend auf und boxte ihn in den Oberarm.

Jeanne amüsierte sich über die Neckereien ihrer Freundin und ihres Freundes, der nun ihr Liebster war. Genüsslich zurückgelehnt, wippte sie mit dem Stuhl, einen Fuß auf die Tischkante gestellt. In ihr Leben war so viel Leichtigkeit eingekehrt. So viele Jahre hatte es gebraucht, bis auch sie das flatternde, luftige Lebensgefühl eines Schmetterlings erfuhr.

Kapitel neun

Schluss mit Hühnchen

Paul war überglücklich, als er Elèns Antwort in den Händen hielt, wenngleich ihn der spärliche Inhalt ein wenig enttäuschte. Er hätte gerne mehr von ihr gelesen, doch so kannte er sie. Selten verlor sie sich in vielen Worten, und wenn sie redete, vermochte sie mit wenig Sätzen mehr zu sagen, als die meisten Frauen, die er kannte.

„Komm. Komm schnell. Ich will Dich und Deine Liebe. Elèn."

Damit war alles gesagt und damit traf sie wieder einmal den Nerv, der Faszination und sofortige Begierde bei ihm auslöste. Er hatte Lust, sie anzurufen, doch wegen der Zeitverschiebung und weil er nicht wusste, wie der Flugplan sein würde, verwarf er den Gedanken und suchte stattdessen umgehend ein Reisebüro auf, um einen Flug nach Toulouse zu buchen. Da es keine Direktflüge gab, musste er Zwischenstopps in London und Zürich in Kauf nehmen, aber er würde wie erhofft am Silvesternachmittag ankommen und dann mit Elèn zusammen das neue Jahr begrüßen können.

Weihnachten würde er mit Pete, dessen Frau Katie, deren Nichte Jassie und Jassies Mutter verbringen. Er durfte auf keinen Fall Jassies Auftritt verpassen. Sie war aktives Mitglied in der Theatergruppe ihrer Highschool und spielte eine der Hauptrollen in einem Stück, das ihr Jahrgang für Freunde und Familie zwischen den Jahren aufführen wollte. Jassie lag viel an seinem Beisein, denn während der Monate, die er in Kanada verbrachte, hatte sich ihre Freundschaft vertieft. Jassie wuchs ohne Vater auf und fand in ihm ihren väterlichen Wunschfreund. Paul war über sich selbst verwundert, denn bislang ergab es sich für ihn kaum, oder gar nicht, in Kontakt mit sehr viel jüngeren Menschen zu kommen. Mit Jassie verband ihn eine unkomplizierte, herzliche Freundschaft seit dem Tag, als sie ihm bei ihrer ersten Begegnung mit erfrischender Offenheit einen Kuss auf die Wange drückte.

Währenddessen wurden in Lalbenque fieberhaft Weihnachtsvorbereitungen getroffen. Elèn verfiel in einen sonderlichen Aktionismus und begann das ganze Haus zu schmücken. Sie drapierte Stränge gebundener Stechpalmenzweige außen am Haus über dem Eingang und auf den nach vorne hin sichtbaren Fensterbänken und machte im Inneren des Hauses nicht halt. So erhielt ebenso der Kamin eine weihnachtliche Stechpalmenumrandung und den damastbetuchten Tisch zierte ein großer Strauß mit roten Amaryllisblüten. Sie polierte das Silberbesteck ihrer Mutter und deckte mit dem guten alten, goldgeränderten Porzellan und den kunstvoll geschliffenen Kristallgläsern ein, die sonst ein Schattendasein in den hintersten Schrankreihen fristeten. Nebenbei führte sie die Einkaufsliste für das Weihnachtsmenü, die ihr von Robert diktiert wurde. Er hatte Elèn außerdem zum Einkaufen verdonnert, weil es sich nach und nach herauskristallisierte, dass er allein für die Kocherei zuständig sein würde. Elèn und Jeanne würde er, nach allem, was er so hinter ihren Kochkünsten vermutete, allenfalls zum Kartoffelschälen einsetzen können, lästerte er.

Dieses Weihnachtsfest war für sie alle ein ganz besonderes. Elèn in Erwartung Pauls, Jeanne und Robert auf unspektakuläre Weise ineinander verliebt. Sie waren heiter und glücklich und kamen ganz ohne die verliebten Attitüden aus, die Außenstehende oft in peinliche Bedrängnis brachte wegzuschauen. Im Gegenteil, es war ein Vergnügen die natürliche, leichte Vertrautheit und Wärme, in der sie miteinander umgingen, mitanzusehen, dachte Elèn immer wieder. Die beiden waren nicht getrieben von einer elektrisierenden Erotik, wie das der Fall bei ihr und Paul war. Wenn sich diese beiden zufällig berührten, schlug es keine Funken; es war ein jedes Mal, als ob sich eine unsichtbare Schleife um die Stelle legte, an der sie sich berührten und sie enger verband. Bei ihr und Paul waren scheinbar zufällige Berührungen immer der Anfang eines lodernden Feuers, in dem sie ineinander verschmolzen und darin vergingen. Vielleicht war Jeannes und Roberts Liebe eher von Dauer als die ihre für

Paul, doch das konnte man nie wissen. Die Menschen sind unterschiedlicher Natur.

Sie dachte an ihre innige Freundschaft mit Jeanne, die so vollkommen frei von Neid und so voller unbedingter Zuneigung war, und daran, dass das Geheimnis dieser Freundschaft gewiss darin lag, dass sie zwar Gedanken austauschten und über ihre Gefühle sprachen, aber niemals indiskret waren. Niemals sprachen sie über Intimitäten, sexuelle Vorlieben oder dergleichen und vermieden so, sich Vorstellungen voneinander zu machen, deren Bilder sie nicht mehr loslassen würden. Vorstellungen, die zwischen ihnen stehen und nicht mehr verschwinden würden. Ihrer beider Reife stand über diesen Dingen.

Dieser Art waren die Gedanken, die mit Elèn spazieren gingen, während sie beschäftigt durch das Haus von hier nach da wirbelte und wartete, wartete auf eine Nachricht von Paul, obwohl das unmöglich war, denn der Brief war immer noch auf dem Weg zu ihm.

Allen dreien war anzumerken, dass sie danach strebten, ein ganz besonders schönes Fest auszurichten. Als Caroline am späten Nachmittag des Heiligen Abends als einziger noch fehlender Gast an der Tür klopfte, eine Flasche Champagner emporhebend, wurde sie empfangen von drei freudig leuchtenden Augenpaaren und einer dampfenden Duftwolke, die den Weg aus der Küche hinaus in die kalte Winternacht suchte – denn im Bratrohr garte ein mit Kastanien gefüllter Truthahn, dem später am Abend, nachdem der Champagner geöffnet, die Austern kredenzt und Baguette mit gestopfter und getrüffelter Gänseleber den Gaumen geschmeichelt hatte, allseitige Bewunderung zuteilwurde.

Die Wachskerzen am Weihnachtsbaum flackerten tanzende Schatten an die Decke, das Kaminfeuer knackte und knisterte eine Wintermelodie, der Rotwein war perfekt temperiert, die Käseauswahl ließ nichts zu wünschen übrig und Platz für die traditionelle „Bûche de Noël", eine Art Baumkuchen aus Biskuit, fand sich auch noch, ohne die Feierlaune im Geringsten zu beschweren. Kurzum, das opulente Mahl und das ausgelassen gefeierte Fest übertrafen alle Erwartungen und wirkten noch den ganzen ersten Weihnachtsfeiertag in unterschiedlicher Weise bei allen nach.

Drei Tage vor Silvester erhielt Jeanne einen Anruf von ihrem Makler. Der Besitzer des Châteaus bestehe aus steuerlichen Gründen auf rasche Abwicklung und Vertragsabschluss noch in diesem Jahr, falls sie sich für den Kauf entscheiden sollte, was er ihr rate, da er noch weitere, heiß interessierte Bewerber an der Hand habe. Ihr war bewusst, dass das keine Verkaufsstrategie war, denn es erschien offensichtlich, dass es sich um ein gefragtes Objekt handelte, sie dem Besitzer sympathisch war und er es lieber an sie als an Mitbewerber verkaufen würde. Also nahm sie ihr ganzes Gottvertrauen zusammen, hoffte darauf, dass Paul sich beteiligen würde, Elèn ihr Landhaus gut würde verkaufen können und vereinbarte einen Termin zur Vertragsunterzeichnung.

Am selben Tag kam Monsieur Dubois, der Postbote, die Auffahrt mit schnellem und tapferem Tritt hochgeradelt, klopfte außer Atem mit rotem Kopf und einer kleinen Alkoholfahne an der Tür und händigte Elèn ein Telegramm von Paul aus. Das Telegramm enthielt seine Ankunftsdaten am Flughafen Toulouse, die Flugnummer der Swiss Air und endete mit: „In Liebe, Paul."

Für Elèn stand sofort fest, dass sie selbst ihn am Flughafen abholen würde, bat aber Jeanne, sie zu begleiten, um die Überraschung perfekt zu machen. Am Silvestermorgen fuhren sie nach dem Frühstück los. Um 14:30 Uhr würde Paul landen. Jeanne fuhr den Wagen, während Elèn versuchte ihre Nervosität zu verbergen. Sie kam sich kindisch vor. War voller Vorfreude, aber ihr war auch ein wenig bang vor dem Moment, wenn Paul realisieren würde, wen sie da an ihrer Seite mitgebracht hatte. Widerstreitende Gefühle legten mit größter Zuverlässigkeit immer wieder ihren Verstand lahm und so verging die eineinhalbstündige Fahrt fast ohne Gespräche. Jeanne war die Ruhe selbst, zumindest wirkte sie so. Nach ihrer Ankunft fanden sie noch Zeit einen Kaffee zu trinken, das heißt, Elèn bestellte einen Kräutertee.

Endlich am Gate stehend, mit vielen anderen Menschen, die auf ihre Angehörigen, ihre Liebsten, ihre Geschäftspartner warteten, erreichte die Anspannung ihren Höhepunkt. Als sich die Schleusen öffneten und die Ankommenden mit ihren Rollkoffern nach und nach herausgespült wurden, begannen sich neben und vor ihnen Wiedersehens-Szenen abzuspielen, die sie versuchten auszublenden. Ihre beiden Augenpaare bewegten sich zunehmend schneller, scannten alle männlichen Personen in Bruchteilen von Sekunden ab, konnten Paul aber nicht ausfindig machen.

„Doch ... da ...", Elèn meinte ihn von Weitem zu erkennen, er war gekleidet, wie Paul sich zu kleiden pflegte, trug denselben Haarschnitt, einen Dreitagebart, hatte einen sportlich, federnden Gang, sah direkt zu ihr hinüber, sie winkte schon, nahm im selben Augenblick wahr, dass sein Blick an Jeanne hängenblieb. Er kam näher, immer näher, aber ... er war es nicht. Es war nicht Paul. Paul kam nicht. Paul kam nicht durch die Tür. Jeanne und Elèn blickten sich sprachlos an, bewegten sich nicht vom Fleck, starrten weiter auf die immer noch geöffnete Schleuse, aus der in langen Abständen noch einzelne Personen herauströpfelten, doch Paul war nicht unter ihnen.

Sie waren fassungslos. Elèn verglich noch einmal die Flugdaten, die Flugnummer. Alles war richtig, sie hatten sich nicht vertan, aber Paul kam nicht. Als die Schleusentüren sich wieder schlossen, war Elèn blass und verstört und musste sich bei Jeanne einhaken, um ihre Fassung zu wahren. Sie spürte ihr Herz bis unter den Hals klopfen. Er hatte sie doch nicht etwa versetzt? Es war doch nicht möglich, dass er seinen Flug verpasst hatte, oder?

Sogar Jeanne war nun beunruhigt. Auch ihr war aufgefallen, dass der Typ in dem gut geschnittenen Anzug mit Weste sie etwas länger fixiert hatte und sie hatte kein gutes Gefühl dabei.

Auf dem Kofferband drehten zwei große einsame Koffer Runde um Runde.

Jeanne sammelte sich, dachte scharf nach und begab sich auf die Suche nach einem Informationsschalter. Sie schilderte ihr

Anliegen und bat darum, dass bitte kontrolliert werden möge, ob Monsieur Paul Bernard auf der Passagierliste des Fluges ankommend 14 Uhr 30 aus Zürich gelistet war.

Er war. Laut der Liste hatte er eingecheckt und war an Bord der Maschine gegangen.

Nun wusste sie mit Sicherheit, dass etwas während Pauls Reise gewaltig schiefgelaufen war und sie ging davon aus, dass der Typ, den Elèn von Weitem erst für Paul gehalten hatte, daran beteiligt war. Um Elèn nicht noch mehr zu beunruhigen, blieb sie still, äußerte sich erst einmal nicht zu ihrem Verdacht und spulte in Gedanken verschiedene Ursachen für Pauls Verschwinden ab. Sie wusste von ähnlichen Vorfällen. Immer wieder wurden Agenten aufgedeckt und von der Gegenseite verschleppt. Ungewöhnlich war lediglich, dass Paul Opfer eines solchen Unternehmens geworden sein könnte, denn er war lange schon ausgeschieden aus dem Metier und hatte mit Sicherheit keinen informativen Wert mehr für Nachrichtendienste anderer Staaten. Es bestand die Möglichkeit, dass er Opfer einer Verwechslung geworden war oder als Geisel benutzt werden sollte. Sie würde erst einmal prüfen müssen, ob er tatsächlich bis zum Abflug bei Pete in Kanada war und sie würde ihre alten Verbindungen über die Organisation aktivieren. So schnell wie möglich musste Pauls Spur aufgenommen werden. Sie war überzeugt, dass Paul am Leben war, denn keine Organisation würde so viel Aufhebens darum machen, es so aussehen zu lassen, als hätte er tatsächlich seinen Flug angetreten und einen ihm ähnlich sehenden Agenten als Platzhalter fungieren lassen, wenn ihm etwas an Leib und Seele geschehen wäre.

Dass Paul selbst das Ganze geplant und durchgeführt hatte, wäre auch noch eine Option gewesen, aber das hielt Jeanne für völlig absurd. Warum hätte er das tun sollen? Obwohl, auch das musste in Betracht gezogen werden. Manchmal gab es Gründe das eigene Verschwinden vorzutäuschen, eine andere Identität anzunehmen, selbst wenn das persönliche Glück dafür geopfert werden musste.

Elèn schlug vor, Anzeige bei der Flughafenpolizei zu erstatten, doch Jeanne riet davon ab, indem sie durchblicken ließ, dass die Polizei in dieser Angelegenheit ganz sicher nicht weiterhelfen könne und möglicherweise sogar den Erfolg der Suche behindern würde. Sie solle ihr die Sache überlassen. Elèn begriff sofort und gab ihr Einverständnis mit einem kurzen Neigen des Kopfes und einem Lidschlag.

Man sah ihnen nicht an, dass sie unter höchstem emotionalen Stress standen. Beide waren es gewohnt, unter großem Stress zu funktionieren. Elèn brach nicht in Tränen aus, sie erlitt keinen Schwächeanfall und wurde nicht hysterisch und Jeanne sowieso nicht. Jeanne hatte sich Empfindlichkeiten dieser Art früh im Leben abtrainiert. Jetzt galt es mit glasklarem Verstand die Situation zu analysieren und jeden weiteren Schritt strategisch anzugehen. Ein paar Mal gingen sie, scheinbar in Langeweile schlendernd, die Terminals auf und ab, als würden sie sich die Zeit bis zum Abflug vertreiben, aber sie hielten Ausschau nach dem Mann, der ihnen beiden aufgefallen war und dem sie aufgefallen waren. Vergebens.

Schließlich schlug Jeanne vor, die Heimfahrt anzutreten. Von zuhause aus konnte sie Kontakt mit der Organisation aufnehmen. Sie war noch im Besitz ihrer Agentenausrüstung, mit der sie direkten Draht zur Zentrale aufnehmen konnte. Bevor sie in den Wagen stiegen, umarmte Jeanne ihre niedergeschlagene Freundin.

„Es tut mir so leid. Elèn, doch vertrau mir, alles wird gut."

„Ich versuch's, Jeanne. Ich versuch's. Ich habe nie gefragt, was genau euer Job war und ich will es auch jetzt nicht wissen. Ich stehe unter Schock und weiß nicht, wie man mit solchen Situationen umgeht. Alles, was ich tun kann, ist zu beten, dass ihr beide da heil rauskommt. Ich werde nicht heulen. Nicht, solange wir nicht wissen, was genau passiert ist. Und wenn wir es wissen, vielleicht auch nicht. Ich habe das Gefühl, dass mein Herz irgendwo an einer Ecke beginnt zu versteinern. Also beeil dich, bevor es aufhört zu schlagen. Danke, meine liebe Freundin. Und jetzt lass uns fahren."

Als sie schon beinahe eine halbe Stunde auf der Autobahn unterwegs waren, begann es zu regnen. Ein kalter, sulziger Winterregen fiel auf die Windschutzscheibe. Die Scheibenwischer hatten Mühe, die Sicht freizuhalten, und quietschten. Die ersten Tafeln kündigten Montauban an. Elèn legte eine Hand auf Jeannes Schulter und wendete sich ihr zu:

„Jeanne, ich habe mir überlegt, dass es nicht gut wäre, wenn unsere Freunde in Lalbenque von der Sache erführen. Uns lag immer daran, deine und Pauls Aktivitäten, was die sogenannte Organisation anbelangt, bedeckt zu halten und ich halte das nach wie vor für richtig. Wir sollten unsere Freunde nicht in die Sache mit hineinziehen. Deshalb bitte ich dich, bei Montauban die Autobahn zu verlassen und mich dort abzusetzen. Ich werde eine gewisse Zeit, vielleicht eine Woche, in Montauban bleiben. Mir ist ohnehin nicht nach Neujahrsfeierlichkeiten. Erzähl unseren Freunden in Lalbenque einfach, dass Paul und ich ein immens großes Verlangen danach hatten, Zeit in Zweisamkeit zu verbringen und da Paul Verpflichtungen habe, die seine Anwesenheit in Toronto verlangten, würde er deshalb direkt nach einer Woche wieder von Toulouse aus zurückfliegen. So bleiben wir unbehelligt, was Fragen anbelangt, und ich brauche nicht unnötig Kraft dafür aufzubringen, meine verängstigte Verfassung zu verbergen. Setze mich bitte an einem Hotel ab und schicke mir, so schnell es geht, kleines Reisegepäck zu, damit ich das Notwendigste, Wäsche und Kleidung zum Wechseln, habe."

Jeanne konzentrierte sich auf die Fahrbahn, hörte aber aufmerksam zu und war schlicht beeindruckt. Ihre Freundin war immer für eine Überraschung gut und mit einem Mal verstand sie die Faszination, die sie auf Paul ausübte. Einerseits war sie eine Frau, eine reife Frau, jedoch mit der sinnlichen Ausstrahlung eines Filmstars der Nouvelle Vague, wenn sie so ganz lässig, ein wenig lasziv, während irgendwelcher Diskussionen mit ihren Freunden scherzend am Tisch saß, barfuß, ein Bein auf dem Stuhl abgestellt, ihr Knie umarmend; andererseits verblüffte sie mit einem Denken, dessen Kalkül dem einer altgedienten Agentin mehr als würdig war. „Respekt", dachte sie.

„Elèn, du bist grandios, du denkst an alles", sagte sie. „Natürlich ist es nicht schön, Silvester alleine in einem Hotel in einer fremden Stadt zu verbringen, aber wie du sagst, es gibt eh nichts zu feiern. Die Tage gehen vorbei, irgendwie. Dein Vorschlag ist weitsichtig. So machen wir es. Schlafe dich aus. Du siehst erschöpft aus. Und in einer Woche hole ich dich wieder ab."

Die Residenz Castel Bois Margot aus dem 18. Jahrhundert lag einige Kilometer außerhalb des Zentrums von Montauban, am Rande eines Parks, war gehobener Klasse und versprach der exakt richtige Ort zu sein, für eine Woche von der Bildfläche zu verschwinden. Der Besitzerin entging natürlich nicht, dass Elèn ohne Gepäck eincheckte, doch sie war die Diskretion in Person und fragte nicht nach, wenngleich sie es seltsam fand, dass jemand ohne Gepäck für eine ganze Woche ein Zimmer buchte. Dieses Mal war Elèn unfreiwillig auf sich selbst zurückgeworfen und dieses Mal gab es keine Ablenkungen, wie es sie in Tanger gab. Nicht einmal ein Buch hatte sie dabei, ging ihr durch den Kopf und sah sich selbst dabei zu, wie sie die Schublade des Nachtkästchens aufzog, um zu sehen, ob sich vielleicht eine Bibel darin befände. Die Schublade war leer. „Gott sei Dank", seufzte sie und freute sich darüber, dass eine gewisse Ironie gepaart mit Humor ihr nicht abhandengekommen war.

Derweilen kam Jeanne in Lalbenque an. Sie fuhr direkt bei Robert vorbei, wo sie von Flêche freudig bellend und von Robert mit einer kräftigen Umarmung begrüßt wurde. Sie wollte ihn nur kurz wissen lassen, dass sie wieder zurück sei, sie aber Elèn in Toulouse gelassen habe, da sie die Zweisamkeit mit Paul suche. Das war nicht ganz gelogen, fand sie und verabschiedete sich gleich wieder unter dem Vorwand, dass sie sich umziehen wolle, um später, so gegen 22 Uhr, wieder zu ihm zu kommen, und sie freue sich auf das kleine, aber feine Silvester-Menü, das er sicher bis dahin für sie beide vorbereitet haben würde, küsste ihn zärtlich auf den Mund und schwang sich wieder in den Wagen.

Robert wunderte sich nur ein ganz kleines bisschen über ihr kurzes Auftauchen und Gleich-Wieder-Verschwinden, aber genau das war es, was er so an ihr mochte. Ihre Geradlinigkeit, ihre

Tatkräftigkeit, ihr Elan, ganz abgesehen davon, dass er in ihren Anblick von Beginn an schockverliebt war. In seinen Augen war sie Inbegriff der reifen Schönheit. Ihr wehendes Haar im Wind und der Glanz darin standen sinnbildlich für ihre geistige und physische Beweglichkeit. Er sah ihr nach, winkte und fühlte wie Stolz und Liebe seine Brust erfüllte.

In La Borie Rouge, im Haus von Elèn, verlor Jeanne keine Zeit, ihre Ausrüstung ans Stromnetz zu schließen und die Zentrale zu kontaktieren. Eine Stunde später schon erhielt sie Antwort:

„Stellen Sie sofort Ihre Nachforschungen ein. Monsieur Christian Boppard ist in unserem Auftrag unterwegs. Jegliche Intervention könnte Projekt gefährden. Es besteht keine Lebensgefahr für ihn. Zeitspanne nicht abzusehen. Ende."

Das erklärte vieles, aber nicht alles. Die Vorgehensweise war höchst merkwürdig und Jeanne war nach wie vor beunruhigt. Immerhin wusste sie jetzt, dass er im Dienste einer höheren Mission im Einsatz war.

Nun musste sie aber endlich die Garderobe wechseln, sie würde sich sonst verspäten. Uninspiriert, doch stilsicher griff sie nach einer schwarzen, schmal geschnittenen Hose und schlüpfte ausnahmsweise, in rasend gut aussehende, dunkelrote High Heels von Louboutin. Robert sollte voll und ganz von ihr eingenommen sein und ihre Erscheinung sollte ihn davon abhalten, Fragen zu stellen. Sie wollte nicht gezwungen sein, ihn mehr zu belügen als nötig. Dann zog sie ein eng anliegendes, schwarzes Pailletten-Oberteil über den Kopf, das wie ein Schlauch nur ihre Brüste und den Bauch bedeckte, doch die Schultern freiließ. Darüber trug sie ein lässiges schwarzes Jackett, das sie bei Elèn im Schrank fand, und versuchte sich in Stimmung für eine Silvester-Party zu zweit zu bringen. Sie dachte an Elèn, die Silvester nun allein verbringen würde, und wählte die Nummer des Hotels. Als sie Elèns Stimme hörte und vernahm, dass sie gefasst klang, war sie erleichtert.

„Elèn", sagte sie, „es tut mir so leid, dass wir unser erstes Silvester nicht zusammen feiern können. Aber ich glaube, ich habe eine gute Nachricht für dich. Paul ist nicht in Gefahr. Er wurde für einen Einsatz abgegriffen. Warum auf diese Art und Weise, weiß ich nicht und ich weiß auch nicht, wie lange es dauern wird. Aber er ist nicht in Gefahr."

Elèn fiel ein Stein vom Herzen. Es muss ein schwarzer Stein gewesen sein, dachte sie.

„Danke Jeanne, danke. Hab tausend Dank! Wegen Silvester, das holen wir nach. Ich glaube, dass die Besitzerin der Residenz heute auch alleine ist, vielleicht ist sie so nett, ein Fläschchen Schampus für ihren merkwürdigen Gast zu öffnen. Ich tische ihr einfach eine Geschichte von der betrogenen Ehefrau auf, die in der Silvesternacht mit Hilfe ihrer Freundin ihren Mann verlassen hat", lachte sie froh und Jeanne stimmte lachend mit ein. „Gute Idee! Du meine Agentin wider Willen! Bis bald also. Fühl dich umarmt."

Es war die Organisation selbst, für die Paul einst gearbeitet hatte, die ihn auf diese Weise rekrutiert hatte, da er es kategorisch abgelehnt hatte, einen weiteren Auftrag anzunehmen. Doch in diesem Fall war es unabdingbar, dass er diesen letzten Einsatz noch absolvierte. Im Rahmen eines diffizilen, diplomatischen Unterfangens verlangte einer der Vertragspartner nach Paul als Unterhändler. Entweder Paul oder das Projekt würde mit fatalen Folgen platzen.

Seine Wut war grenzenlos und hielt nun schon seit Stunden an, seitdem er im Flughafen London Heathrow abgefangen wurde, denn das Wiedersehen mit Elèn war nun in weite Ferne gerückt und er wusste nicht, ob sie auf ihn warten würde, zumal er sie nicht kontaktieren konnte und sie nicht wissen würde, warum er nicht, wie versprochen, angekommen war. Sie würde wohl denken, dass er sich aus dem Staub gemacht hatte. Dass seine eigene Courage ihn verlassen hatte. Verdammter Mist! Gerade jetzt, wo ihm nichts klarer war, als dass sie die Frau war, mit der er jeden seiner restlichen Tage erleben wollte.

Elèn war längst wieder in Lalbenque, es war Ende Januar, als mit Kurierdienst zwei Koffer angeliefert wurden. Nachdem die Koffer vom Sicherheitsdienst des Flughafens durchleuchtet und der Inhalt geprüft waren, hatte man den Versand nach Lalbenque veranlasst. Paul hatte die Koffer mit ihrer Adresse versehen. Indessen, von Paul selbst gab es keine Neuigkeiten. Keine Nachricht. Kein Anruf. Nichts.

Das Leben ging weiter. Ein Tag reihte sich an den anderen. Jeanne war mit den Formalitäten des Hauskaufs beschäftigt. Robert damit, die Pläne für den Umbau am Reißbrett zu entwerfen. In langen abendlichen Zusammentreffen hatten Jeanne und Elèn ihre Wünsche ausformuliert. Es war nun an Robert, die Machbarkeit zu prüfen und eine Kosten- und Zeitkalkulation aufzustellen.

Während der Woche, die Elèn allein in dem Hotel bei Toulouse verbracht hatte, vertrieb sie sich die schier endlose Zeit mit langen Spaziergängen und hing ihren Gedanken nach. Jeanne hatte dafür gesorgt, dass sie zwei Tage später ausreichend Kleidung und Toilettenartikel vor Ort hatte. So mangelte ihr an fast nichts und sie malte sich unter anderem in allen Einzelheiten aus, wie sie sich das Leben im Château mit Jeanne gestalten und wie die Wohnung aussehen würde, die sie dort bewohnen sollte. Da sie nicht wusste, ob Paul mit von der Partie sein würde, verweigerte sie sich allen Gedanken an ihn, so gut es ging. Sie begann sogar, inneren Widerstand zu empfinden, was ihre Gefühle für Paul anging. Seit Monaten hatte sie ihn nicht gesehen und sie hatten keinen Kontakt gepflegt. Zwar begannen Handys so nach und nach ins Straßenbild einzuziehen, aber sie sah bisher keinen Bedarf für sich selbst. Sie fragte sich, ob sie diese Einstellung überdenken sollte, denn die lange Kontaktlosigkeit trug wohl auch dazu bei, dass sie begann ihren Gefühlen für Paul zu misstrauen. Was war echt und was war Wunschvorstellung. Und bildete sie sich die Seelenverbindung vielleicht nur ein? Außerdem, all diese Sehnsüchte, diese aufflackernden Begierden, kaum dass sie wusste, dass sie ihn bald sehen würde, war das nicht eher beängstigend und einengend als belebend? Reduzierte sie das nicht auf ein paar Gefühle, die sie dann dominierten und alles andere nur noch schemenhaft erleben ließen? Überdies machte sie dieser Zustand sensibel und anfällig für Verletzungen. Wenn sie an Erotik auch nur dachte, war sie befremdet. Nicht gelebte Erotik war so etwas Abstraktes, als hätte sie nie etwas mit ihr zu tun gehabt und sie mochte sich noch nicht einmal mehr vorstellen, dass es diesen Zustand gab, in dem sie sich völlig einer Verschmelzung mit einem anderen Menschen hingeben konnte. Es war müßig weiter darüber nachzudenken. Sie brauchte und ersehnte die Realität.

Anstatt seiner standen nun seine Koffer vor ihr. Entschlossen trug sie die Gepäckstücke ins Haus und verstaute sie in einem dunklen Eck ihres Schlafzimmers. Vorerst. Einen kurzen Moment überlegte sie, einen der Koffer zu öffnen, um an seiner Kleidung zu riechen. Doch sie untersagte sich diese sentimentale Geste, weil sie Angst vor emotionalen Reaktionen hatte, die sie sicher überfordern würden. Es war nicht von der Hand zu weisen, dass sich seit Silvester ein Hauch von Traurigkeit auf ihr Gemüt gelegt hatte.

Jeanne als auch Elèn hatten ziemlich klare und sogar übereinstimmende Vorstellungen davon, wie sich der Umbau des Châteaus gestalten sollte. Jede Wohnung sollte aus einem Wohnraum, einem Schlafzimmer, einem Stauraum und einem Bad bestehen. Es sollte aber nur eine große, offene Küche für alle im Château geben und Elèns großer Eichentisch sowie der Kronleuchter mussten darin Platz finden. Dies sollte der Gemeinschaftsraum sein, in dem sich alle zusammenfanden. Dann sollte es noch eine gesonderte Speisekammer und einen Hauswirtschaftsraum geben, in dem die Waschmaschine untergebracht war und ganz wichtig, ein großes Emaille-Handwaschbecken, das für grobe Säuberungsarbeiten dienen sollte, wie zum Beispiel eingeschlämmte Hundepfoten zu waschen und dreckige Stiefel zu schrubben, die man dort dann auch stehen lassen konnte. Bei der Formulierung dieses Wunsches blickten beide auf Flèche und auf die bestiefelten Füße von Robert und lachten lauthals.

Als Fußboden für die Küche stellten sie sich einen Steinboden vor, der vielleicht aus einem alten Abrisshaus stammte und dem man ansehen konnte, dass sich Generationen von Menschen auf ihm bewegt und dort gelebt hatten. In den Wohnungen selbst sollte ein geölter Parkett-Eichenboden verlegt werden. Elèn träumte von einem schwarz-weiß gefliesten Bad mit einer Emaille-Badewanne samt goldenen Löwenfüßen. Jeanne, die immer häufiger eine modische Brille trug, weil sie sich mit dem Lesen in den Abendstunden schwertat, blickte sie von unten über die Brillenränder an und grinste.

„Ah ja, Badewanne mit goldenen Füßen, so so ... Dir ist aber schon bewusst, dass aus dir nicht deshalb eine Baronesse wird, nur weil du in ein Château einziehst. Eine Bettel-Baroness vielleicht, ja ...", kicherte sie belustigt.

Elèn grinste süffisant zurück. „Wirst schon sehen!"

Anfangs waren es noch Tage, die sich seit Pauls Verschwinden aneinanderreihten, dann reihte sich Woche an Woche und schließlich gingen Monate ins Land. Der Frühling hatte lang schon Einzug gehalten. Die Natur zeigte sich heiter. Die Menschen gingen aufrechter.

Der Umbau des Châteaus ging mit großen Schritten voran und Jeanne würde bald umziehen. Ein, zwei Monate lang würde Elèn dann noch allein in La Borie Rouge leben, bis sie ebenfalls mit den Umzugsvorbereitungen beginnen würde. Jeannes Makler hatte auch den Verkauf ihres Landhauses gut über die Bühne gebracht. Die neuen Besitzer würden das Haus Ende September übernehmen, das bis dahin geräumt sein musste.

Wehmut mischte sich unter die Vorfreude auf den Umzug. Elèn hatte die Sommer ihrer Jugend in diesem Haus verlebt und sich für den Herbst ihres Lebens hierher zurückgezogen und sie war glücklich. Das Haus hatte sie immer beschützt und ihr gute Menschen ins Leben gebracht, auch wenn kleine Ausnahmen, sie dachte an die marokkanischen Mädchen, die Regel bestätigten. Unzählige Stunden hatte sie auf der Treppe sitzend verbracht, meditiert, Kaffee getrunken, hin und wieder genussvoll den Rauch einer Gauloises in den Himmel geblasen, schöne Gedanken, sehnsüchtige Gedanken, ängstliche Gedanken gedacht und so viel Freude empfunden, wenn sie jemand den Weg zum Haus herankommen sah, der oder die ihr Herz höherschlagen ließ. Am Eingang zum Château gab es ebenfalls eine Treppe, sie war gespannt, ob sich auch auf dieser ein Plätzchen für stille Gedanken etablieren würde.

Ein würziger Kräutergeruch aus dem nahen Eichenwald wehte um ihre Nase. Sie sog ihn tief ein und ein Bild von Paul schob sich vor ihr inneres Auge. Da war er wieder, der sie umhüllende Mantel, gewebt aus Garnen von Sehnsucht und Melancholie.

Jeanne hatte ihr immer wieder versichert, dass manche Missionen über Monate andauerten und jede Ablenkung, jeder Kontakt mit der Außenwelt riskante, fatale Auswirkungen haben könne. Es sei nur absolut hochprofessionell, dass Paul sich nicht meldete. Sie solle sich keine Sorgen machen. Jeanne spürte, dass Elèn begann, seine Abwesenheit persönlich zu nehmen.

„Glaub mir, wenn Paul nichts mehr an dir läge, dann hätte er dich das wissen lassen. Hab Vertrauen", tröstete Jeanne sie.

Was Elèn nicht wusste, war, dass Jeanne Kontakt mit Paul aufgenommen hatte. Paul war also darüber informiert, dass Elèn und Jeanne sich kannten und wiedergefunden hatten. Natürlich fiel er zuerst aus allen Wolken, denn dass sich die Schicksale dreier Menschen auf so ungewöhnliche Weise kreuzten, grenzte wahrhaftig an ein Wunder. Diese Art von Wunder, die einen an göttliche Fügung glauben lassen. Jeanne hatte ihm ein Foto von sich und Elèn elektronisch übermittelt. Sarkastischer Weise ein Foto von ihrer beider Rückenansicht, als ob sie vom Betrachter weggingen. Sie sahen sich verblüffend ähnlich. Jeanne war nur ein wenig größer und ihre Haare ein paar Nuancen dunkler. Aber sie trugen die gleiche Frisur und hatten den gleichen schlendernden Gang dem Horizont entgegen. Er verstand sofort, dass die beiden Frauen sich liebten. Nicht in erotischer Hinsicht vielleicht, aber sie waren sich sehr ähnlich in ihrer kultivierten Art. Elèn war etwas exaltierter, wenn sie in

Situationen kam, die extrovertiertes Verhalten zuließen, ohne sich selbst zu schaden. In der Filmbranche war das eine Eigenschaft, auf der unter anderem ihr Erfolg gründete.

Jeanne war kühler, sie hatte gelernt, ihre Gefühle unter Kontrolle zu halten, geschuldet ihrer Fluchtgeschichte und der kompromisslosen Ausbildung als „Diplomatin", wie sie selbst vorzog, sich zu bezeichnen. In ihrem Metier war das überlebenswichtig und zahlte sich überdies maßgeblich bei ihren öffentlichen Auftritten und Diskussionsrunden aus, an denen sie als Politikwissenschaftlerin teilnahm und die sie mit bemerkenswerter, fast einschüchternder Souveränität mitbestimmte.

Es war auf dem Foto zu erkennen, dass sie nicht in Konkurrenz zueinanderstanden. Sie waren Schwestern im Geiste und in der Seele, hatten Gefallen aneinander, sprachen die gleiche Sprache und waren sich lang ersehntes Pendant. Er fragte sich, ob da noch Platz für ihn war.

Seine Mission war beendet. Er hatte sie erfolgreich zum Abschluss gebracht. Ein letztes Mal noch hatte er alle seine Kräfte, sein Wissen, sein Können mobilisiert und ein letztes Mal noch sein Nervenkostüm strapaziert und sich an den Rand der Erschöpfung gebracht. Er hatte genug. Ein für alle Mal genug. Man hat ihm zugesichert, dass er nie mehr angefordert werden würde, egal was komme. Als alles vorbei war, reiste er nach Kanada zu Pete. Er brauchte die familiäre freundschaftliche Atmosphäre, um sich zu regenerieren. Er wollte nicht vor Elèn stehen in einem Zustand, in dem er noch nicht wieder ganz er selbst war. Ihm taten die Gespräche mit Pete und die warmherzige Fürsorge Katies, Petes Frau, gut und Jassie würde mit ihren frechen, nie enden wollenden und vorbehaltlosen Fragen ohnehin dafür sorgen, dass er sich schnell von dem kräftezehrenden und unwillkommenen Einsatz erholen würde, denn aus irgendeinem Grund, der wohl ihrer jugendlichen Unschuld geschuldet war, rief sie in ihm eine große Leichtigkeit hervor. Eine gute Voraussetzung für eine rasche Wiederherstellung seiner mentalen Frische.

Jassie bedauerte unausgesprochen, dass seine Beziehung mit ihrer Mutter nie weiter als über freundschaftlichen Umgang hinausging. Sie war eine gutaussehende Frau, aber sie interessierte sich nicht für Männer und Paul fühlte sich auch nicht zu ihr hingezogen.

Anfang Juni, er fühlte sich wieder gänzlich hergestellt und konnte kaum noch an sich halten, Elèn endlich wieder in seinen Armen zu halten, brach er endgültig seine Zelte in Toronto ab. Er hatte lange keine Frau mehr berührt. In Südamerika, wo er annähernd ein halbes Jahr im Einsatz war, war er umzingelt von schönen Frauen, unter ihnen auch welche, die vermochten seinen Intellekt herauszufordern, doch er hatte es satt, in diesen schnelllebigen Wegwerf-Affären und der Wegwerf-Sexualität, für die es kaum mehr als das Vertrauen auf körperliche Funktionstüchtigkeit brauchte, seine Seele zu verlieren. Er war als Mann, zusammen mit seinen ergrauenden Schläfen, auch in dieser Hinsicht gereift. Es war eine Gnade, Elèn begegnet zu sein und mit ihr zu erfahren, dass ihre ursprüngliche, unfassbar starke erotische Anziehungskraft sogleich mit tiefgründigeren Gefühlen einherging. Es war ihre Persönlichkeit, die ihn erregte, und nicht ihr Hintern. Das machte den Unterschied.

Vielleicht hatte es auch damit zu tun, dass sie ihm von Beginn an zu verstehen gegeben hatte, dass sie kein Interesse an einer konventionellen Paar-Verbindung hatte. Einmal sagte sie ihm, dass sie nie mehr mit einem Mann auf unabsehbare Dauer ihr Schlafzimmer, ihr Bad und ihr Recht auf Alleinsein teilen werde. Und er konnte ihr nur zustimmen. Genauso verhielt es sich bei ihm.

Das war mitunter ein Grund, weshalb er Jeanne, als sie ihn fragte, ob er interessiert sei, sich am Château-Projekt zu beteiligen, nach kurzer Bedenkzeit zugesagt hatte. Er sehnte sich nach einem Zufluchtsort, nach einem Zuhause und danach, von Menschen umgeben zu sein, die er verstand und die ihn verstanden. Jeanne war eine kluge Frau. Sie wusste um die Entwurzelung, die Menschen wie ihnen widerfuhr und wie wichtig es für ihre psychische Gesundheit war, sich nach dem Ausscheiden aus dem aktiven Dienst mit dem Niederlassen an einem Ort, mit einer Familie oder Wahlfamilie zu arrangieren. Eine gelungenere Perspektive konnte er sich kaum denken.

Überdies sehnte er sich ganz fürchterlich danach, in Elèns Nähe zu sein. Auf Jeanne war er kaum neugierig. Er war ihr seit damals in Paris nie mehr begegnet, doch ihr informativ prägnanter Austausch, wie es eben gerade so über die Zentrale möglich war, vermittelte ihm ein sicheres Gefühl, dass es zwischen ihnen längst keine Befindlichkeiten mehr gab und ihre Beziehung auf gegenseitigem Respekt und alter Sympathie beruhte.

An einem sonnigen, heißen Tag – er unterschied sich kaum von dem, an dem Paul zum ersten Mal zu Fuß den Weg herauf zu Elèns Landhaus ging, die Ärmel hochgekrempelt, die Jacke lässig über die Schulter geworfen, in der einen Hand ein großer Rollkoffer, in der anderen Hand sein Strohhut und eine Ledertasche mit seiner Fotoausrüstung, schritt er besonnen seiner Zukunft entgegen, blieb kurz stehen, als er sie erblickte, auf der Treppe sitzend, mit Sonnenbrille und seitlich geschlitztem, purpurfarbigem Kaftan, in ein Buch versunken, ein Fuß höher als den anderen auf den Stufen aufgestellt, ein entblößter Oberschenkel, ihre schönen Füße, barfuß ... und war unendlich glücklich über den Anblick. Sein Herz, klopfte wie wild.

Später erzählte Elèn immer wieder gerne und unter allseitigem Gelächter, dass sie an diesem Tag, in diesem Moment nicht gelesen habe, dass das Buch nur Alibi-Funktion gehabt habe. Sie habe einer Kindheitserinnerung nachgehangen, weil ihr bei den Umzugsvorbereitungen ein Foto in die Hände fiel, das von ihr gemacht worden war, als sie noch sehr klein war. Das Foto zeigte ein kleines Mädchen mit weißem Blüschen, kurzem Röckchen und weißen Strümpfen in den Sandalen, das sich in der Hocke einem Huhn zuwendet, mit ihm spricht und mit der Hand in einen Blecheimer greift. Das Bild sei bis heute Beweis, dass sie ein gutes Herz habe, denn von ihrer Oma wisse sie, dass sie sich wohl alles, was irgendwie nahrhaft war, mit ihren gefiederten Freundinnen teilte. Angefangen bei Getreidekörnern bis hin zu Regenwürmern, die sie mit spitzen Fingerchen auseinanderzog, bis zwei Hälften daraus wurden.

„Irgendwas bleibt der Liebe wegen halt immer auf der Strecke", kommentierte sie das Foto schmunzelnd.

Kapitel zehn

Ich bin Jassie

Vor 5 Jahren habe ich erfolgreich ein Studium an der Universität von Toronto, Studiengang Regie und Drehbuch, abgeschlossen. Meine Abschlussarbeit, ein 15-minütiger Kurzfilm, behandelt eine kurze Episode im Leben eines 17-jährigen Mädchens, das ihrer Mutter unterschwellig vorwirft, ihr einen Vater vorzuenthalten, und sich deshalb selbst einen aussucht, um einmal im Leben zu wissen, wie es sich anfühlt, einen zu haben. Am Ende des Films hat sie einen väterlichen Freund fürs Leben gefunden und verstanden, dass ihre Mutter sich zu Frauen hingezogen fühlt. Das klingt zunächst nicht sehr sensationell, doch es war mir gelungen, fantastische Nachwuchsschauspieler für meinen Film zu begeistern, die bereit waren ohne Gagen zu arbeiten und eine interessante und fesselnde Bildsprache entwickelten. Das beurteilende Gremium erteilte die Bestnote und mein Film wurde zu mehreren Kurzfilmfestivals eingeladen und gewann einige Preise. Weil der Film stark autobiografisch geprägt war, fiel es mir leicht, dem Festivalpublikum Rede und Antwort zu stehen und ich hob auf einen unbeschreiblichen Höhenflug ab. Ich sah meinen Namen schon aufleuchten an den Leuchttafeln der großen Cineplex-Kinos oder besser noch, den angesagtesten Arthouse Kinos. Es lebe die jugendliche Naivität!

Es erübrigt sich zu erwähnen, dass die kanadische Filmindustrie nicht auf eine Jassie mit ihren hochtrabenden Träumen gewartet hat. Mir fehlte schlicht die Genialität ein Drehbuch zu verfassen, das Produzenten vom Hocker gerissen hätte und so arbeitete ich als eine unter vielen, bei diversen mehr oder minder erfolgreichen Projekten als Regieassistentin bei einem TV-Sender. Doch war ich nicht unglücklich darüber, denn ich begriff schnell, dass es noch viel zu lernen gab, und traf auf Filmschaffende, die alles ihrem Metier unterordneten, und musste leider feststellen, dass mir eine derartige Leidenschaft nicht gegeben war. Ich liebte Filme und alles, was mit ihnen zu tun hatte, aber mehr noch als sie selbst zu realisieren, liebte ich es im dunklen Kino zu sitzen und mich unterhalten zu lassen. Mit den im Kino erlebten Gefühlen erweiterte und bereicherte ich mein Leben. Ich flocht sie in meine Tagträume ein und konnte manchmal gar nicht mehr unterscheiden, ob es sich um meine eigenen Gefühle handelte oder um welche, die ich durch das Filmeschauen gelernt hatte. Ich war so jung, so unbeschwert, so unbedarft.

Ich bin immer noch jung. Bin 28 Jahre alt geworden. Gestern. Aber von der Unbeschwertheit ist gerade nicht so viel übrig. Meine heile Welt bröckelt. Der Kreis meiner Freundinnen löst sich nach und nach auf. Eine nach der anderen zieht sich in ein anderes, ein verheiratetes Leben zurück. Sie sind beschäftigt mit Familienplanung, Hausbau, Schwiegermüttern und Versicherungspolicen und ich langweile mich furchtbar, weil mich diese Themen einfach nicht interessieren.

Hätten meine Mum, ihre Partnerin, Pete und Katie keine Überraschungsparty für mich ausgerichtet, okay eine kleine Überraschungsparty, einen netten Umtrunk ganz unter uns, um genau zu sein, dann hätte ich wohl ganz allein in meiner Dachwohnung „Bridget Jones – Schokolade zum Frühstück" angeschaut, denn meine zweijährige Beziehung ist auch eben in die Brüche gegangen.

Er warf mir Gefühlskälte, Ziellosigkeit und Humorlosigkeit vor. Ich glaube, er war humorlos und schlimmer noch, er war Team „Beleidigte Leberwurst." Ich hatte mir schon angewöhnt, wie auf Eiern zu gehen, um bloß in kein Fettnäpfchen zu tapsen. Hätte ich ihm gegenüber mit meinem kompletten Gefühls-Portfolio aufgewartet, wäre ich aus den schwappenden Näpfchen gar nicht mehr herausgekommen. Vielleicht habe ich es ja mit der Zurückhaltung meiner Gefühle etwas übertrieben, und vermutlich hatte er mit der vorgeworfenen Gefühllosigkeit gar nicht so unrecht. Aber mangelnde Ziellosigkeit, das kann man mir nun wirklich nicht vorwerfen! Schließlich wusste ich ziemlich genau, dass ich Nein sagen würde, wenn er mir einen Heiratsantrag machen würde, was er tat – und ich Nein sagte.

Jetzt ist er weg und es ist nicht lustig. Er war ein feiner Mensch, der nichts anderes von mir erwartete, als sich auf mich verlassen zu können. Mit mir sein Leben zu teilen und zu planen hoffte. Doch ich fühle mich zu leer, zu unbeschrieben, zu unerfahren, zu unberührt. Ich weiß nicht, was mit mir los ist. Ich habe das Gefühl, dass ich nichts annehmen und deshalb nichts geben kann. Das Resultat ist, dass ich allein bin und mich einsam fühle. Meine Freundschaften sind mir abhandengekommen, meine berufliche Karriere stagniert und ich habe nicht die geringste Idee, was ich aus meinem Leben machen will. Ich habe der Welt nichts zu sagen und die Welt hat mir nichts zu sagen. Das ist das eigentliche Übel. Alles prallt an mir ab und nichts dringt in mein Innerstes. Nichts bewegt mich. Deshalb gelingt mir auch kein Drehbuch und deshalb ist mir die Freude am Drehbuchschreiben und Regieführen verloren gegangen.

Pete hat mir einen Brief von Paul übergeben. Hurra! Was für eine Freude! Ein Brief von Paul! Seit nun schon elf Jahren hat er keinen einzigen Geburtstag von mir vergessen! Paul, mein treuester Freund und, er weiß es nicht, aber als ich ihn zum ersten Mal sah und ihn gleich auf die Wange küsste, hab ich ihn auserkoren, mein Vater zu sein und ich traf die beste Wahl, die ich nur habe treffen können.

Paul ist „old school". Er versendet keine E-Mails oder WhatsApps anlässlich eines Geburtstages. Und wenn er mir doch einmal digitale Texte sendet, oft zusammen mit einem Bild, das ihm viel bedeutet, verwendet er auf jeden Fall niemals Emojis. Er sagt, das sei dämlich, weil irgendwann niemand mehr in Worten auszudrücken vermöge, dass und wie man jemanden gern habe und wie man sich freue oder verletzt sei oder Herzschmerz fühle. Alle Gefühle würden auf ein infantiles Symbol-Bildchen reduziert und das würde dem Leben komplett die Poesie rauben. Er fühle bezüglich Emojis eine innerliche Résistance.

Das ist, was ich an Paul liebe. Er ist keiner, der das große Weltgeschehen reflektiert. Vielleicht tut er das, aber nicht mit mir. Er geht die kleinen Dinge des Alltages an und versteht es, eine eigene Welt aus ihnen zu erschaffen. Angefangen bei den Worten, mit denen er treffend und in prächtigster Bildhaftigkeit Szenen beschreibt, um ein Gefühl auszudrücken. Immer schlug er mich mit Worten in Bann und ich lauschte ihm mit eifrigem Interesse, auch wenn ich oft gleich danach schon vergaß, was genau er gesagt hatte.

Er schaffte mir mit Worten Bilder und Szenen, die sich in meinem Kopf abspielten, die ich so hätte in einem Film sehen wollen. Ich glaube, es war seinetwegen, dass ich Regie studierte, und hätte ich mich nicht so sehr vom Leben selbst ablenken lassen und mich mehr auf Bildsprache konzentriert, wäre vielleicht eine gute Regisseurin aus mir geworden.

Das letzte Bild, das er mir gesendet hat, zeigt die Rückansicht zweier Frauen, einander zugewandt im Gespräch. Beide haben die Haare in einem losen Dutt am Hinterkopf zusammengebunden. Sie tragen lässige Hosen und legere Blazer und obwohl sie sich sehr ähnlich sehen, erkennt man, dass eine jede eine starke Persönlichkeit ist. Sie gehen an einem sonnenlosen Tag barfuß am Strand und bilden eine Einheit. Der Horizont geht kaum sichtbar ins Meer über, das sich im Sand verläuft. Ich weiß, dass es sich um Elèn und Jeanne handelt. Elèn ist Pauls große Liebe.

Über seinen Beruf hat Paul nie gesprochen, aber ich weiß, dass er keinen musischen Hintergrund hatte. Er hat nur einmal angedeutet, dass er für ein großes Unternehmen arbeitete, in dem er für strategische Angelegenheiten zuständig und deshalb oft weltweit unterwegs war. Auf einer dieser Unternehmungen hatte er wohl meinen Onkel Pete kennengelernt, der einen Auftrag angenommen hatte, Fotos für eine Konzerndarstellung zu machen. Pete hat alles fotografiert, was ihm vor die Linse kam. Er hat den besonderen Blick und Ruhm erlangt mit seinem fotografischen Werk. Ich hoffte immer, etwas dieser Eigenschaft von ihm geerbt zu haben, das ich dann auf der Leinwand sichtbar hätte machen können. Ach, was sag ich, ich war überzeugt davon, dass mir das Talent in die Wiege gelegt war, aber mit meinem Abschlussfilm schienen sich meine Talente bereits erschöpft zu haben. Nun denn, zurück zu Paul und seine Zeilen an mich:

„Liebste Jassie, ma chère petite amie,

herzlichen Glückwunsch zum Geburtstag meine liebe, kleine Freundin!
Von Herzen wünsche ich Dir alles erdenklich Gute und Liebe. Sei glücklich und dankbar an einem jeden sonnigen Tag für Deine Schönheit und Deine Gesundheit und Deinen brillanten Verstand und nütze die Regentage für die sinnlichen Dinge, die Dich, Deinen Geist und Deine Seele nähren. Das heißt, Regentage sollten Büchern, Bildern, Gedichten, der Musik und der Liebe vorbehalten sein. Von allen genannten soll es Dir an nichts fehlen. Das ist mein diesjähriger Wunsch für Dich.
Vielleicht wunderst Du Dich über diesen etwas ungewöhnlich formulierten Wunsch, aber ich mache mir Gedanken um Dich, die mir schwer auf dem Herzen liegen. Von Pete weiß ich, bitte verrate mich nicht, dass ich sein Vertrauen missbrauche, dass Du wohl in eine kleine Lebenskrise geraten bist, mit Dir und Deinem Leben haderst. Ich stünde Dir gerne zur Seite bei all den Fragen, die Du ans Leben hast. Sei gewiss, Krisen haben in Deinem jungen Alter immer etwas Erneuerndes. Du brichst mit Altem, mit Gewohnheiten, die sich nachlässig eingeschlichen und Dir die Sinne betäubt haben.
Stürme reißen Deine Zelte ein und lassen Dich ohne Dach zurück und Du kannst Dich nirgends niederlassen, weil Du noch gar nicht weißt, wie das Haus aussehen soll, in dem Du leben willst. Du drehst Dich im Kreis, suchst im Außen und wagst nicht den Blick nach innen, in das Auge des Tornados. Du bist eine Künstlerin Jassie, das weiß ich. Intuitiv hast Du Deine Beziehung verenden lassen und intuitiv hast Du Dich aus Deinem Freundeskreis gelöst. Nicht die anderen sind gegangen, Du warst das selbst und das ist gut so. Die kindliche,

behütete Jassie hat sich verabschiedet. Sei mutig, wage etwas Neues. Hab keine Angst vor Deiner Kraft.

Ich selbst, und frag Elèn und auch Jeanne, wir alle drei wissen Dir davon zu erzählen, wie gut eine lange Reise tut. Wie gut es tut, ganz mit sich selbst konfrontiert zu sein, am besten an einem Ort, den Du nicht kennst und an dem Dich niemand kennt. Du warst noch nie auf dem europäischen Kontinent, der Wiege so vieler Künste.

Ich möchte Dir vorschlagen, eine Reise nach Europa zu machen, einzutauchen in die Metropolen dieses faszinierenden Kontinents und, wenn Du genug von Eindrücken und Erlebnissen und Selbsterkenntnissen hast, dann kommst Du nach Frankreich, nach Lalbenque, La Borie Rouge, wo ich Dir endlich Elèn und Jeanne und Robert vorstellen möchte, von denen ich Dir schon so viel erzählt habe. Ich weiß, dass Du viele Fragen an diese Menschen haben wirst. Ich habe nicht vergessen, wie groß Dein Unverständnis immer dafür war, dass wir so lange gebraucht haben, zusammenzukommen. Vielleicht wirst Du das eines Tages, wenn Du uns alle kennengelernt hast, verstehen. Lass mich wissen, wie Du meinen Vorschlag findest. Ich habe mit Pete gesprochen, wir würden Dich finanziell unterstützen. Wir sind beide der Meinung, ein Talent, wie Du eines bist, bedarf der Förderung und jetzt ist der richtige Zeitpunkt dafür. Jetzt erst kommst Du ins richtige Alter. Das Leben endet nicht mit 30. Mit 60 fängt es allumfänglich erst einmal an.

In Liebe,
Dein ,alter' Freund
Paul."

Merkwürdigerweise habe ich selbst nie daran gedacht, den amerikanischen Kontinent zu verlassen. Aber was lag näher? Mein Job bietet mir keine Perspektiven, mein Privatleben existiert praktisch nicht und mir selbst stehe ich auch nicht besonders nah. Pete liegt mir ständig in den Ohren, dass ich doch endlich mit dem Drehbuchschreiben anfangen solle, er sei überzeugt, dass ich mich selbst überrasche, wenn ich mich erst einmal ernsthaft damit beschäftigen würde. Wenn ich nur auch so überzeugt von mir wäre. Er hat ja keine Ahnung, dass das Innere meines Schädels hauptsächlich aus Vakuum besteht. Ich bin ein Fake. Ich sehe aus, als hätte ich's drauf. Ich täusche alle, weil ich so cool wirke und richtig überzeugend klug aussehen kann, aber das bin ich nicht. Ich verzweifle an meiner Leere und ich verzweifle daran, dass ich nichts finde, das mich mit Leidenschaft erfüllt. Ich beneide die Menschen, die sich mit einer leidenschaftlichen Besessenheit einem Thema, einer Person, einem Ding, einer Religion oder den Künsten widmen. An mir würden sich die manipulativsten Gurus die Zähne ausbeißen.

Was meint Paul damit, dass ich nicht ins Innere, ins Auge des Tornados blicke. Welcher Tornado? Allenfalls finde ich in meinem Inneren eine Wüste und mit ganz, ganz viel Glück vielleicht eine Miniatur-Oase mit einer einzigen Palme, an der eine einzige vertrocknete Dattel hängt.

Paul fehlt mir. Er war schon einige Jahre nicht mehr in Toronto. Wir sind zwar in Kontakt, aber es ist anders als zu der Zeit, als wir uns Toronto Stück für Stück zu Fuß eroberten und manchmal auch joggten. Ich war immer ziemlich stolz, wenn man uns für Vater und Tochter hielt. Er wusste mir immer Perspektiven aufzuzeigen, wenn ich unzufrieden mit mir war oder wenn ich schmollte. Vor allem, wenn ich schmollte. Er amüsierte sich immer köstlich über meine verbalen Ausbrüche und lachte so lange, bis ich selber mitlachen musste. Ganz anders Mum. Sie versucht mir unablässig ein tiefenpsychologisches Gespräch aufzudrücken und fragt sich ständig, ob es ihre Schuld sei, dass ich mit allem unzufrieden bin. Ich versuche ihr dann regelmäßig aufs Neue zu erklären, dass ich nicht mit allem unzufrieden bin, sondern nur mit mir selbst, weil ich meinen eigenen Ansprüchen nicht genüge. Sie sagt, das sei dasselbe.

Pauls Anregung lässt mich nicht mehr los. Vielleicht muss ich erst etwas sehen von der Welt, bevor ich versuche anderen etwas von der Welt zu zeigen. Doch was mich am meisten lockt,

ist tatsächlich, Paul wiederzusehen, Elèn und Jeanne kennen-
zulernen und natürlich Robert, den Freund von Jeanne. Ich
möchte wissen, wie und wo und mit wem er lebt, der Mann,
den ich als einen kennenlernte, der um seiner Freiheit willen
nie lange an einem Ort verweilte, der unzählige Frauen kannte
und liebte und das amouröse Abenteuer suchte. Als sehr junge
Frau war ich fasziniert von ihm, weil er eine gelassene Eleganz
ausstrahlte und viel interessanter schien als die Väter meiner
Freundinnen. Er war so etwas wie ein Bilderbuch-Vater für mich.

Ganz sicher habe ich ihn in meiner fast noch kindlichen Begeisterung zu einem gewissen Maß verklärt, doch ich glaube,
auch er gefiel sich in der Rolle des väterlichen Freundes. Ich
glaube sogar, er hat sie verinnerlicht und ich ebenso. Wann immer er mir Fragen stellt oder mir Hinweise zu etwas gibt, neh-
me ich sie ernster, als wenn sie von jemand anderem kommen.

Ich denke an Europa und versuche mir in Erinnerung zu
rufen, was ich von Europa weiß. Nicht viel fürchte ich. Film-
geschichtlich wüsste ich aus dem Studium einiges zu erzählen,
aber ansonsten blieb aus der Highschool Zeit nicht viel bei mir
hängen. Man könnte mich in einen Reisebus zusammen mit
Japanern oder Chinesen stecken. Europa in 14 Tagen, oder so.

Ich werde auf Petes und Pauls Hilfe angewiesen sein, nicht
nur in finanzieller Hinsicht. Es beschämt mich außerdem etwas,
dass die beiden, ohne meine finanzielle Situation zu kennen,
schon von sich aus anbieten, mich zu unterstützen. Annehmen
muss auch gelernt sein, sagt Mum, wo sie wohl ausnahmsweise
Recht hat.

Drei Wochen später stand die Reiseplanung. London sollte die
erste Station sein, gefolgt von Stockholm, Oslo, Helsinki, Kopen-
hagen, Berlin, Brüssel, Paris, Venedig, Rom, Athen, Barcelona,
München, Zürich, Toulouse. Für jede Metropole waren 10 Tage
eingeplant, also 150 Tage von insgesamt 180. Die restlichen vier
Wochen sollten Paul, Elèn und Jeanne vorbehalten sein. Es war
ein überaus ambitioniertes Programm, aber es sollte ja auch keine Vergnügungsreise, sondern eine Kultur- und Bildungsreise

werden. Mir kam die straffe Planung sehr entgegen. So hatte ich einen fest vorgegebenen Rahmen, den ich einhalten musste, und ich würde kaum Gelegenheit haben, mein Denken über innere Leere zu kultivieren. Allein die Beschäftigung mit der Reise, die tatsächlich meine physische Anwesenheit verlangen würde, reichte bereits aus, meine geistige und seelische Präsenz herauszufordern. Mum freute sich über meine zunehmend bessere Laune und Pete legte ein selbstgefälliges Grinsen auf, weil Katie ihm sagte, dass sie stolz auf ihn sei, da er sich als vorbildlicher Onkel erweise.

Europa zu bereisen war in vielerlei Hinsicht beeindruckend. Die Städte, die Menschen, die verschiedenen Kulturen, die Geschichte, die fremden Sprachen, die Landschaften. Onkel Pete hatte mich vor der Abreise mit einer Leica Kamera ausgerüstet und mir den Rat mit auf den Weg gegeben, nur dann und nur einmal den Auslöser zu betätigen, wenn ich das Motiv für wert befände, in einer Ausstellung gezeigt zu werden. Ich solle keine Zeit verlieren, die Welt mit eigenen Augen zu sehen anstatt mit dem Handy oder einer anderen Linse vor dem Gesicht. Ich hielt mich daran, was mir später die Grundlage für einen außergewöhnlichen Bildband bescherte und Petes uneingeschränkte Bewunderung. Der besondere Blick lag also doch in der Familie.

Da ich in den Städten nicht ausschließlich die Sehenswürdigkeiten abklappern wollte, überlegte ich mir eine kleine Aufgabe, die sich wie ein roter Faden durch die Reise ziehen sollte. Als ich noch auf der Highschool war, war ich eine gute Schwimmerin und ich mochte immer den Chlorgeruch in den Hallenbädern. In jeder Stadt versuchte ich also das älteste, sich noch im Betrieb befindliche Hallenbad oder das architektonisch modernste aufzusuchen, falls es kein historisches Bad mehr vor Ort gab. In London fand ich das modernste von der berühmten Architektin Zaha Hadid entworfene Bad, in Helsinki ein Jugendstil-Bad mit dem unaussprechlichen Namen Yrjönkadun uimahalli.

Während ich meine Bahnen schwamm, kam ich zur Ruhe, meditierte und ließ meine Eindrücke Revue passieren. Ich genoss das Nomadentum über Landesgrenzen hinweg, vergaß meine Unzufriedenheit über mich selbst und fühlte mich als Teil eines großen Ganzen. Je länger ich unterwegs war, desto näher kam ich mir selbst. Ich begriff, dass die Welt nichts von mir erwartete, ich durfte einfach in ihr sein, ohne dass etwas von mir verlangt wurde. Ich war willkommen und wurde reich beschenkt mit Begegnungen, die mich berührten, An- und Aussichten, die mich überraschten, und Erinnerungen, die auf immer und ewig als bewegte Bilder in mir existieren würden. Und dann bekam ich eine Ahnung davon, dass auch in mir eine Leidenschaft lauerte, nämlich die, Drehbücher zu schreiben und Filme zu machen. Es war, als ob sich nach und nach ein verstaubter Schleier lüftete.

Kapitel elf

Ein roter Teppich wird ausgerollt

Da Pauls Wohnung im Château erst gegen Ende des Sommers fertig wurde, wohnte er bis dahin noch alleine in La Borie Rouge, das nach dem Auszug von Elèn einen traurigen Eindruck auf ihn machte. Einmal fand er eines der Haikus, die er einst für sie schrieb. Der Wind hatte es in eine der nun leeren Ecken geweht.

„In der Senke dort
In Deiner Lenden Kissen
Leg ich meinen Kuss."

Er würde noch viele Haikus für sie dichten. Nie würde er ihrer müde werden. Sie beide machten nun die Erfahrung, wie sich ihre Liebe und auch ihr Begehren entfalteten, seitdem sie aufhörten zu glauben, dass Liebe und eine feste Verbindung ihre Freiheit einschränken könnten. Sie waren frei, trotz des Verlangens, das sie in sich trugen, wollten sich nicht besitzen. Das lag nicht in ihrer Veranlagung. Nun wussten sie es sicher und er konnte es kaum erwarten, ebenfalls ins Château umzuziehen.

In Castelnau-Montratier, einem 1800-Seelendorf, wo sich das Château ein wenig außerhalb befand, wurden Elèn, Paul und Jeanne anfangs mit Argwohn beäugt. Da half es auch nichts, dass Robert und Caroline, die aus dem Nachbardorf Lalbenque kamen, mit ihnen befreundet waren und man sie zu viert oder zu fünft oft zusammen auch bei Dorffesten sah. Im Laufe des zweiten Jahres jedoch gab sich das Misstrauen gegenüber den neu Hinzugezogenen mit den merkwürdigen Beziehungsverhältnissen, denn Elèn, Jeanne und Paul gingen unbeirrt ihren Besorgungen im Dorf nach, in dem es immerhin noch einen Metzger, einen Bäcker, einen Friseur und einmal in der Woche

179

einen kleinen Gemüsemarkt gab, und kamen so mit den alteingesessenen Einwohnern ins Gespräch.

Im zweiten Jahr organisierten die Château-Bewohner ein kleines Sommerfest und luden alle ein, mit denen sie im Dorf Kontakt hatten und selbstverständlich waren auch Robert und ihre alte Freundin Caroline mit dabei. Unter sternenklarem Sommerhimmel wurde gegrillt, Tomatensalat und Baguette gereicht und der Wein floss in Strömen.

Sie waren nun endgültig in Castelnau-Montratier angekommen und fühlten sich dort zuhause. Das Zusammenleben gestaltete sich unkompliziert, da alle drei auf gewisse Weise Einzelgänger waren und viel Zeit mit sich allein und ihren Interessen verbrachten. Sie genossen es dann aber umso mehr, wenn sie sich in ihrer großen Küche am Eichentisch unter dem Kronleuchter zusammenfanden und auch Robert Zeit fand, dazuzukommen.

Sogar aus dem Dorf ließen sich in unregelmäßigen Abständen mal der Bäcker und seine Frau sehen, wenn sie bei einen Spaziergang vorbeikamen, oder der Friseur, der sich mit Begeisterung Pauls 5-Tage-Bart annahm, um ihm die richtige Form zu geben. Jeanne und Elèn suchten ihn grundsätzlich gemeinsam auf, weil sie sich einen Spaß daraus machten, die gleiche Frisur zu tragen, und auf seine Frage, „Mesdames, was machen wir heute?", lachend, wie aus einem Mund erwiderten: „Bitte nur die Spitzen schneiden, Monsieur."

Die Jahre gingen schnell dahin, wie immer, wenn man vor allem die Dinge tut, die einem Freude machen und die man sich selbst auferlegt. Das Älterwerden wurde häufiger Thema, aber noch entbehrte es jeglicher Tragik und sie alle waren voller Dankbarkeit dafür, dass ihre Lebenswege sich gekreuzt und sie auf so sagenhafte Weise zusammengeführt hatten. Das galt auch für Robert.

Bald würde noch mehr Leben für eine kurze Zeit ins Château einziehen. Sie waren in Erwartung auf Pauls Schützling Jasmin. Paul nannte sie Jassie, aber Elèn gab zu bedenken, dass sie nicht mehr das kleine 17-jährige Mädchen war, dem er vor langer Zeit väterlicher Freund geworden war.

Jasmin war jetzt eine erwachsene junge Frau, die im Begriff war, ihren Weg zu finden.

Für Jeanne, Elèn und Paul waren die Wochen, die Jasmin bei ihnen war, eine nachdenkliche Zeit, eine Zeit, in der sie ihre Leben Revue passieren ließen, denn Jasmin wollte alles wissen. Von Beginn an. Wie sie sich kennenlernten, wie es möglich war, dass sie ohne Handy in Kontakt blieben. Wie ein solcher Zufall zu erklären war, dass Paul beiden Frauen in seinem Leben begegnet war und dass Elèn und Jeanne sich nur deshalb wiedergefunden hatten, weil Elèn und Paul sich an einem regnerischen Nachmittag zufällig in Paris über den Weg gelaufen waren.

Tagsüber machten sie Ausflüge mit Jasmin, in denen sie ihr die Umgebung und die Sehenswürdigkeiten zeigten und ihr die Menschen vorstellten, die zu ihren Freunden geworden waren. Sie besuchten Märkte, auf denen regionale Spezialitäten angeboten wurden und einmal fuhren sie ans Meer, um Austern zu schlürfen, Champagner zu trinken und glücklich am Strand zusammensitzend, ein Eis zu schlecken.

„Ein Sandkorn verirrt
An ihrem Busen klebt es
Kitzelt wie ein Kuss?",

… sagte das siebte Haiku an der Wand.

Zum Abend hin sah man sie bei Kerzenlicht am großen Eichentisch, stundenlang tafelnd, weil Robert es sich nicht nehmen ließ, Jasmin mit den Genüssen der französischen Küche vertraut zu machen. Fast allabendlich artete die kulinarische Verführung zu ausgiebigen Gelagen aus, begleitet von nicht enden wollenden Erzählungen Jeannes, Elèns und Pauls und zu guter Letzt auch Roberts, sofern er ob seiner Geschäftigkeit am Herd abkömmlich war.

Oft waren sie einfach nur still, blickten sich bewegt in die Augen, griffen sich an den Händen, fühlten Wellen des Glücks, umarmten sich, lachten, küssten sich, hoben die Gläser und ließen ihre Zuneigung und Liebe füreinander hochleben, nicht ohne Jassie miteinzuschließen, denn durch Jassies Anwesenheit, durch Jassies Interesse an ihnen, taten sich noch einmal in Gänze die wundersamen Zufälle auf, die ihnen widerfahren waren und die sie zusammenführten.

Jasmin, von Herzen dankbar für das Zusammensein mit diesen wahrlich besonderen Menschen, nahm mit echtem Interesse berauscht Anteil an ihren Geschichten. Sie war eine gute Zuhörerin, der jede Einzelheit im Gedächtnis blieb und die verstand, ihnen mit ihren Fragen immer mehr Details ihrer Erinnerungen zu entlocken.

Bild an Bild reihte sich und fügte sich zu einem großen Ganzen.

Bilder von Jeanne, die über der Flucht aus ihrer Heimat ihre Unschuld und ihre Sprache verlor und niemals mehr ein Wort katalanisch über die Lippen brachte. Bilder von Elèn, die nach einem missglückten Versuch einer Beziehung die Enge von Gefühlen nicht mehr zuließ und glaubte ihr Glück in beruflichem Erfolg zu finden, sich selbst aber letztlich in einem fremden Land wiederfand. Bilder von Paul, der seine Vernunft über seine Gefühle stellte, die er rastlos mit amourösen Abenteuern abfeierte, aus Angst sich oder jemand, der ihm nahe stand, in Gefahr zu bringen, bis zu dem Tag, an dem er in Paris an einem regnerischen Nachmittag Elèn begegnete.

Jasmin hörte zu, fragte nach, hörte zu, insistierte, bat um Erklärungen für dieses oder jenes Detail, bis sich schließlich aus den Bildern im Kopf ein Film zusammensetzte und die richtigen Worte, die es brauchte für ein gutes Drehbuch.

Und als der Tag kam, als sie Adieu sagen mussten, sie sich noch ein letztes Mal nebeneinander sitzend auf der Treppe vor dem Château zum Petit Déjeuner zusammenfanden, mit einer

Tasse Café au Lait in der einen und einem Croissant in der anderen Hand, in die Morgensonne blinzelnd, das Gepäck schon im himmelblauen Citroën verstaut, wussten alle, dass Jasmin mit mehr als nur vollen Koffern abreisen würde.

Zwei weitere Jahre waren vergangen, als eines Morgens, Monsieur Dubois – er war noch immer im Dienst – schnaufend angeradelt kam, ein großes Kuvert aus seiner Posttasche zog und an Paul übergab, der sich gerade auf seinen Morgenspaziergang aufmachen wollte. Das Kuvert enthielt Flugtickets und eine Einladung für Elèn & Paul und Jeanne & Robert zu einer Kinopremiere in Montreal.

Am roten Teppich wurden sie von der Regisseurin unter Blitzlichtgewitter und „Bravo"-Rufen höchstpersönlich in Empfang genommen und in den Kinosaal geleitet, wo sie von Pete, Katie und Jasmins Mum erwartet wurden.

Der Film wurde wegen seiner außergewöhnlichen Filmsprache, den eindrücklichen Darstellerleistungen und der herausragenden Regiearbeit als großes Kino-Ereignis in Kanada gefeiert.

Ende

Die Autorin

Im Januar 1962 geboren, wuchs Ruth Vogelsang in
einem kleinen Weiler auf einem Bauernhof auf.
Schon früh musste sie Verantwortung für die
kleineren Geschwister übernehmen und in Haus-
halt und Hof mitarbeiten. Früh folgte sie auch
ihrem Drang nach Unabhängigkeit und zog mit 16
Jahren in die nächstliegende Stadt. Ihre vielseitige
berufliche und schulische Karriere begann mit einer
Ausbildung zur Bäckerin und schließlich einer Anstellung als Pflegehelferin, ging über das Abitur auf
dem zweiten Bildungsweg, bis zur Fremdsprachen-
korrespondentin und war angestellt als Sekretärin
und zuletzt als Vertrieblerin.
Nach 45 Jahren ununterbrochener Arbeit beendete
sie ihren beruflichen Lebensweg im Februar 2023.
Dann setzte sie sich an den Laptop, einem inneren
Verlangen folgend, begann zu schreiben, hörte
nicht mehr auf und schrieb, bis daraus ihr erster
Roman „Jeanne, Elèn & Paul" erwuchs.
Sie lebt am Bodensee und liebt das Winterschwim-
men.